毒を喰らわば皿まで

竜の子は竜

ヨルガ
パルセミス王国の騎士団長。
アンドリムの番だが、因縁があり
かつては彼と対立していた。
アンドリム
パルセミス王国の元・悪の宰相。
日本人男性だった前世の記憶があり、
宰相職を辞した後も絶大な権力を持っている。

コルティン
アイザックの従者である
美しい魔族。角を折られ、
大きな秘密を抱えている
シグルド
アンドリムの長男として
育てられたヨルガの息子。
アイザック
アンドリム達に同行する魔族の青年。
従者のコルティンを溺愛している。
Characters

プロローグ

孵化《ふか》したばかりの雛鳥《ひなどり》が濡れた産毛《うぶげ》を震わせ、大きな嘴《くちばし》を開いて鳴きわめく。
鉤爪《かぎづめ》を持たない小枝のような脚も、羽根のない形だけの翼も、親の姿とは似ても似つかない。
それでも時が経てば、雛鳥は親と同じ姿に成長を遂《と》げ、やがて大空に羽ばたく。

どんな生き物でも変わらない。

おたまじゃくしは蛙《かえる》に育ち、芋虫は蝶《ちょう》に姿を変え、鳶《とんび》は鷹《たか》を産まない。

だからそれは、自然の摂理《せつり》だ。

蛙の子は蛙。

――竜の子は、竜。

† † †

悪の宰相アンドリム・ユクト・アスバルとして生きてきた【俺】が、運命を捻《ね》じ曲《ま》げてから五年ほどの時間が過ぎた。

この世界で俺は、ヨルガ・フォン・オスヴァインという生涯の伴侶を得ている。

アスバルの血脈にかけられた呪いは解《と》かれ、一人娘のジュリエッタに息子が生まれたことで、異分子であった俺にも存在の証明が与えられた。

それでもやはり、異端は異端ということか。

ゲームのシナリオはとうの昔に終わったにも拘《かかわ》らず、俺の周りには厄介事が次々と舞い込んでくる。俺自身がなんの行動も起こさなくとも、誰にも打ち明けられない秘密を抱えた客人が、オスヴァイン邸に身を置く俺のもとを人目を避けて訪《おとな》うのだ。仕方なく彼らの言葉に耳を傾け、恩を売れる相手であれば手を貸し、不穏な火種と見做《みな》せば遺恨を残さず踏み潰す。

そんな行動が繰り返された結果、俺が水面下に持つ国政への影響力は宰相職に就《つ》いていた頃と遜《そん》色《しょく》ないどころか、それ以上とも言える代物《しろもの》になってしまった。以前の俺ならば純粋に喜んだかもしれないが、今となってはあまり好ましくない。

――俺に残された時間は、十年を切っている。

アスバルの血脈を蝕《むしば》み続《つづ》けた古代竜カリスの呪いは、オスヴァイン家に嫁《とつ》いだジュリエッタの代で解かれた。

しかし既《すで》に呪いに侵されていた俺自身は、それに当てはまらない。

アスバルを今代で終わらせることが、今世における『アンドリム』の最後の仕事であると、俺は解釈している。俺が呪いで死ぬと同時にアスバルの名は滅び、この世界は一つ、正しい姿に修正されるのだ。

それなのに現状、国王であるウィクルムだけでなく、国母たるベネロペや宰相モリノに至るまで、オスヴァイン邸の居候《いそうろう》にすぎない俺が影響力を有しているという異常な事態を黙認するだけでは飽き足らず、容認してしまっている。

おかしいだろう。政《まつりごと》に関して、俺は屍人《しにん》であるべきなのだ。

俺自身はアスバルを滅ぼす準備をしているのに、アスバルの名前だけが生き延びようと足掻《あが》いている。これは一体、何を示唆《しさ》しているのか。

思い悩む俺のもとにまた一つ不可解な異端が転がり込んできたのは、新たな王子の誕生に、パルセミス王国の全てが祝祭の光に彩《いろど》られたある日のことだ。

側妃ベネロペが国王ウィクルムに嫁いで二年あまり。挙式後の披露宴では隣国セムトアからの来賓による異形召喚というハプニングに見舞われたものの、直後に勃発《ぼっぱつ》したセムトアの内乱は、パルセミスとリサルサロス両国からの干渉《かんしょう》で速《すみ》やかに沈静化されている。それからは大きな事件に巻き込まれることなく側妃としての役割を粛々《しゅくしゅく》と務めたベネロペは、やがてウィクルムとの間に金髪碧《きんぱつへき》眼《がん》の男児を授《さず》かった。

パルセミス王家にとって、待望の嫡男誕生だ。

吉報はすぐに王国全土を駆け巡り、国民達は喜びの声を上げ、貴族達は祝いの品を携《たずさ》えて王城に詰《つ》めかけている。

俺はといえば、周囲の喧騒《けんそう》をよそにいつものように相談役とは名ばかりの内政実務に当たっていた。そこに早馬で駆けつけた使者が齎《もたら》した報《しら》せは、オスヴァイン邸からのものだ。

——帰宅したばかりのヨルガが、意識を失《な》くして倒れた。

全身の血が凍りつくような感覚に、足もとが揺らぐ。

流石《さすが》の俺も顔色が蒼白《そうはく》に変わっていたのか、慌てた使者がすぐに端的な事実の報告の後に、一度は意識を失ったものの既《すで》に目を覚ましていることと、身体面に大きな異常は見受けられないことを付け加える。

内心胸を撫《な》で下《お》ろした俺だが、それならば何故《なぜ》、緊急の用件として報せが届いたのか。

疑問の答えは、オスヴァイン邸に戻った俺を視界に認めたヨルガから投げつけられた言葉の中に含まれていた。

「っ……アンドリム・ユクト・アスバル！　何故お前が、俺の屋敷に足を踏み入れている⁉」

鋭い言葉の端々に滲《にじ》む、あからさまな嫌悪。

視線で殺せるのならば、そうしたいとでも言いたげなほど、敵愾心《てきがいしん》に満ちた眼差し。

それ以上一歩でも俺が近寄ればすぐにでも抜き払えるようにと、腰に下げた【竜を制すもの《クィスタシス》】の柄《つか》を強く握りしめている。

「……成るほど」

すぐに状況を把握した俺は、慌てるレゼフ達を制しつつ、ゆっくりと腕を組む。

敵の思惑《おもわく》か異分子を嫌う世界の調整か、はたまたそれ以外の、何かしらの運命が歯車を回したか。

目の前にいるこの男は、俺の番《つがい》であるヨルガ・フォン・オスヴァインではない。

しかしながら、ヨルガ自身であることも、間違いではなかった。

「ヨルガ・フォン・オスヴァインよ。事情を説明する前に、一つ尋ねよう……今、何歳だ？」

「……目的はなんだ」

「事実確認をするだけだ。それとも何かな？　俺に年齢を明かすことで、貴殿に不都合でもあるだろうか？」

今年で四十七歳になる俺とヨルガの年齢差は、四つ。つまりヨルガの年は、四十三歳であるはずだ。

挑発的な言葉で返答を促《うなが》すと、彼は唇を歪《ゆが》め、短く吐き捨てた。

「三十三だ」

「……ククッ。予想通りと、言ったところか」

肩を揺らす俺の顔を、形の良い眉を顰《ひそ》めた美丈夫が忌々《いまいま》しげに睨《にら》みつけてくる。

「何がおかしい……！」

憤《いきどお》るその表情すらも、何処《どこ》か、懐かしい。

「そんな眼差しで見つめられるのは、久方ぶりだな……面白い」

翡翠《ひすい》の瞳を眇《すが》め、唇の端を吊り上げて、俺は嗤《わら》う。

これはおそらく、宣戦布告だ。

俺にとってヨルガは、間違いなく心の拠《よ》り所《どころ》。

俺が俺である理由、この世界に俺が存在するための、確かな縁《よすが》。

それを消し去ろうと運命が騒《ざわ》めくのならば——俺はその運命ごと、噛み砕いて見せる。

たとえそれが、愛する男の心を、傷《いた》めるものであったとしても。

「……ヨルガ・フォン・オスヴァイン。王国の盾にして、最強の騎士団長殿よ。十、年、後、の世界に、ようこそ」

第一章　十年後の世界

ヨルガの件が発覚した後、最初に俺がオスヴァイン邸に呼び出したのは、神官長マラキアだ。

今は平気な顔をしているヨルガだが、一度昏倒《こんとう》しているのも事実。

俺の到着前にオスヴァイン家お抱えの医師が呼ばれ、既《すで》に細かい診察と検査を受けている。医師の見立てでは、記憶の退行以外に身体の異常は見受けられないとのこと。

記憶喪失は精神的な理由によるものと脳の障害によるものが大半を占める。

しかしおそらくこれは、そういった類《たぐい》のものではない。

ヨルガは突然意識を失い、すぐに目を覚まし、記憶だけを失っている。これが病気であれば、もっと前駆的な症状が出ているか、目覚めた時に記憶以外にも障害が起こるはずだ。

それを踏まえると、考えられる原因はなんらかの外部干渉となる。

誰かが何かしらの目的を持って、ヨルガから記憶を奪った。

その痕跡を辿ってもらうには、魔術の気配に敏《さと》いマラキアの助力が必要になる。

俺は彼の到着を待つ間に更に幾つか託《ことづ》けをして、騎士団長の不調を誤魔化《ごまか》す工作を施《ほどこ》した。

幸いにして、慶事の最中だ。

国王ウィクルムとシグルドは旧友の間柄なので、王子生誕の機会に王城の警護を副騎士団長に任せることにしたという名目は、疑《うたが》われ難《がた》い。それに加えて、ありもしない極秘調査任務を、国王名義で下ろさせた。騎士団長が王城に顔を出さない日々が続いても、辞令の内容をそれとなく漏らせば、あとは勝手に周囲が理由を想像してくれる。

その後で俺は改めて記憶を退行させたヨルガに対し、現在は彼にとって『十年後』の世界に当たるのだと説明した。

最初は「まさか」と疑わしげだったヨルガも、実際に自分の記憶よりも年齢を重ねているレゼフや、趣《おもむ》きが変化した邸内の雰囲気に、それが真実だと次第に認めざるを得なくなったようだ。

しかしそれでも、疑問は尽きないのだろう。何よりも、王国騎士団の騎士団長である自分にとって明確な『敵』である悪の宰相アンドリムが、何故《なぜ》オスヴァイン邸に居座っているのか。家令のレゼフを中心とした使用人達がやたらと俺の判断を仰《あお》ぐのはどうしてなのか。問《と》い質《ただ》したいと視線が訴えかけてくるが、俺は敢《あ》えてそれを無視している。

そうこうしているうちに、マラキアが到着した。

誕生したばかりの王子に祝福を授《さず》けるために登城していた彼は、使者からことのあらましを聞き、護衛として同行していたリュトラと共に急いでオスヴァイン邸に直行してくれたのだ。

ちなみに息子であるリュトラには、まだヨルガと接触しないよう、先に伝えてある。

「……神官長マラキア？」

レゼフに連れられて応接間に足を踏み入れたマラキアは、不信感を隠そうともしないヨルガの声色に一瞬驚きの表情を見せた。だがすぐにその動揺を笑顔で隠し、恭《うやうや》しい仕草でヨルガに一礼を捧《ささ》げる。

「はい、騎士団長様……神官長マラキアにございます。お招きを受けて推参仕《つかまつ》りました」

マラキアは人魚を巡る騒動で肉体の年齢を十年巻き戻しているから、今のヨルガにとって、記憶と相違ない姿ということになる。

それでも雰囲気の違いに、違和感は否めないだろう。

お前の息子が変えたのだと教えてやりたいが、今は先に優先すべき事項がある。

マラキアの挨拶《あいさつ》が終わったところで、俺はヨルガに向き直った。

「騎士団長殿。医師の診断では異常が見受けられなかった点からも、貴殿の記憶混濁には、魔術が使われた可能性が高い」

「……そのようだ」

状況の理解はできているらしいな。

同意したヨルガに、俺も頷《うなず》き返《かえ》す。

「諸々と疑問に思う節は多いと思うが、まずは現状を把握するために情報を手に入れる必要がある。神官長は魔術に関する造詣《ぞうけい》が深い。家令達を同席させたままで構わないので、魔術の痕跡を調べさせてほしい」

「許可する。何をすればいい？」

「暫《しばら》くの間、手に触れさせていただければ結構です」

マラキアの言葉に、ヨルガは黙って片手を差し出した。マラキアはヨルガの掌《てのひら》を上下から挟むように自分の手を重ね、静かに茜色《あかねいろ》の目を閉じる。

「……やはり、魔術の気配がありますね」

ややあって、目を閉じたままのマラキアが淡々とした声色で呟《つぶや》く。

彼が得意とするのは治癒魔法で、治療の一環として対象にかけられた魔術の出自を探る。今回は、それを応用してもらっていた。

ヨルガの記憶を奪ったものが、何処《どこ》から、そして何から、来ているのか。

痕跡を辿るマラキアの顎先《あごさき》が、徐々に上向きになってきた。相当遠くを探っているとみえて、白髪に包まれた頭がゆっくりと左右に動く。

「かなりの、距離が……遠くから、特定の相手に、高度な魔術を……これは……っ!」

ビクリと、マラキアの細い肩が大きく跳ねた。ヒュ、と息を短く吸い込んだ彼は目を見開き、慌ててヨルガの手を離す。

「神官長……?」

「マラキア、大丈夫か」

訝《いぶか》しむヨルガと身を案ずる俺の前で自らの胸に手を当てたマラキアは、心を鎮《しず》めるようにゆっくりと呼吸を繰り返した。額《ひたい》で蓮《はす》の飾りが揺れる彼の表情は、少し青ざめている。

ヨルガの身体に残る魔術の痕跡を辿った先で、何を見たのか。

「申し訳ありません。予想外のものが見えましたので……焦《あせ》ってしまいました」

ややあって落ち着きを取り戻したマラキアは、もう一度頭を下げてから、ヨルガの足もとと応接間にある窓の一つを線で繋ぐように指差した。

「この先に何か大きな建築物がないか、調べていただけますか」

「距離は？」

「少なくとも、パルセミス国内よりも先です。大きな……遺跡のような影が」

「……レゼフ」

「かしこまりました」

俺の言葉に頷《うなず》いたレゼフが、フットマン達に幾つか指示を出す。俺はメイドの一人が持ってきた方位磁石をヨルガに手渡し、マラキアが示した窓の方角を確かめた。

「南南東、だな」

後で詳細に調べるが、大まかな方角はこの方法で判断しても間違いはない。ローテーブルの上にユジンナ大陸の地図を広げ、パルセミス王国の首都から南南東の方角を指で辿ってみると、まず行き着くのは隣国のサナハ共和国。

そして、その先には——

「……不毛の砂漠アバ・シウ」

ヨルガが呟くその地名はユジンナ大陸の南側にある砂漠地帯を指し示すが、地図に地名以外の書き込みは殆《ほとん》どなく、幾つかの目印となる建造物の位置を除いて、ほぼ空白になっている。

アバ・シウは国境線を六ヶ国と接する交易に有利な地域でありながらも、そこを領地として所有する国家がない。それは砂漠という過酷な環境にあるという理由だけではなく、アバ・シウの砂漠一帯に危険な魔物が数多く生息していることと、彼の地《かのち》にはフィーダ島に住む魔族が頻繁に出没するという話が影響している。

歴史を紐解けば、アバ・シウを領地にしようと試みた国家がそれなりにあるようだが、その全てが滅亡した。それに魔族が干渉していたかどうかは、判明していない。

現在では、代々の経験を重ねたキャラバン隊の幾つかのみが、砂漠を越えてアバ・シウを交易に使う術《すべ》を持っている。魔物が異常発生しているとそれらのキャラバン隊から報告が上がった時は、砂漠から魔物が溢《あふ》れ出《で》ないよう、各国から兵を出した連合討伐隊が編成されることもあった。

いずれにしても、アバ・シウは国家として運用するにはリスクが大きすぎるので、手も口も出さないことが国家間において暗黙の了解となっている土地だ。

「実際に目にしたことはないが……アバ・シウには遺跡があると聞いたが？」

俺の問いかけに、ヨルガは少し記憶を探る表情をした後で、小さく頷《うなず》く。

「あぁ、確かにある」

「外観を説明できるか？」

「……なんとなく、しかできないな。騎士館のほうに砂蟲《すなむし》討伐の前線基地として利用した際の記録があると思うが」

「届けさせよう。マラキアが見たものと、照会させる」

頷き合った俺とヨルガが地図から視線を上げた先では、マラキアがもの言いたげな表情をして佇《たたず》んでいた。

そういえば、根源を探すほうに気を取られてしまったが……予想外のものを見た、と言っていたな。

「マラキア……お前が見たものは、なんだ？」

俺の問いかけに、マラキアは珍しく逡巡《しゅんじゅん》を見せる。

「私は、カリス猊下《げいか》に仕《つか》える身です。猊下を主神と仰《あお》ぐ神官長である私自身が、このようなものを目にしたと口にして良いものか……不安を覚えてならないのですが」

「お前が『見たもの』程度に不安を感じるとは、珍しいな」

有象無象の悪意とも言葉だけで互角に渡り合ってきたマラキアとは思えない、歯切れの悪さだ。

「だが、今のお前には俺がいる」

「……アンドリム様」

「案ずることはない。話してみろ」

俺の言葉に促《うなが》された神官長は、意を決した表情でそれを口にする。

「……竜の影が、見えました」

「何……？」

「竜、だと？」

確かにそれは、予想外のものだ。

驚愕《きょうがく》する俺とヨルガをよそに、マラキアは胸の前で指を組み、祈るような仕草を見せる。

「騎士団長殿の記憶を奪ったのは……砂漠の遺跡に住む、巨大な竜です」

マラキアの言葉に、俺とヨルガのみならず、傍《そば》に控えていた使用人達も息を呑んだ。

ユジンナ大陸全土には、森の王グガンディや巨大ムカデのヤヅに代表されるような魔獣が、数多く生息している。

しかし『竜』は、それらと一線を画す存在だ。

パルセミス王国に恩寵《おんちょう》を与える古代竜カリス然《しか》り、ヒノエのササラギ家を呪い続けるヤマタノオロチ然り。

一頭だけで、国家の存亡を簡単に揺るがす生物。それが、竜。

「アバ・シウに竜がいるという話は……初耳だ」

騎士団長ということもあり、ユジンナ大陸各国の情勢に詳しいヨルガでも、砂漠に住む竜については覚えがないようだ。俺も宰相職にそれなりに長く就《つ》いていたが、そんな話は聞いたことがない。

調査が進んでいない砂漠であるがゆえに、見逃されていたのかもしれないが。

「……人間に存在を知られていないない竜がいるとは、思えないが」

俺は軽く曲げた指の背を顎《あご》に押し当て、思考を巡らせる。

前述した通り、竜の持つ力は、絶大だ。強靭《きょうじん》で巨大な体躯《たいく》のみならず、国土の全てを潤《うるお》すほどに潤沢《じゅんたく》な魔素《マナ》や、復活を繰り返す永遠に等しい命など、様々な特殊能力を持つ。その竜が存在を隠《いん》蔽《ぺい》することが難しい最大の理由は、『食性』にある。

「……アバ・シウには人間が住んでいない」

「その通りだ。それでは、餌《えさ》の調達に困るだろう」

竜は、人を喰らう。彼らの主食は必ず『人間』なのだ。

これは如何《いか》なる竜であろうとも、変わらない。食べる量にこそ違いがあるものの、現存する竜も記録に残る過去の竜も、等しく人を喰う。おそらく、ユジンナ大陸に生息する竜の持つ性質の一つとして、定義されているのだろう。

「その竜がカリス猊下《げいか》に並ぶ少食だとしても、竜に喰われた報告は必ず出回る」

何せ、竜の身体は巨大だ。こっそり人間を拐《かどわ》かして捕食する行為は難しい。それにそもそも、身を潜《ひそ》めて人を喰らう必要性がない。かといって、アバ・シウを通過するキャラバン隊が竜に襲われたという話も聞かないのだ。

「そうなると……可能性は、一つだ」

あまり気持ちの良い結論ではないのだが。

「その竜に、何かが与えているのだろうよ。飼い犬に肉を与えるように……何処《どこ》からか調達した人間を、餌として」

俺の言葉に、応接間に集まった全員が押し黙る。

その何かは、不毛の砂漠アバ・シウで密かに竜を飼い、何を企《たくら》んでいるのか。

良くも悪くも俺が対峙《たいじ》することの多い『悪意』とは次元の異なる、静かな狡猾《こうかつ》さを感じる。そして何よりも、その竜がヨルガの記憶を奪った意図はなんなのか。

「……何はともあれ、まずは情報を集めたい。いざとなれば、私達が現地に赴《おもむ》くことも視野に入れた計画を立案しよう……レゼフ、陛下と宰相閣下に伝達を。ヨル……騎士団長殿が、現騎士団の構成に疎《うと》いのは仕方がない。シグルドに連絡をして、砂漠の遠征経験がある団員を中心とした小隊編成を依頼してくれ」

「宰相閣下に、伝達……？　それに、シグルドの名も聞こえたが」

俺の指示を聞いたヨルガが、眉根を寄せて聞き返す。……そうだな、人物関係の変遷も、そろそろ教える必要があるか。

十年前といえば、記憶を取り戻す前の俺が、宰相の権威と権限を存分に悪用していた時期だ。宰相配下の貴族達と王族を守護する騎士団との対立は著《いちじる》しく、本来はそのどちらの勢力にも与《くみ》しないと定められていた神殿すら、神官長マラキアを通じてアンドリムの影響下にあった。

それでも騎士団には将来を有望視される若者達が多く在籍しており、アンドリムの嫡男であるシグルドも、その一人だ。

父の敷く圧政を厭《いと》うた彼は、十歳でアスバル家を飛び出したその足で、騎士団の門戸を叩いている。騎士見習いの期間を経て、十三歳からは従者を務め、十六歳で正規の騎士となるのだが、ヨルガの記憶ではシグルドはまだ十五歳。従者の段階だろう。

さて……どの辺りから説明したものか。

ちなみに、俺とヨルガの本当の関係は、まだ明かすつもりはない。言ったとしてもどうせ信じないだろうし、変な勘ぐりで余計な警戒をされても厄介だ。

俺はまずヨルガに、十年後のアンドリム・ユクト・アスバルが既《すで》に宰相職を辞し、国政には相談役としてだけ関わっていることを教えた。

一番に俺の失脚を想像したであろうヨルガに、自分から希望して辞職したことも、先んじて伝えておく。

「……それでは、今の宰相は？」

「五年前から、モリノ・ツェッツオが宰相を務めている」

「モリノ……あの、神童モリノか。まだ、子供だったはずだが」

「あぁ、確かにそう呼ばれていたな……貴殿の予想するモリノで、間違いない」

俺から押し付けられるままに宰相の座に就《つ》き、五年余り。昨今のモリノは、国家間は言うに及ばず、地下組織相手にも駆け引きを楽しむ実力を身につけてきた。

便宜上は相談役である俺としても、その成長を見守るのはなかなかに楽しい。残念ながら、息子のシグルドは実父譲りの直情型で駆け引きを得手としてないから、尚のことでもある。

「それと……レギヴァン陛下とイルミナ妃は、六年前に事故でお亡くなりになっている」

「っ！　……それでは、現在の国王陛下は……！」

「五年前に戴冠された、ウィクルム陛下だ。ちょうど、ご子息が誕生されたばかりだ。騎士団長殿の気持ちが落ち着いたら、挨拶《あいさつ》に伺うと良い」

「……必ずや」

あまり一気に情報を詰め込むと、いくらヨルガでも思考が混乱する可能性が高い。

人物関係を糸口に、十年の歳月が齎《もたら》した変化を、一つ一つヨルガに伝達している最中のこと。

応接間の外に繋がる廊下が何やら騒がしくなってきた。

首を傾《かし》げた俺が声を掛ける前に、部屋の入り口近くに足を運んだレゼフが観音開きの扉を薄く開き、顔だけを出して外の様子を確かめようとする。

しかし、まさかその僅《わず》かな隙間を摺《す》り抜《ぬ》けて応接間に侵入する者が現れようとは、俺でも予想できなかった事態だ。

「わーい！」

「っ⁉」

「アルベール様⁉」

とてとてっ、と、まだ上手ではない走り方で応接間に侵入してきたのは、俺とヨルガの初孫であるアルベールだった。

慌てるレゼフと扉の外を尻目に部屋の中をぐるりと見回したアルベールは、大きな瞳で俺達の姿を見つけて満面の笑みを浮かべる。

「じーちゃぁ！」

膝を折ってしゃがみ込んで迎えるように広げた俺の腕の中に、かなりの勢いで飛び込んできた。

歩行距離そのものは順調に伸びているとはいえ、幼児の歩行は不安定だ。それなのにジュリエッタや使用人達の目を盗み、すぐに何処《どこ》かに逃走するのは、オスヴァイン家の血筋ゆえか。

ふくふくとした身体を腕に抱え上げ、そのまま頭を撫《な》でると、人懐っこい笑顔が遠慮なく振りまかれる。

ひとしきり俺の抱っこを堪能《たんのう》したアルベールの視線は、当然のように、近くで呆然としていたヨルガに注がれる。

俺とヨルガは、共に行動していることが多い。駆け寄ってくるアルベールを受け止めた後は、それぞれが代わる代わるに抱っこをして、二人で順番に愛《め》でる行為が習慣化していた。

「じーじ！」

「……っ!?」

「ん！　じーじ！　んん！」

動揺するヨルガに向かって、紅葉《もみじ》のような幼児の掌《てのひら》が懸命に伸ばされる。アルベールが抱っこをせがむ時の、いつもの仕草だ。

それが何故《なぜ》、自分に向けられるかが分からないヨルガは、咄嗟《とっさ》に反応できないでいる。

「じーじ、う……？　じーじぃ！」

いつもはすぐに抱き上げてくれるヨルガが動けないでいるせいで、アルベールがぐずり出しそうだ。

俺は硬直しているヨルガの足を靴底で踏みつけ、ビクリと身体が揺れた隙に、アルベールを抱えて近づいた。一応俺のほうでも支えたまま、ヨルガの腕に小さな身体を乗せかけてやる。

彼の太い腕は自然に動いた。アルベールの身体を安定させるように抱きかかえ、大きな掌がその背中を優しく摩《す》る。

……こういう行動は、記憶が失《な》くとも身体が覚えているのだろうな。

「んふふ！」

希望通りにヨルガの腕に収まったアルベールは、がっしりとした肩に頭を擦《こす》り付《つ》け、ご満悦だ。

ヨルガのほうは、抱き上げた幼児が持つ白銀の髪と榛色《はしばみいろ》の瞳に何かを察したのか、俺の顔とアルベールを交互に見遣って愕然《がくぜん》とした表情になっている。

まぁ、ちょうど良い頃合いか。

「二人とも、入ってくるがいい」

マラキアに同行していたリュトラには予め部屋の外での待機を言いつけてあるし、アルベールが来ているのならば、ジュリエッタもそこにいるはずだ。

俺が応接間の外に向かって呼びかけると、すぐに扉が開き、件《くだん》の二人が姿を見せた。

白銀の髪に翡翠《ひすい》の瞳を持つ乙女と灰色の髪を短く刈り込んだ背の高い騎士は、部屋の入り口で軽く会釈《えしゃく》をしてから、静かに俺達の傍《そば》に歩み寄る。

青年騎士の髪色と顔立ちには見覚えがあるとみえて、ヨルガは成長したリュトラを眩《まぶ》しそうに見つめた。

「リュトラ……か……？」

「はい、父上」

頷《うなず》くリュトラの隣にそっと並んだジュリエッタも、ヨルガに笑いかける。

「お義父《とう》様」

「……きみは？」

特徴的な髪と瞳の色から彼女がアスバルの血脈者だと推察できても、それが誰なのかまでは分からないらしい。

十年前のジュリエッタは厚化粧で素顔を隠していたから、仕方がないことか。

ジュリエッタは少し俺のほうを見て俺が頷くのを確認してから、ヨルガに向かって美しい所作でカーテシーを披露する。

「ジュリエッタ・オーシェイン・オスヴァインにございます」

「っ……ジュリエッタ様⁉」

ヨルガの記憶している中では、ジュリエッタは神殿に仕える『竜巫女《りゅうみこ》』だ。竜巫女は名目上、騎士団長よりも身分が上になるので、ヨルガも敬語を使っている。

しかしそんなことよりも、彼女が口にしたファミリーネームのほうが衝撃的だったことだろう。

思わずといった様子でアルベールを抱えたままこちらを凝視するヨルガに、俺はクツクツと肩を揺らして笑う。

「ジュリエッタ様、は……アスバル殿。貴方の……」

「如何《いか》にも。ジュリエッタは私の愛しい娘……そして今では、貴殿の義理の娘でもある」

俺が口にした肯定の言葉に、ヨルガは息を呑む。

「ジュリエッタ様は、その……殿下の婚約者ではなかったのか。しかし殿下……いや、陛下にはお子様が……」

「五年前に竜神祭があった。その際に、色々とあったのだよ……ジュリエッタは竜巫女の役目を他の娘に譲り、同時に、ウィクルム陛下との婚約は解消になった。陛下の正妃は元は贄巫女《にえみこ》になっていた平民出の娘で、今は離宮で静養している。此度《こたび》陛下の嫡子を出産されたのは、側妃のベネロペ様だ。彼女は陛下の従姉妹《いとこ》にあたる」

「そうなのか。では、ジュリエッタ様は、リュトラの妻に？」

「あぁ……それは、その、違うんです。ジュリエッタ様は俺の義理の姉になります」

「なんだと……？」

まだシグルドの出生の秘密を知らないヨルガが再び言葉をなくしているうちに、応接間の扉がノックされた。

こちらからの返事を待たずに開かれた扉の先には、今話題に上りかけていたシグルドの姿がある。珍しく呼吸が乱れているのは、報《しら》せを受けて慌てて王城から戻ってきたためか。

「団長！　ご無事ですか！」

咄嗟《とっさ》の状況になると、未だにヨルガを『父上』と呼べないでいる息子を、俺はやんわりと諭《さと》す。

「そう急《せ》くな、シグルド。騎士団長殿が驚くだろう」

「っ！　……申し訳ありません、父上。リュトラ、早かったな。あぁ……神官長とジュリエッタも来てくれていたのか」

ふぅと息を吐くシグルドに、リュトラはひらりと手を振り、マラキアは会釈《えしゃく》を返す。そのまま部屋に入ってきたシグルドがジュリエッタの腰を引き寄せ、頬に軽く口づける。ヨルガの腕に抱き上げられていたアルベールが、父親に向かって手を伸ばした。

「とぉさま！」

シグルドは自然な動きでアルベールを抱き上げ、我が子の頬にも優しく口づけを落とす。

「ベルジュ。いい子にしていたか？」

「はぁい！」

「……何がどうなっているんだ」

混乱の極みに陥《おちい》ったのか、ヨルガは額《ひたい》に手を当てて天を仰《あお》ぎ、ついに目を閉じてしまった。荒事に関しては無敵を誇る騎士団長も、流石《さすが》にこの状況には対応できないか。

「マラキア、ジュリエッタ。俺達は暫《しば》し席を外そう。シグルドとリュトラは騎士団長殿に竜神祭からの経緯を説明してやれ……ベルジュ、じぃじとお昼寝をしないか？」

「しゅる！」

迷いなく返ってきた返事に気を良くした俺は、一周回って戻ってきた形になる孫息子を再び抱き上げ、マラキアとジュリエッタを連れて応接間を出る。

ヨルガの傍《そば》に残していくのは、かつてはあ﹅ち﹅ら﹅側にいた二人だ。もう終わったこととはいえ、こ﹅ち﹅ら﹅側であった俺達がいる場所では、話《はな》し難《がた》いこともあるだろうからな。

俺の言葉を聞いてすぐにレゼフがメイドに声を掛け、シグルド一家が滞在する際にいつも使う部屋に風を通しに行かせる。

時間をかけて移動して部屋に入ると、ジュリエッタがコートを脱がせてくれた。俺はアルベールを抱えたまま、キングサイズのベッドの上にごろりと寝転ぶ。

些《いささ》か行儀の悪い行為だが、可愛い孫は気に入ったようで、きゃらきゃらとはしゃいだ声を上げて俺に抱きついてくれる。

脇や背中を指先でくすぐり笑わせているうちに、心地良いベッドのスプリングとカーテンを揺らす穏やかな風に眠りを促《うなが》された小さな身体は、ぐしぐしと手の甲で目尻を擦《こす》りはじめた。

「んぅ……」

「ベルジュ、そろそろ眠くなったのではないか？」

腕の中に囲った背中をリズム良く叩いてみるが、アルベールは白銀の髪に包まれた小さな頭をふるふると横に振り、拗《す》ねた表情で唇を尖らせる。

「んーん……やぁ……まだじぃじと、あしょぶの……」

「フフッ、可愛いことを言ってくれる」

アルベールに慕《した》ってもらえるのは、当然だが、とても嬉しい。

孫の望みを優先にしてやりたいといつも思っていたものの、俺もヨルガも忙しく、なかなか長い時間を一緒に過ごせなかった。

俺達が扱う事柄は国政に纏《まつ》わるものが殆《ほとん》どで、おいそれと代理に投げ渡せない案件ばかりなのだ。後進を育ててはいるが、彼らの成長には時間がかかる。口惜しいが、こうやって偶《たま》にアルベールを構い倒すことしかできないのが現状だった。

しかし今日は、状況が状況だ。王城から呼び出しが来る可能性は低いと言える。

「大丈夫だぞ、ベルジュ。今日はディナーも、風呂も、夜に眠る時も、じぃじはベルジュと一緒だ」

「ほんちょ……？」

「あぁ、約束だ。だから安心して、お昼寝をすると良い」

「んふ……うれちぃ！」

アルベールはふにゃりとした笑みを浮かべ、もにゅもにゅと唇を動かして、枕に頭をぽふんと乗せる。

「あのねぇ、ベルジュねぇ……じーじ、だいちゅき！」

攻撃力の高い殺し文句を口にした天使は、俺が着ているシャツの袖を指先で弄《いじ》りながら、とろりと眠りに就《つ》いてしまった。

色んな感情が溢《あふ》れた末に真顔になった俺は、寝息を立てはじめたアルベールの身体にそっと毛布を掛けてから、静かに立ち上がる。

ソファの一つに腰掛けていたマラキアと紅茶のセットをワゴンに乗せて運んできたジュリエッタは、ふらふらになってソファに辿り着く俺の姿に苦笑いの表情だ。

「……孫の可愛さに、殺されるところだ……」

「まぁ、お父様ったら」

「フフッ、パルセミス王国広しといえども、こんなにも容易《たやす》くアンドリム様を瀕死に追い込めるのは、アルベール様だけでしょうね」

「……間違いないのが困ったことなのだよ」

ジュリエッタが用意してくれたアールグレイを一口飲み、俺は小さく息を吐く。

俺にとってもヨルガにとっても、アルベールは宝だ。

しかしそれはある意味、国政の中枢に深く根を張る俺達の間に生まれた、明らかな弱点でもある。

まだ三歳にも満たないアルベールだが、彼を拐《かどわ》かそうと試みた不逞《ふてい》の輩《やから》は、既《すで》に両手両足の指を足しても数えられなくなっている。近いうちに何か確実な対抗策を講じねばと、ヨルガと話し合っていた事柄でもあった。

「……そういえば、こうして三人だけで集まるのも、久方ぶりではあるな」

俺の言葉に顔を見合わせたマラキアとジュリエッタは、そうですね、と頷《うなず》く。

マラキアは護衛も兼ねたリュトラと共に行動しているし、ジュリエッタは夫であるシグルドの傍《そば》にいて、俺はヨルガと一緒に動くことが多い。この面子《メンツ》だけで集まる機会は、実に竜神祭の前後以来ではないだろうか。

「……何かの縁が招かれているのか」

忘れることはないが、改めて思い起こされる。この二人は、俺と共に破滅の運命を覆《くつがえ》した、大事な共犯者だ。

半年という限られた時間の中で、パルセミス王国という大きな舞台を盤上に繰り広げられた、運命の遊戯。

黒を白に、そして、白を黒に。

手にした駒を裏返し、逃げ場を封じて追い詰め、時には罠に誘い込み……そして手に入れたのは、原作のシナリオから外れた、異端という名の勝利。

そうなれば否《いや》が応《おう》でも脳裏に浮かぶのは、絶大な力を持つ、もう一人の協力者の存在だった。

「他に当てては少ない……か」

俺は低く唸《うな》る。

本音を言えば、問題解決に彼を頼るのは良策ではない。

地に這《は》う蟻《あり》の悩みを、人間が理解できるだろうか？　理解できたとしても、それを手助けしようと考えるだろうか？

手助けどころか気まぐれに踏み潰されたとしても、蟻《あり》の持つ対抗策は、せいぜい小さな顎《あご》で噛み付くことくらいしかない。

人と同じ言葉を使い人に近い感情を見せていたとしても、その感性が同じだと錯覚しては危険なのだ。

彼は確かに、敵ではない。

しかし、良き隣人でも、優しき庇護者《ひごしゃ》でもない。

彼が欲するのは、永劫に等しい時間の中で、彼を愉《たの》しませる存在のみ。

興味が失せれば、簡単に見捨てられる――それは気に入りと言われる俺ですらも、おそらく、例外ではない。

それでも今は、足掻《あが》いて見せるのが、得策か。

俺は紅茶を飲み干したカップをソーサーの上に置き、愛すべき共犯者の二人に声を掛ける。

「……カリス猊下《げいか》に、お会いしてみよう」

第二章　五年の空白

勇者パルセミスとの戦いによって魂《たましい》の一部を削り取られ、四肢《しし》に杭を打たれて地底湖に封じられていた古代竜カリス。

夭折《ようせつ》しない限り、パルセミス王国の国民であれば、十年に一度開催される竜神祭を体験することになる。贄巫女《にえみこ》の資格を持つ聖なる乙女や、竜神祭の日に可視化される精霊など、古代竜の実在を示唆する事柄が幾つも挙げられた。

それでも、国民の中には『古代竜などいない』、と目にする機会のない古代竜についてそんな持論を口にする者がかつては少なからず存在していた。

それが五年前に古代竜が地上に降り立ったことで、彼らの持論は呆気《あっけ》なく打ち砕かれる。

ジュリエッタの手で己の半身を取り戻し、千年ぶりに地上に舞い戻ったカリスは、西の丘にある俺の屋敷からほど近い場所に降り立った。

パルセミス王国全土に届く恩寵《おんちょう》が、地底深くからではなく、目に見えるところから齎《もたら》されるものになったのだ。

国民達は荘厳たる古代竜の姿に熱狂し、国教でもあった竜神信仰は、パルセミス国内のみならず、ユジンナ大陸全土に広がる勢いを見せている。

カリスの新たな住まいとなった丘を囲むように作られた堅牢な壁は、彼を閉じ込める目的のものではない。身勝手な人間達が古代竜のもとに押しかけるのを防ぐためのものだ。

壁の東西南北には頑丈な門が設けられていて、神殿騎士団と王国騎士団の両方から派遣された騎士達が交代で警護を務めている。

以前は利権の絡む仕事に対して諍《いさか》いがつきものであった両騎士団だが、リュトラとマラキアのおかげで関係が改善された。現在では、交流を深めつつ、仲良く仕事に励《はげ》んでいると聞く。

俺達はオスヴァイン邸から馬車に揺られて西の丘に向かい、壁に設けられた門の前に赴《おもむ》いた。門兵達を労《ねぎら》った後で、マラキアが大きな扉に手をかける。

かつて古代竜の住処《すみか》に通じていた大きな扉を加工して作った門は、神官長の手でしか開くことができない仕組みだ。

そうはいっても、以前のように地の底にあるわけではないのだから、その気になれば内側に侵入することが可能ではある。これまでにも警邏《けいら》する騎士達の目を盗み壁を乗り越えてカリスに接触しようと試みた者は多い。その殆《ほとん》どは、再び壁の外に出てくることはなかった。

竜は人を喰う生き物だ。

古代竜カリスは地底に封じられている間、半身を失《な》くした不完全な肉体となっていた。魂《たましい》から溢《あふ》れ出《で》る魔素《マナ》を体内循環させる都合上、聖なる力を蓄《たくわ》えた乙女の肉体を口にするのは、十年に一度の定められた時のみとなる。

しかし今のカリスは、竜種としての完璧な肉体と魂を取り戻したのだ。少食の彼といえども食事量に制限などはなく、不躾《ぶしつけ》にも勝手に足もとに侍《はべ》ってつまらない話を熱弁する矮小《わいしょう》の存在などは、それこそオヤツ代わりに啄《ついば》まれても文句が言えない。

門を潜《くぐ》った先に敷かれた石畳は、カリスが座する丘の頂《いただき》に繋がる道だ。

神官長と愛娘《まなむすめ》を従えて丘を登った先には、白銀の鱗《うろこ》を持つ古代竜が巨大な身体を地面に横たえ、悠々とした姿勢で寛《くつろ》いでいた。

近づいてくる俺達の気配は既《すで》に感じ取っていたのだろう。長い鎌首を擡《もた》げ、俺を見据《みす》えた柘榴色《ざくろいろ》の瞳が喜悦を湛《たた》えて僅《わず》かに歪《ゆが》む。

竜神祭前には、贄巫女《にえみこ》を務めたジュリエッタだけが古代竜と言葉を交わせると対外的に発表していた。それを、面倒だからお前達も祝福を受けて自分の言葉が分かるようになったことにしたら良いと言い出したのは、カリスのほうからだ。

父親として贄巫女となったジュリエッタを心身共に支え、彼女を『竜に愛されし銀月の乙女』に導いた功績。そして、神官長と共に古代竜の代弁者となった事実が重なり、俺の呼称はいつの間にか【元・宰相】から【最後の賢者】に変わっていった。

俺はカリスの前で片膝をつき胸に手を当てて頭を下げ、最上級の敬意を示す。マラキアとジュリエッタも、俺に倣《なら》って頭を下げた。

「アンドリム・ユクト・アスバルにございます。再び猊下《げいか》に拝謁《はいえつ》叶いましたこと、恐悦至極に存じ奉《たてまつ》ります」

『……来たか、アスバルの末裔《まつえい》よ』

「はい、カリス猊下。ご無沙汰しておりました」

俺が微笑《ほほえ》みかけると、カリスが喉の奥で笑う低い音が大気を振動させて響く。

『お前は、我の気に入りだという自覚を今少し持て。もっと頻回に、我が前に顔を見せるが良い』

「……なんという誉《ほま》れのお言葉。不肖《ふしょう》の身ながらこのアンドリム、確かに拝命仕《つかまつ》りました」

幸いなことに、カリスの興味は依然として俺のもとにあるようだ。これならば、『相談』がしやすい。

楽にしろという許しを得て立ち上がると、古代竜は話の先を促《うなが》すかのように、大きな頭を俺の近くに寄せてきた。

『さあ、話せ。此度《こたび》もお前は、奇妙な縁を引き寄せている』

我を愉《たの》しませろと宣《のたま》う古代竜に、銀縁の眼鏡を外した俺は、唇の端を吊り上げて笑う。

「フフッ。カリス猊下は、何もかもお見通しでございますか。なれば、私めの番に何が起きたかも、ご存じかと」

『然《しか》り。アレは、呼ばれたのだ』

「呼ばれた……」

言葉を繰り返す俺の前で、カリスは軽く頷《うなず》く。

『南方の砂地に居を構える小娘の仕業だろう。異なる性質を持つが、あれもまた我と同じ、竜種に連《つら》なるものだ』

マラキアがヨルガの身体に残されていた魔力の痕跡を辿った先で見た、大きな影。砂漠の遺跡に住まうという、竜。

それが何故《なぜ》、ヨルガを呼ぶ必要があるのか。

『お前の番《つがい》は本来、精神力が強靭《きょうじん》だ。それに加え、お前と魂《たましい》が繋がっているゆえに、多少のことでは揺らがない。何度呼んでもアレが応えなかったので、強硬手段に出たのであろう。魂の結びつきを緩めるには、関係性の根源……記憶を奪うのが容易な手段だ』

「……ふむ」

つまり、ヨルガを呼び寄せたい【小娘】の竜が、俺とヨルガの関係性を崩す目的で、彼から十年分の記憶を奪ったということか。

わざわざ砂漠に招く動機は不明だが、記憶を奪った理由は理解できた。

だがそれでも、依然として疑問は残る。

俺とヨルガが「このような」関係に落ち着いたのは、竜神祭の前後からだ。多く見積もっても五年分ほどの記憶を奪ってしまえば、魂の結びつきとやらを緩める目的は簡単に達成できる。

しかし、ヨルガから奪われたのは『十年分』の記憶だ。

「それならば何故……奪われた記憶が、十年に及ぶのでしょうか」

五年間の差分は……いったい何を、示しているのか。

『思い返せ、アスバルの末裔《まつえい》。お前自身はその【変化】を、感じ取っていたはずだ』

「変化……で、ございますか」

俺が前世の記憶を取り戻したのは五年前のことだが、それ以前のアンドリムとして生きた記憶を失っているわけではない。十年前の出来事も、仔細《しさい》にとまではいかないが、覚えている。

当時の俺は、三十七歳。寿命である五十五歳のタイムリミットにはまだ遠く、騎士団に身を置くシグルドの存在を捨て置き、ジュリエッタを神殿に預けたまま、パルセミス王国の中枢深くにまで権力の根を伸ばしていた。悪業ムスロは何年も前に頓死《とんし》を遂《と》げ、悪の宰相アンドリム・ユクト・アスバルの行手を阻《はば》むものは何もない。国家の重鎮達は烏合《うごう》の衆にすぎず、王侯達すらもアンドリムに異を唱えることはできなかった。

唯一。榛色《はしばみいろ》の瞳に敵愾《てきがい》の光を爛々《らんらん》と灯して正面から睨《にら》みつけてくる王国騎士団の騎士団長以外には、誰一人として。

「十年前……確かその頃から、私の策略に奇妙な横槍《よこやり》が入るようになったのを覚えております」

言いつけた指示が滞《とどこお》って仕込みが上手《うま》くいかなかったり、罠に嵌《は》めようとした相手がタイミング良く他国に逃れたり。

盤石《ばんじゃく》に近かった宰相の権威は僅《わず》かに綻《ほころ》びを見せ、そこから少しずつ、王太子ウィクルムを中心とした優秀な若者達の台頭が目立つようになっていったのだ。

そしてその流れは緩やかに、ジュリエッタが【悪役令嬢】として王太子に断罪された運命の日に繋がっていったようにも思う。

「まさか……それがあの日に影響を及ぼしたのですか」

柘榴色《ざくろいろ》の瞳で見下ろす古代竜の前で、腕組みをした俺は低く唸《うな》る。

千年の歴史を紡《つむ》いできたパルセミス王国。そして、この国を舞台にした『竜と生贄《いけにえ》の巫女』というゲームのシナリオ。

竜巫女《りゅうみこ》であったジュリエッタが糾弾を受けて気を失い、悪の宰相アンドリムが激昂して王太子達と敵対する一幕は、ゲーム二部の始まりに当たるものだ。

しかし冷静に考えてみれば、あの状況にはかなり無理がある。

たとえ悪徳でも、宰相の地位にあったアンドリムを追放しようものなら、国営が立ち行かなく成るのは分かりきっている話だ。一夜の無政府主義より数百年に亘《わた》る圧政のほうがましだ、とはアラブの格言だったか。実際に俺から宰相職を丸ごと放り投げられたモリノは、引き継ぎ当初、相当苦労していた。

そんな無理を通そうと、あの断罪が正しく繰り広げられるための歴史そのものに対する介入が、十年前から始められていたのだとしたら。

『世界の理《ことわり》を踏み外すには、それなりの代償が必要だ』

人智を超えた存在である古代竜は、俺の思考を見透《みす》かすように、静かに言葉を紡《つむ》ぐ。

『しかし、長い時間をかけて「揺さぶる」のであれば、代償は僅《わず》かなものでこと足りる』

ほんの小さな綻《ほころ》びでも長期に亘って少しずつ力を与え続ければ、やがては大きな崩壊を招くように。

パルセミス王国に積み重ねられた歴史は、シナリオという強制力に影響を受けて徐々に変化し続けた。

つまり、俺とヨルガの間にかつて横たわっていた純然たる敵対関係の中にも、それが歪《ゆが》む瞬間があったということか。

「……それでも、私とヨルガとの間に、互いの心を慮《おもんぱか》るような接触があったとは思えないのですが」

頭を捻《ひね》って暫《しばら》く記憶を探ってみたが、残念ながら、これだと確証の持てるものは思いつかない。

アンドリムとヨルガとユリカノ――国家を牛耳る悪の宰相。その宰相に、婚約者を奪われた騎士。夫となる宰相を裏切り、愛する騎士の子を産んだ女。

確かに愛憎渦巻《うずま》く展開ではあるが、それこそ一番世間を騒がせたのは、ジュリエッタが生まれた後にあった子供達の披露目付近だ。

当時、王国騎士団の副騎士団長となっていたヨルガに酷似したシグルドの存在は、噂好きの貴族達にとって格好の獲物だった。しかし十年前の時点では、シグルドの出自を巡る風評は既《すで》に落ち着きを見せていた。

ならばおそらくは、俺が他愛のないことと判断して脳の片隅に放り込んだ記憶の何処《どこ》かに、絡まっている因果の糸口があるはず。

俺の懊悩《おうのう》を見透かすように、カリスは再び鎌首を擡《もた》げてクックッと笑う。

『あの【小娘】は自らの望みを叶えるべく、お前達の間に芽吹いた感情の根底にまで遡《さかのぼ》り、それを記憶ごと奪った。アレの記憶を取り戻そうとするならば、小娘の離宮に赴《おもむ》くことだ。奪われた記憶《もの》に秘められていた真価を知ることになるだろう』

砂漠の遺跡に住むという、カリス曰《いわ》くは【小娘】の竜。その目的がなんなのかは、未だに不明だ。

カリスは真相に気づいているのだろうが、それをわざわざ親切に伝える気配はない。自分達の目と耳で確かめろということだろう。

俺としても、大事な夫に手を出され、生半可な終わらせ方をするつもりはなかったので、むしろ好都合だ。現地に赴《おもむ》くことにも、さして異論はない。

何はともあれ、これで俺達が取るべき行動の指針をはっきりさせることができた。

「感謝いたします、カリス猊下《げいか》。このアンドリム、猊下のご厚情、痛み入りましてございます」

礼の言葉と共に俺が頭を下げると、カリスは組んだ前脚の上に自らの頭を乗せ、大きく口を開いて欠伸《あくび》を一つこぼす。

俺の訪問というイレギュラーに満足したのか。幾つか有益な忠告を与えたので、後は結果を寝て待つといったところか。

『……そうだな、アスバルの末裔《まつえい》よ。帰った折には、連れてくるが良い』

宝玉の瞳が瞼《まぶた》に覆われる寸前に、預言めいた言葉を一つ、残して。

古代竜カリスはそのまま静かに、眠りに就《つ》いてしまった。

† † †

「俄《にわ》かには、信《しん》じ難《がた》い話だな……」

オスヴァイン邸の応接間に対面で置かれた来客用のソファに、王国騎士団の騎士団長と副騎士団長、それに副騎士団長補佐にあたる三人が腰掛けていた。

若い二人からここ十年に亘《わた》るパルセミス王国の変遷を説明された騎士団長ヨルガは、額《ひたい》を押さえてソファの背凭《せもた》れに身体を預け、低い声で呻《うめ》く。

彼の対面に座るシグルドとリュトラは、父親でもある騎士団長の憔悴《しょうすい》した姿に、眉尻を下げて心配そうな表情になる。

「……成人を迎えた殿下が、国王として即位されているのは良い。ウィクルム様は統治者としての資質がおありだった。前王陛下も皇妃様もお喜びのことだろう。しかし、あのアンドリム・ユクト・アスバルがこちらについているとは……」

神殿騎士団と違い、王国騎士団は貴族出身の騎士が多い。貴族の家から騎士を目指すのは、パルセミス王国と王族を護《まも》ろうという志《こころざし》の高い若者達ばかりだ。稀《まれ》に騎士の肩書き目当てで入団した者がいたとしても、課される訓練の多さや規律の厳しさに辟易《へきえき》として、すぐに辞めていく。

そんな騎士団と対極の位置にあるのが、宰相アンドリムと彼に媚《こ》び諂《へつら》う腐敗貴族達だった。アンドリムの庇護《ひご》を傘に不正に手を染めて堂々と私腹を肥《こ》やし、守るべき領民達を虐《しいた》げる。そんな輩《やから》と、王国騎士団は何度対立してきたことか。

本来は中立を保つはずの神殿すら神官長マラキアを通じてアンドリムの影響下にあり、手の出せぬもどかしさに歯噛みした日々は、到底忘れることができない。

しかし二人の説明では、そんな状況が一転したのが五年前の竜神祭からだという。

宰相アンドリムの愚行は計算し尽くされたものであり、彼は汚泥《おでい》の中に我が身を置くことで、陰からパルセミス王国を護り続けていた。そんな彼が全ての責務を放棄するに至ったのは、長く竜巫《りゅうみ》女《こ》の苦行に耐えてきた愛娘《まなむすめ》のジュリエッタが、当時王太子であった婚約者のウィクルムに裏切られたせいだ。

絶望したアンドリム——早逝《そうせい》の呪いに侵されながらも王国の守護を続けてきたアスバルの末裔《まつえい》は、娘と共に消える運命を選ぶ。真実を知ったヨルガ達はそんな親子に歩み寄り、彼らの運命を覆《くつがえ》そうと奔走《ほんそう》することになった。

その過程でシグルドは自身の出自を知り苦悩するのだが、ただ静かに贄《にえ》となる刻《とき》を待っていた義妹のジュリエッタと養父アンドリムに支えられ、二人を愛することで立ち直っている。

「……シグルド」

「……はい。父上」

「お前を守れずに、すまない」

シグルドとヨルガが本当の親子であることは、既《すで》に打ち明けられていた。

ヨルガもずっと自分に似ているとは思っていたのだ。シグルドの生まれた日が、自分とユリカノが犯した過《あやま》ちの一夜から十月ほど後であることも知っている。

成長していく彼の中に愛した女性と自分の面影《おもかげ》を見つける度に、間違いであってほしいと願う理性の片隅で、仄《ほの》かな悦《よろこ》びが確かにあった。

それでも王国の盾たる騎士団長として、そしてオスヴァイン家の当主として、心臓を苛《さいな》む声から耳を塞《ふさ》ぎ続《つづ》けたのだ。真実が白日のもとに晒《さら》される瞬間が後になればなるほど、シグルドが傷つくと知りながらも。

「いいえ……俺は果報者です」

頭を下げようとするヨルガをテーブルの向こう側から身を乗り出すようにして押しとどめ、シグルドは微笑《ほほえ》む。

「今の俺には、尊敬する父が二人いる。リュトラとも変わらずに仲良くできているし、愛しい妻子もいます。苦悩の日々が幸福に至るための試練だと思えば……あの日々があったからこそ、今の俺があるとも言えますから」

「……強く育ったのだな、シグルド」

「父上の息子ですから」

母親譲りの黒髪を揺らすシグルドを見つめるヨルガの脳裏には、遠い日に失った婚約者《ユリカノ》の笑顔が鮮やかに甦《よみがえ》る。彼女を奪われてからというもの、ヨルガは地の底で激《たぎ》る溶岩の如《ごと》き憤《いきどお》りを抱き続けてきた。ユリカノではない女性を妻に迎え、リュトラが生まれ、守るべき家族を持ちながらも、過去を忘れることなどできなかったのだ。

そんなヨルガの心を縛り付けていた因果の鎖は、アンドリムが抱え続けた秘密の暴露によって、少しずつ緩んでいったらしい。

まだユリカノとヨルガが婚約者でいた頃、舞踏会でユリカノを見初《みそ》めて彼女を妾《めかけ》にしようとその両親を罠にかけたのは悪業ムスロだ。彼女の両親に懇願される形で、アンドリムは守るためにユリカノを妻に迎えた。副団長候補と目されていたといっても、当時のヨルガは一介の騎士にすぎず、ムスロには到底太刀打《たちう》ちできなかった。もしそんなヨルガがユリカノを守ろうと抗《あらが》えば、その塁は二人だけに収まらず、オスヴァイン家と領民達にも及ぶ可能性があっただろう。

そしてユリカノを妻としたアンドリムは、その真意をヨルガに教えなかった。ことの経緯《いきさつ》を知れば、彼が無力感に苛《さいな》まれると分かっていたからだ。

若い有望な騎士から婚約者を奪ったという汚名を被り続けることになっても、ヨルガが自分への憎しみを糧《かて》に立ち直り、王国を護《まも》る騎士になってくれたらそれでいいと――愛する妻が産んだヨルガの子を、自分の嫡男として育てさえもした。

そんなアンドリムをヨルガは擁護《ようご》し、紆余曲折《うよきょくせつ》があったものの、今では二人は同じ屋根の下で寝泊まりする間柄だというのだ。

息子達から明確な言葉で伝えられはしなかったが、自分とアンドリムの間には、友愛や親愛とは異なる関係を窺《うかが》わせるものがあった。

一度王城に戻るという息子二人を執事達と共に見送ったヨルガは、その足で階段を上って書斎に向かった。

オスヴァイン家はパルセミス王国の建国当時から続く旧家だ。所蔵している資料や書籍の量は相当なものになるため、図書室を兼ねた書庫と書斎の二ケ所に分けて保管に努めている。

屋敷の二階にある書斎は、オスヴァイン邸の中でヨルガが過ごす時間が長い場所の一つだ。

扉を開いた室内の内装そのものは、記憶と大きく変化していないように見える。しかし明らかに、異なる雰囲気を感じるのも事実だった。

備え付けの椅子を引いて机の前に腰掛けてみると、机の足もとに貼られた幕板の床に近い部分に擦《こす》ったような跡が幾つか残っているのが目にとまる。

靴で傷をつけたのかとも思ったが、ヨルガは頻回に足を組むほうではない。それに足を組んだ際の傷であるなら、それはもっと高い位置に刻まれるだろう。

これはヨルガの身長に合わせて調節されたこの椅子に、別の誰かが座った証《あかし》だ。彼よりも背が低くて、爪先《つまさき》が床から少し浮いてしまう背丈の持ち主がここに座ったなら、靴の縁が低い位置を掠《かす》めるのが理解できる。

それは、誰なのか。

脳裏に浮かぶ顔を頭を振って追い払い、ヨルガは身体を屈めて机の下段に設けられた引き出しに手をかける。

重要な書類を収める金庫は地下室にあるのだが、彼には書斎の机にある鍵付きの引き出しにプライベートな小物を入れておく習慣があった。

リュトラから初めて貰《もら》った手紙や、亡き妻が刺繍をしてくれたハンカチ。遠征先で助けた子供達から贈られた花の栞《しおり》……それらは思い出の品が殆《ほとん》どであり、宝石のように高価なものではないが、ヨルガにとっては価値があるものばかり。

いつものように筆記具を入れている文箱からリボン付きの鍵を取り出し引き出しを開けようとしたところで、鍵穴に差し込んだ小さな鍵が空回りすることに気づく。鍵を間違えたかと机の上や他の引き出しも探してみたが、他に鍵は見つからない。

どうしたものかと考えるヨルガの耳に、書斎の扉をノックする音が届く。

「騎士団長殿。こちらにいると聞いたのだが」

「……アスバル殿か」

古代竜カリスのもとに助言を授《さず》かりに行っていたアンドリム達は、ヨルガの息子二人が王城に向かうのと入れ違いにオスヴァイン邸に帰ってきていた。

「入ってもいいだろうか？」

「あぁ、構わない」

「では失礼して」

ドアノブを回して書斎の中に入ってきたアンドリムは、机の上に引き出しの中身を広げているヨルガの姿を見つけ、翡翠色《ひすいいろ》の瞳を瞬《またた》かせる。

「何事だ？」

「いや……鍵をかけた引き出しを開けたいのだが、その鍵が見つからなくてな」

「もしかして、机の鍵か」

「あぁ」

ヨルガの返答にアンドリムは頷《うなず》き、机の近くに歩み寄った。

「まずは、全ての引き出しを閉めるんだ」

「全部の引き出しを……？」

「あぁ。その鍵はフェイクだ。文箱の中に入れている時点で、誰でも手に取れるものだからな」

「……なくしたことはないが」

「だからこそだ。そんなに単純な形の鍵では、粘土の一つもあればすぐに合鍵が作れる。貴殿の不在時に、密かにそこを開けられる可能性が出てくるだろう？」

「ふむ……」

指示するままにヨルガが全ての引き出しを閉めると、アンドリムは隣から手を伸ばし、適当としか思えない順番で机の引き出しを開けていく。最後の引き出しをスライドさせたところでカチリと何かが回る音がする。それを察したヨルガが鍵付きの引き出しに手をかけると、それは抵抗なくするりと手前に引き出された。

「……いつの間に、こんな仕掛けに変わっていたんだ」

驚くヨルガをよそに、アンドリムは小さく笑う。

「私の提案だ。貴殿があまりにも貴重品に対して無防備だったからな……ちなみに、まだ終わりではないぞ？」

「そうなのか？」

引き出しの中には、見覚えのある手紙やハンカチが既《すで》にあるが。

首を傾《かし》げるヨルガの前で、アンドリムは引き出しの中に入っていたヨルガの私物を全て机の上に出した。その中を覗き込むと、木製の引き出しの底に小さな穴が開いているのが分かる。

アンドリムは慣れた様子で、今度は別の引き出しについた把手《とって》に手をかけ、それを時計回りに軽く捻《ひね》る。螺子《ねじ》で固定されているはずのそれが容易《たやす》く外れた。

「ほう……？」

外れた把手《とって》の先端には、小さな凹凸《おうとつ》が刻まれている。アンドリムが引き出しの底の穴に先端を差し込み、今度は反時計回りにそれを回す。

再び何かがカチリと嵌《は》まり込《こ》む音がして、アンドリムが把手を持ち上げる動きに合わせて、引き出しの底板が持ち上がった。

「っ……二重底、か」

「ご明察。騎士団長殿の宝物は……この中だ」

二重に隠された引き出しの底に置かれていたのは――古びた、一冊の日記帳。題名も何もない冊子の表面にはたった一行、ヨルガが愛した元婚約者の名前が記されている。

鍵の外し方を全て知っているのだから、アンドリムは当然、その中身も承知の上だろう。確かめるように見上げてくるヨルガに「ユリカノがつけていた日記帳だ」とだけ伝え、彼はそのまま踵《きびす》を返し、壁を埋める本棚の中から一冊の本を手に取って書斎を出ていってしまった。

「っ……？」

その背中を見送ったヨルガは、あることに気づく。

内装そのものがあまり変わらないのに、以前と違う感覚を抱いた、書斎の風景。

その正体は、ヨルガに素っ気ない態度を取り続ける、アンドリムの気配だ。

それが不快ではないことが、ヨルガ自身は不思議で仕方がない。

机や椅子は言うに及ばず、部屋の中の様々な場所に、本来の主人であるヨルガと等しくアンドリムに『使われている』気配が染み付いている。

それは何よりも雄弁に、二人の親密さを伝えてくるものだった。

一つ息を吐き、ヨルガは手にした日記を捲《めく》る。

そこには愛したユリカノの筆跡で、アスバル家に嫁《とつ》いでからの出来事が赤裸々《せきらら》に綴《つづ》られていた。

ヨルガへの愛を胸に抱いたまま、アンドリムのもとに嫁いだ日のこと。

挙式後の初夜に、アンドリムが夫婦の寝室に姿を見せなかったこと。

アンドリムに抱かれる前に悪阻《つわり》が始まり、妊娠に気づいた日のこと——

それ以降は日付がまばらになり、ヨルガによく似たシグルドを産んだ後に日記から垣間《かいま》見えるユリカノの容態は衰弱していく。

最後の日記で、彼女は結婚前夜にヨルガと交わした一夜の過《あやま》ちを自らの罪と真摯《しんし》に受け止めている。

それでも、ヨルガを愛し続けた証《あかし》としてシグルドを授《さず》かった幸福に、自分の人生は不幸ではなかったと感謝の言葉を残すことで締《し》め括《くく》られていた。

「ユリカノよ……アスバル殿のことには、少しも触れていないのだな」

結婚前後の日記にこそアンドリムの名前があるが、懐妊に気づいた辺りから、ユリカノが愛を綴るのは胎《はら》に宿った子供とヨルガに向けてのものだけになっていく。

結婚式前夜であっても既《すで》にアンドリムとユリカノは婚約状態にあり、ヨルガと彼女の間に起きたことは不貞行為に他ならない。外聞を加味してもユリカノは地下牢幽閉か、良くて軟禁されるのが妥当なところだったはずだ。

不貞の末に胎《はら》に宿した命など、堕胎を強要されても仕方がないだろう。

しかしアンドリムは、何一つ、ユリカノに罰を課さなかった。

揃って社交界に姿を見せることはなくとも、アンドリムにとって妻はユリカノ一人であるというスタンスは、彼女が亡くなるまで崩されていない。

凛《りん》と佇《たたず》むアンドリムの姿を思い浮かべ、ヨルガは彼の名前を口の中で転がしてみる。

「……アスバル殿」

親しい間柄だと、いう。

もし想像が正しいのならば、それはきっと、ヨルガが考えている以上に接触が多いもので。

「アンドリム・ユクト・アスバル……」

それなのに。

彼の名を正しく口にする行為に、僅《わず》かな違和感を覚えるのは、何故《なぜ》なのか。

† † †

パルセミス王国からアバ・シウに行くには、まずはユジンナ大陸を南下する必要がある。国境の街からサナハ共和国に入り、そこから東寄りの街道を更に南に進んだ先に見えてくるのが、白い砂漠だ。

アバ・シウには統治国が存在しないので明瞭な国境線がなく、隣接国家の殆《ほとん》どは砂漠の終わりを大凡《おおよそ》の国境線と見做《みな》している。

砂漠が魔獣の温床となっているのは前述した通りで、独自のルートを開拓済みのキャラバン隊を除けば、軍隊はおろか、ならず者達であっても、おいそれと足を踏み入れることはない。しかし、砂蟲《すなむし》と呼ばれる魔獣を討伐する時だけは、例外となる。

砂蟲は細かな牙がびっしりと生えた大きな口に、巨大な筒状の体躯《たいく》を持つミミズ型の魔獣だ。リサルサロスの地下に君臨するヤヅほど俊敏な動きはしないが、その性質は貪欲《どんよく》かつ凶暴で、獲物を見つけると身を潜《ひそ》めていた砂の中から飛びかかって人だろうが馬だろうが一口で丸呑みにしてしまう。

そんな砂蟲は何故か、不定期に大量繁殖することで知られている。それが確認された年には、砂蟲が砂漠から溢《あふ》れ出《で》て周辺国家に被害を及ばさぬよう、各国から討伐兵が派遣される。そして連合軍を編成し、砂蟲の一斉駆除にあたるわけだ。

件《くだん》の遺跡は、その前線基地に利用されることが多い。

パルセミス王国はアバ・シウと隣接してはいないものの、周辺国家への協力として、砂蟲駆除には毎回必ず派兵している。そのために、ヨルガやシグルドを始めとした騎士団の面々に砂漠での戦闘を経験した者がそれなりに存在するのだ。

「――まぁ、手頃な人数だろうな」

今回の砂漠行きにあたり、シグルドが王国騎士団の中から選出した騎士は二十名。何度か砂蟲討伐隊に参加した経験がある者を中心に選んだとのことだ。

残念ながら神殿騎士団には砂漠の行軍経験がある者はいなかったので、今回は王国騎士団の国内任務を補佐する形で助力してもらうことにしている。

本来ならば、このような編成業務は騎士団長の采配だが、十年前の記憶しかない今のヨルガでは難しい。副騎士団長であるシグルドが団長代理の形で小隊を組んでくれた。

彼から手渡された名簿には、今回の任務に同行する騎士達の名前が全員分記されている。それを視線で辿ったヨルガは何度か首を傾《かし》げた。

おそらく、見なれない名前がそれなりにあるのだろう……記憶がないというのは、やはり厄介なものだ。

「……ん？　この二人はもしかして、モラシア夫妻か？」

ヨルガの横で一緒に名簿の中身を確認していた俺は、その中に少し気になる二人を見つけ、並んで記されている名前の上を指先で軽く叩く。

ギュンター・クド・モラシアと、ヒルダ・ミチ・モラシア。

ギュンターもヒルダもシグルドの部下で、二年ほど前に結婚したばかりの夫婦だ。

シグルド直属の部隊でギュンターが分隊長を務める傍《かたわ》ら、ヒルダも夫と同じ部隊に配属されている。彼女は騎士団の中でも、弓の名手で知られる女性騎士だ。

この二人の婚姻には、確か一悶着《ひともんちゃく》があったと記憶している。

「はい。二人とも砂蟲《すなむし》討伐隊への参加経験がありますから」

「……ふむ」

ギュンターは今年で三十二歳。そして、その妻であるヒルダは二十二歳。二人の年齢は、十も開いている。

ギュンターの性質は良く言えば朴訥《ぼくとつ》な騎士であるが、裏を返せば抜きん出た才能が全くない、平凡な男とも表現できる。

ヒルダは少し気が強いところがあるものの、それを補ってあまりある美貌の持ち主だ。功労爵位のテゼク男爵家出身の彼女が、美貌と弓の腕前以上に有名になったのは——

「お前が気にしないのであれば俺は構わんが、彼女の執着は大丈夫なのか？」

「ギュンターと結婚して二年が経ちます。流石《さすが》にもう、未練を断ち切っていると思いますが」

「……どうだかな」

「それに最近は、ジュリエッタの護衛をよく務めてくれています」

あまり気にしていない様子のシグルドの前で、俺は軽く肩を竦《すく》める。

訳が分からないと言いたげな表情のヨルガを軽く手招き、俺は顔を近づけた彼の耳元に小声で囁《ささや》く。

「シグルドにお熱だった娘だ」

「……なんと」

ヒルダが騎士団に入団したのは七年前、彼女が十五歳の時だから、今のヨルガは彼女の存在を知らないのだろう。

そもそも彼女の入団動機は日々の狩猟で鍛えた腕前を活かして家計を助けることであり、最初からシグルドを慕《した》っていたのではない。

騎士団に入団してから、年齢が近いヒルダをシグルドが気にかけて面倒を見ていた。そうして、彼女は次第に寡黙で誠実な人柄のシグルドに恋心を抱くようになる。

それでもその頃のヒルダには、爵位があるとはいっても貧乏男爵家の娘ではアスバル家の嫡男とは到底釣り合わないと、恋心を表に出さない程度の良識はあった。

それが覆《くつがえ》された切っ掛けが、五年前の出来事だ。

贄巫女《にえみこ》として王城に連れてこられたナーシャを追って、辺境の村から飛び出してきた彼女の双子の妹、メリア。ナーシャへの想いを断ち切るためにシグルドが受け入れたとはいえ、彼女はある程度の期間、周囲からシグルドの恋人だと認識されていた。

それは王国騎士団の中でも同様で、堅物で知られるシグルドが親の決めた婚約者ではなく恋愛で恋人を得たことに団員達は驚きを隠せなかったと聞く。そしてヒルダも、シグルドの恋人となったメリアが平民であることを知り、衝撃を受けていた。やがてメリアがシグルドを裏切り……まぁ、俺が裏切らせたようなものだが……破滅の道を辿ると、ヒルダは喜び、期待に胸を膨らませたに違いない。

まだ女性として意識してもらえずとも、悪い感情は抱かれていない。シグルドが伴侶に選ぶ女性の身分を気にしないのであれば、自分にも機会があるはずだ——自分に言い聞かせるように、ヒルダは周りにもそんな持論を漏らしていた。

しかしそんな淡い希望は、竜神祭が終わった数ヶ月後にシグルドとジュリエッタが結婚したことで、あえなく潰《つい》える。

それから程なくして、傷心のヒルダに追い討ちをかけるような事件が起きた。貧乏男爵家である彼女の生家が新たに始めた事業で大きな損失を出し、多額の借金を抱えてしまったのだ。彼女が王国騎士として稼ぐ給料の殆《ほとん》どは借金の返済に充《あ》てられ、彼女自身は騎士団の寮で出される食事でなんとか食い繋ぐ生活を強《し》いられる。

そんなテゼク家に声を掛けたのが、ギュンターの父であるモラシア伯だ。

ギュンターには幼い頃から親が決めた婚約者がいたのだが、彼が騎士として従軍している間に他の男性と恋に落ち国外に駆け落ちしてしまっている。婚約者を愛していたギュンターは、それからというもの、親がどれほど言い聞かせても新たな婚約者を受け入れることはなかった。

だからモラシア伯はあえて弱みを持つヒルダに援助を申し出て、借金の肩代わりを条件にギュンターと結婚させようと考えたのだ。

汚い話ではあるが、金の援助という縛りがあれば、ヒルダはギュンターを裏切れない。最初はヒルダに悪いと良い顔をしなかったギュンターも、若く美しい彼女を妻にできる幸福と、彼女は決して自分から離れられないという確約に心を揺らされる。

結局ギュンターは父親の提案を受け入れ、ヒルダも家族に説得されてそれを了承し、二人が結婚したのが今から二年前というわけだ。

俺は身体の前で腕を組み、軽く眇《すが》めた目でシグルドを見つめる。

「シグルドよ……人の心は、確かに移ろいやすいものだ」

どれほど互いを想っていても、この心は揺らがないと信じていても、後になって自分自身に裏切られることすらある。

しかし、中には変《かわ》わり難《がた》いものも、確かにあるのだ。

「だが、覚えておくと良い。執着というものは、な。理性と感情を簡単に凌駕《りょうが》する、化け物なのだよ」


屋敷の主人である男の部屋は、俺にとって既《すで》に自室と等しい場所だ。

何せここ五年ほどの間、俺の生活は、ほぼヨルガの予定に沿ったものとなっている。

番《つがい》とベッドを共にする目的は、愛を確かめあう行為であるのは当然ながら、眠りに落ちるまでに語り合う時間を大切にするためでもあると思う。

それは子供達や国の未来を慮《おもんばか》る話の時もあれば、ディナーに出たシチューが絶品だった話の時もあり、中庭に咲いた一輪の花を愛《め》でる話の時もある。

ヨルガの心臓が刻む逞しくも穏やかなリズムを触れ合う肌越しに感じながら、日常と嗜好《しこう》と思想を分かち合うしじまのひと時を、俺は殊更《ことさら》愛していた。

オスヴァイン邸に長期の居候《いそうろう》が決まった折に、それまで客間として使われていた部屋を一つ進呈されたが、そちらは俺の資料部屋兼衣装部屋と化して久しい。

アバ・シウに向かう準備が整った前夜。

湯浴みの後に思考を巡らせながら廊下を歩いていた俺の足は、いつもの習慣で自然とヨルガの部屋に向かってしまった。

扉を軽くノックした時点で犯した失態に気づいたのだが、訂正する間もなく部屋の中から返事が戻ってくる。

仕方がないから顔だけでも見るかと「失礼する」と一声掛けて開いた扉の先には、ナイトウェアを身につけベッドの上で長い足を伸ばすヨルガの姿があった。

彼は訪問者が俺だと分かると、目を通していた資料の束を膝の上に置き、僅《わず》かに開いた唇の隙間から吐息を漏らす。

「アスバル殿か」

応える言葉は、何処《どこ》となく精彩に欠けている。

「騎士団長殿。出立に備えるのは結構だと思うが、随分と早いご就寝だな？」

俺も行程に備えて早めに床《とこ》に就《つ》こうと考えているが、現在の時刻は宵《よい》の口といった頃合い。早朝に出立するわけではないのだから、成人男子が眠るには些《いささ》か早すぎる。

「……そうだな」

少しは怒るだろうかと茶化してみたのに、反応は芳《かんば》しくない。

ヨルガはサイドチェストの上に置いたボトルから氷の入ったグラスに中身を注ぎ、一口で飲み干した。ふわりと広がる薬草の香りと微《かす》かな蜂蜜の気配が、淡い緑色をしたそれがリキュールだと教えてくれる。

「もしや、眠れないのか」

よく見ると、ヨルガの目の下には薄《うっす》らと隈《くま》ができているではないか。

薬草を使ったリキュールは、寝酒《ナイトキャップ》に使われることが多い。しかし、ソーダ水辺りで割ることが前提の強い酒なのだから、今のようにロックで飲むのはいかがなものだろう。早い就寝支度も、睡眠時間をできるだけ確保しようと思ったゆえの行動ということか。

状態を確かめるために手を伸ばすと、ヨルガは眉を顰《ひそ》めて顔を背《そむ》けた。俺はそれを許さず、彼の顎《あご》を掴んで無理やり視線を合わせる。

「……不眠は何時《いつ》からだ」

俺の問いかけに、榛色《はしばみ》の瞳が逡巡《しゅんじゅん》に揺れた。

ヨルガにとって俺はまだ『敵』であるから、弱みを見せたくないのは分かる。

しかし明日から向かう砂漠には、竜だけでなく、まだ姿を見せぬ黒幕の存在も想定されているのだ。ただでさえ記憶喪失のハンデを背負う男が、寝不足というバッドステータスを重ねた状態のままで赴《おもむ》くのは危険すぎる。

振り払おうと思えば振り払える俺の拘束をそのままに、自覚はあるのか観念して肩を落としたヨルガは、ぼんやりと天井を見上げる。

「……ベッドが」

「ふむ?」

「ベッドが俺の知るものと、違っていたからな」

ヨルガの部屋に置いてあるキングサイズのベッドは、俺と同衾《どうきん》するようになってから誂《あつら》えたものだ。十年前の記憶しか持たない彼に見覚えがないのも無理はない。

ちなみに独り身になってからも彼が使い続けていたというクィーンサイズのベッドは、俺が寝心地を知る前に処分されている。

おそらく、リュトラの母である前妻のことを俺が意識しないようにとの配慮なのだろうが、俺としてはヨルガが妻を抱いていたベッドで自分が抱かれるという背徳感を味わうのも悪くなかったと密かに思っている。

「……つまり、十年後の世界になった初日から、ということか」

「あぁ」

「もっと早く手を打つことだな。貴殿にとっては、体調管理も勤めのうちだろう」

「……申し開きのしようがない」

呆《あき》れた言葉に視線を伏せるヨルガに構わず、俺はボトルの近くに置いてあったベルをつまみあげ、軽く振って音を鳴らした。すぐに姿を見せた不寝番のメイドに、湯とタオルを持ってくるように言いつける。

その間に俺は部屋に置かれたチェストから自分用のナイトウェアを引っ張り出し、ヨルガが疑問の言葉を挟む前にさっさと着ている服を脱いで、それに着替えた。

「アスバル殿……何をするつもりだ？」

「フフッ……何、不肖《ふしょう》ながらこの居候《いそうろう》めが、騎士団長殿の安眠をお手伝いしようと思ってな」

ヨルガは十二歳の時から騎士団に籍を置き続けた根っからの軍人だ。行軍中など寝台一つ碌《ろく》に用意できない場所での睡眠も多く経験している。そんな彼が不眠を訴えるとなれば、それは精神的なものに起因すると考えて間違いない。

――例えば、だが。

眠る時に広すぎるベッドの片側を開けてしまう癖や、シーツの隙間に温《ぬく》もりを探す無意識な自分の指先に、他人の存在を感じてしまった……とかな。

リキュールのボトルとグラスをサイドチェストの上から避け、メイドがワゴンに載せてきた陶磁の手洗い鉢を置く。ポットからたっぷりと湯を注ぎ、チェストの引き出しに入れておいた小瓶から精油を垂らすと、仄《ほの》かに甘い花の香りが湯気に乗って広がった。

「良い香りだ」

「糸を束ねたような桃色の花を咲かせる木が、庭にあるだろう？」

「あぁ、確かに」

「あの合歓木《ねむのき》の花から作った精油だ。精神を落ち着かせる効果がある」

俺は湯の温度を指先で確かめ、そこにタオルを浸《ひた》して、布地を芯まで温める。タオルが十分に温まったところで水気をしっかりと絞ると、ホットタオルの完成だ。時間があれば蒸しタオルを作ってやりたかったが、今回は割愛した。

「騎士団長殿、頭をこちらに乗せてくれ」

ベッドの上に正座をして、厚めのタオルを置いた自分の膝の上を指さすと、ヨルガは一瞬、呆気《あっけ》に取られた表情を浮かべた。

「……何をする気だ？」

「その質問は二度目だぞ。貴殿の安眠を手伝うと言っただろうが」

「……しかし」

「それとも騎士団長殿は、丸腰の俺を相手に、何か懸念でもあるのか？」

ヨルガが相手ならば、首を絞めようとしても俺の力ではまず無理な話。何を警戒する必要があるのかと、俺が投げかけた安い挑発に唇をへの字に曲げたヨルガは、不承不承《ふしょうぶしょう》といった様子で仰向《あおむ》けに寝転び、俺の膝に頭を乗せた。

俺は温めたタオルを軽く畳んで彼の首の後ろに置き、ずしりとした重みのある頭を両手で掬《すく》うように包んだ。

指の腹で強張った頭の筋肉を少しずつ解《ほぐ》し、そのまま次は顔のほうに指を滑らせて顳顬《こめかみ》と目と目の間、耳の下から顎《あご》の裏までと、丁寧に揉《も》み解《ほぐ》していく。

「ふぅ……」

一つ、ヨルガが大きく呼吸をする。息を吐くと同時に、全身に残っていた緊張がゆるゆると緩むのが分かった。

榛色《はしばみ》の瞳が微睡《まどろみ》の気配を滲《にじ》ませてきたところで、俺は冷めたタオルを手に取り、ベッド脇に寄せておいた手洗い鉢に再びそれを浸す。少し控えめの温度に出来上がったホットタオルを軽く畳み、今度はヨルガの閉じた瞼《まぶた》の上に置いてやった。

素直に心地良いと呟《つぶや》くヨルガに満足して、赤みを帯《お》びた髪を指先でゆっくりと梳《す》く。

「アスバル、殿」

「眠れそうか？」

上半身を傾け、膝に乗せた男の耳元で問いかけてやると、大きな掌《てのひら》が俺の頭に触れる。

「……俺は」

「うん？」

「俺はいつも貴方と、このような、距離で……？」

「……フフッ」

おそらくヨルガにはまだ確証がない。

それでも記憶の手がかりを求めて執務室のデスクを確かめていたのだから、見覚えのないベッドとその周りに置かれた調度品の類《たぐい》に一通り目を通した可能性は高かった。

ならば精油の瓶と並んで白磁の平たい小瓶がサイドチェストの引き出しに入っていることにも、当然、気づいているだろう。

小さな花弁が練り込まれたその軟膏がどんな目的で使われるものかを、誰かに教えられたのならば――

俺は顔に触れる固い指先に唇を寄せ、悪魔の誘いを囁《ささや》く。

「……確かめてみるか？　騎士団長殿」

思わぬ言葉に動揺を見せるヨルガに構わず、自分の頬に触れていた指を掴んだ。

顎《あご》の裏から首筋、そして鎖骨の描く曲線の上にと、手本の文字を筆でなぞるように、肌の感触を一つ一つ確かめさせていく。

「アスバル、殿」

呟《つぶや》きと共に瞼《まぶた》の上を覆うタオルを取ろうと動いたもう片方の手を、やんわりと押し留める。

「しー……そのままに」

「っ……」

人間は五感の中でも視覚から得る情報に重きを置く傾向があり、それを遮断されると、他の感覚が鋭敏さを増す。

今のヨルガは、自分の記憶と異なる視覚の情報に戸惑《とまど》いながら日々を過ごしている状態だ。しかし記憶が巻き戻っていても、この五年間、毎日のように触れていた肌の温《ぬく》もりと質感を、身体が忘れることはない。指先から伝わる慣れた肌の感触が彼の精神に訴えるものは大きいだろう。

「んっ……」

鎖骨の形を辿った指先が胸の頂《いただき》を掠《かす》めると、俺の身体が僅《わず》かに跳ねた。

女性のように子を育《はぐく》む機能がなくとも、そこが官能を産む器官になり得るのだと俺に教え込んだのはこの男の指と舌なのだから、この反応は不可抗力というもの。

俺の漏らした声を耳にしてか、重ねた手に導かれるまま一度は通り過ぎた指先が、今度は自分の意思で戻ってくる。

「は……」

突起を指の腹で丹念に捏《こ》ねられて応えるように立ち上がった部分を、爪の先で軽く弾かれた。

俺の意識が胸の上に集中している間に、空いた片手がナイトウェアの裾《すそ》をたくし上げ、下着《ブレー》越しに尻を揉《も》みしだく。

記憶を奪われているヨルガはいざ知らず、俺にとってそれは、毎夜のように触れていた掌《てのひら》の感触だ。理性で抑えていても、目の前の番《つがい》に触れられない状況はそれなりにもどかしかったのも事実。

求めていた熱を感じる喜びに、喉が無意識に甘い吐息を漏らす。

「ふ……」

俺の声を耳にしてか、ヨルガの喉仏が、ごくりと大きく動いた。

更に触れてこようとするのをやんわりと押し留め、俺は膝の上に乗せていたヨルガの頭を再び両手で掬《すく》い上《あ》げる。

シーツの上で正座をしていた太腿を広げて持ち上げた頭を足の間に下ろすと、なんとなく状況が掴めているらしいヨルガは面白そうに唇を綻《ほころ》ばせた。

俺は仰《あお》向《む》けに寝転んでいる彼の頭を両膝で挟み込んだ姿勢のまま身体を起こし、両の掌を逞しい腹筋の上に這《は》わせる。……相変わらず、良い触り心地だ。

呪いのために肉体年齢が止まっている俺と違い、正しく年齢を重ねるヨルガは既《すで》に四十歳を軽く越えている。それでも鍛え上げられた身体は二十代後半の全盛期とさほど変わらない力を出せるのだから、勇者の血脈というよりも本人の努力と素質がものを言っているのだろう。

ナイトウェアの前を寛《くつ》げさせ、臍《へそ》の下にも続く美しい隆起を辿って下着の縁に指先を潜り込ませた時には、その中心は明らかな昂《たかぶ》りを見せていた。

下着を太腿のほうに引《ひ》き摺《ず》り下《お》ろしてやると、ヨルガの漏らした吐息が膝の内側にある柔らかい肌を擽《くすぐ》る。

肩口に膝を乗せる俺の足を支える大きな手は、太腿から腰に、そして背中へと滑り、馴染《なじ》み深い感触を一つ一つ確かめ続けているようだ。

俺はヨルガの身体に逆さまに乗り上げ、鎌首を擡《もた》げた彼のペニスを迷わず手の中に収めて先端に軽く口付ける。逆さ椋鳥《むくどり》――いわゆるシックスナインの体位ではあるが、俺のほうは腰を浮かせていて、ヨルガに奉仕を求めてはいない。

記憶を取り戻す切っ掛けになるのならば、抱かせるくらいはやぶさかではないのだが、明日からは砂漠への往路だ。俺の体調不良で出発延期などになっては、流石《さすが》に息子達に会わせる顔がなくなるというもの。

下着の中に忍び込んできた指が腰を引き寄せようとしたが、俺は服の上からそれを叩き押さえることで、余計な働きの阻止に成功した。

「……眠れない坊やは、おとなしくしていることだ」

幼子に言い聞かせるような言葉を与える一方で、筒にした手の中で硬度を増していくペニスを擦《こす》り上《あ》げ、槍の形をした先端を舐《な》めしゃぶる愛撫《あいぶ》も怠《おこた》らない。

足の下に組み敷いた男がくぐもった呻《うめ》きを漏らして堪えきれない熱に短い呼吸を繰り返す様子が、更に俺の気分を昂《たかぶ》らせた。

下腹部の筋肉が震え、精を溜め込んだ陰嚢が解放の時を待ち、ペニスの根本に迫り上がってくる。

「アスバル、殿……！」

「ん、ぐっ……！」

低い声と共に、ヨルガの腰が強く突き出された。上顎《うわあご》の奥を突かれた俺は一瞬咽《む》せそうになったが、すぐに顎を開き、咥内《こうない》で包み込むようにして、彼のペニスを喉の奥に受け入れる。

勢い良く吐き出された精液は美味《うま》いものとはいえないが、愛しい番《つがい》が俺を孕《はら》ませるために作ってくれたものだと思うと一雫《ひとしずく》でもこぼすのが勿体《もったい》ないような心地になり、最後まで飲み干してしまうのが常だ。

俺は吐き出された精液を喉を鳴らして飲み下し、先端に残された雫を軽く吸い上げて、ゆっくりとペニスから唇を離す。

「ふ、は……」

乗り上げた腹を跨《また》いだ姿勢のまま振り返ると、余裕綽々《よゆうしゃくしゃく》でいる俺とは反対に、ヨルガは紅潮《こうちょう》した頬で荒い呼吸を繰り返していた。

目の上を覆っていたタオルはとっくに外れ、ぎゅっと強く閉じた瞼《まぶた》と寄せられた眉が彼の困惑を物語っている。

……もしかして、ここまでされるとは思っていなかったのか？

「騎士団長殿、随分と溜め込んでいたようだな？」

「っ……くっ……」

揶揄《からか》いの言葉にも反論できないでいる始末。

……この年頃のヨルガであれば、男ぐらい抱き慣れているはずなのだがな。

何処《どこ》となく違和感を覚えながらも、俺はヨルガの服を整えて起き上がった。ポットに残っていた湯をコップに注いで、軽く口を濯《すす》ぐ。

寝転んだまま俺の行動をじっと目で追っているヨルガに微笑《ほほえ》みかけ、再びベッドに乗り上げる。入るスペースを空けてもらえたので遠慮なく毛布を捲《まく》ってシーツの上に横になると、太い腕がおずおずと腰に絡んできた。ゆったりと背中から抱き込まれ、髪に顔を埋められる。

「……アスバル、殿」

「ん……」

喉から漏れる息が、まろみを帯《お》びる。

背中にあるのは、感じ慣れた体温と、嗅ぎ慣れた匂い。

目を閉じればなんら変わりない、つい先日まで俺の物だった男の持つ気配。

ここが俺の居場所だと、ここにいる限りなんの心配もいらないのだと、保証されていた唯一の場所。

「……アンドリム殿、と、お呼びしても?」

――それでもこの男は、俺の愛するヨルガでは、ない。

「……あぁ、構わない」

俺の言葉に、ヨルガは僅《わず》かに笑ったようだ。

程なくして、背中を抱きしめる男の唇から健《すこ》やかな寝息が繰り返される。

世界の『揺らぎ』が十年前から始まり、俺を憎み続けたヨルガの感情の『揺らぎ』が始まる切っ掛けの一部が、奪われた記憶の何処《どこ》かに存在する。

記憶の齎《もたら》す感情と身体の与える感情の齟齬《そご》が現在のヨルガを不安定にさせているのは、間違いないだろう。

今宵はおとなしく抱き枕の役割に収まっているが、その感情の振れ幅がどちらに傾くのか、俺でも見当がつかない。

ただおそらくその根底には、過去のアンドリムも関与している。俺が忘れてしまっている……ありふれた記憶の欠片《かけら》に潜《ひそ》むターニングポイントを、俺自身が思い出せれば良いのだが。

「……ヨルガ」

ここにいない男の名を小さく呼び、俺は緩く唇を噛む。

――砂漠に住む竜とやら。

俺の物を奪った代償は、必ず払ってもらうぞ。

第三章　砂が招くもの

パルセミス王国から大陸の南側に位置するアバ・シウに向かうには、東に国境を接しているセムトア共和国か、南側のサナハ共和国のどちらかを経由する必要がある。

セムトアは雨季には移動しづらい気候となるが、現在はその時期にあたらない。それでも、今回俺達が往路に選んだのはサナハ共和国を通るルートだ。

その理由は二つで、一つは目的地である砂漠の遺跡がサナハ側から近い位置にあるということ。そしてもう一つは、とある人物から接触があったことに起因する。

「アンドリム殿。眩《まぶ》しくはないか」

「あぁ、すまんな」

俺の横顔にガラス越しの陽光が当たっているのが気になったのか、ヨルガが手を伸ばしてカーテンを閉めてくれた。

薄いレースに阻《はば》まれた光は幾分か柔らかくなったが、それでも適度な光源を届けてくる。車内にいても、手元に広げている手紙に目を通すのには十分だ。

「……しかし凄《すご》いな、このガラスは」

車内が明るい理由は、通常の馬車よりかなり大きく作られた窓から入る光によるもの。窓枠に嵌《は》め込《こ》まれたガラスを拳《こぶし》で軽く叩き、響く硬質な音に、ヨルガは感心した声を漏らしている。

「俺が覚えている限り、ガラスとは、割れやすいものだが」

「通常はそうであろうよ。しかしパルセミスで生産されたこのガラスには、強化処理が施《ほどこ》されているからな」

成形した板ガラスを熱することで表面に薄い膜の層を作り出す強化ガラスは、衝撃や荷重に対して元の三倍近い強度を持つ。前世の知識を元に俺が出した製作案に、鍛冶《かじ》系統の技術主任を務めているトリイチ翁が応えて開発にこぎつけたものだが、その発端はなんと我らが国王陛下からの要請である。

前々よりウィクルムの側妃になる打診を受けていたベネロペは、ジュリエッタがアルベールを出産した後にその要請を受け入れてくれた。彼女の内政手腕と血統を見込まれての人選であり、ベネロペという女性自身を求められているわけではないことは彼女自身も理解の上だと俺達は判断していたのだが、それに「待った」をかけたのが予想外なことにウィクルムだったのだ。

「――ボーゼフ伯父上とペラジーン様に貴族の令嬢達と比較しても遜色《そんしょく》ないよう養育されてきたとはいえ、伯父上の籍は既《すで》に王族名簿から抜かれていたのだから、ベネロペの出自は単なるキコエドの商家ということになる。虎視眈々《こしたんたん》と粗探《あらさが》しをする輩《やから》から側妃となる彼女を守るために、目に見える形での――私からの【寵愛《ちょうあい》】が必要だろう」

……正直、驚いた。

頭の中が花畑だったかつての王太子殿下も、過ぎていく歳月と共に年齢を重ね、自らの手足で政治に触れて臣民の営《いとな》みを目の当たりにすることで少しずつ成長しているということか。

俺は脳内で拍手を送りつつ、片手を胸に当てて臣下の礼をウィクルムに捧《ささ》げたのだ。

「どうぞ、このアンドリムにお任せを。陛下のご寵愛を示す特別な贈り物……ベネロペ様にお悦《よろこ》びいただけるものを考えて、ご用意いたしましょう」

国王の寵愛を受けている側妃の証拠となるものだから、それは「見えやすく」て「分かりやすい」ものでなければならない。

装飾品や称号も悪くはないが、一番誇示しやすいものと言えば、やはり建築物だろう。

彼女の名前を掲《かか》げる建物を作るのが、何かと手っ取り早い。

「あぁ、頼む。それと……一応、私からも提案があるのだが」

「ほう……お聞かせ願えますか。陛下のご意見を反映できましたら、それに越したことはございません」

促《うなが》されたウィクルムは、一瞬の逡巡《しゅんじゅん》を見せた後に、再び俺と視線を合わせて口を開く。

「……その、温室は、どうだろうか」

「温室、でございますか。僭越《せんえつ》ながら、理由をお伺いしても？」

「執務室で共に書類を片付けていた時に、輸入している薬草の話になったんだ。なんでもベネロペはキコエドに住んでいた頃、伯父上達の貿易業を手伝う傍《かたわ》ら自ら薬草を栽培して薬の開発研究をしていたらしい」

「なんと……才女のベネロペ様らしいですな」

「私もそう思う。しかしこのパルセミスは気候こそ温暖だが、大陸の南方に位置するキコエドと比較すると気温が低い。一日の日照時間などにも差があるらしくて、これまで育ててきた薬草を上手《うま》く栽培できないと、ぼやいていた」

「なるほど」

「だから、特別な温室を彼女に贈れたら……喜んでもらえるのではないかと、思うんだ」

予想外に、これはなかなか面白いかもしれない。

俺はすぐにトリイチ翁と腕の良いガラス職人を呼び出し、全面ガラス張りの温室を作りたいと相談を持ちかけた。二人は顔を見合わせて、全面ガラス張りは難しいと首を横に振る。

パルセミスにも温室と呼ばれるものが一応存在していたが、それは太陽の光を通しやすい薄い油紙を貼った窓を使うもので、日本で言う昔の暖室《おかむろ》に近い。

「アンドリム様、いくらなんでも全面ガラス張りは無理ですじゃ。壁に張ったやつは衝撃で割れるだろうし、天井には斜めに張る予定みたいじゃが、こちらも自重に負けて割れてしまいます。ガラスは美しいが、建材には向かないのじゃよ」

「大きなガラスは作れますが、どうしても強度が足りないのです」

俺は諭《さと》してくる二人の耳を引っ掴んで工房に連れていき、三十センチ四方くらいの大きさにカットしたガラス板を再び熱して表面に膜を作り出して強化ガラスに変えて見せた。

最初は半信半疑だった二人も、何度か耐衝撃や対荷重の実験を繰り返してガラスの強度を確認した後は、目の色を変えて開発に乗り出したのだから笑える話だ。

トリイチ翁とガラス職人の腕で確立された強化ガラスの技術は素晴らしく、今ではパルセミスの中でも重要な産業の一角を担《にな》っている。輸出品としての人気も上々だ。

国王陛下考案の温室は、日当たりの良い庭園の一角に密かに建設された。

ついでに魔石を使った自動散水機能もつけられたガラス張りのその温室は、俺の目から見ても美しく、見事な出来栄えだ。

ウィクルムに手を引かれて温室に案内され、それが自分への贈り物だと説明されたベネロペは少女のようにはしゃいだ声を上げて喜んだらしい。初めて自らウィクルムに抱きつき、その頬に口付けて感謝と思慕の言葉を口にしてくれたというのだから、俺達の労力も報《むく》われたというもの。

大きく形どった馬車の窓ガラスが揺れで割れないのは、この技術が生み出した結果だった。


こうしてパルセミスから南下を続け、サナハの国内に入って数日。

俺達一行は順調に行程を重ね、サナハの中でも僻地にある小さな町、ジルミに辿り着いていた。

ジルミはアバ・シウを通過できる数少ないキャラバン隊や砂蟲《すなむし》討伐隊の中継用に作られた町で、砂漠に入る前の最後の補給地でもある。

先触れを出していたこともあり、町で唯一の宿に通される流れはスムーズだった。

荷物を騎士達に任せて宛てがわれた部屋に入ると、サイドボードの上に置かれた一通の封筒が目に止まる。見覚えのある封蝋は、手紙の差出人を俺に教えるものだ。封筒に収められていた便箋《びんせん》には、今宵の密会時刻が簡潔な文章でしたためられていた。

予定通りの手筈《てはず》に俺は満足し、交代で見張りにあたるという随従の騎士達を労《ねぎら》ってから、自分もしばし休息を取る。

それから数刻の時間が過ぎた。

手紙の差出人を乗せた馬車がジルミの宿を訪《おとな》ったのは、既《すで》に夜半過ぎに入った時間帯のことだ。

宿に誂《あつら》えられた小さなサロンでヨルガを相手に歓談を楽しんでいた俺は、客人の到着を宿の主人に伝えられ、すぐにこの場に通すよう言いつける。

訝《いぶか》しげな表情を浮かべるヨルガに「知人だから適当に話を合わせろ」と伝えたところで、俺にとっては懐かしさを感じる人物が姿を見せた。

「久しいな、ドゥカリ団長」

派手なフロックコートに、ヴァン・ダイクスタイルの髭《ひげ》を揺らした小太りの男性。ドゥカリ・ドゥウイルドゥ。ユジンナ大陸全土を巡る巡業サーカス団、アビス・リングサーカス一座の団長である男だ。

俺に名を呼ばれたドゥカリは微笑《ほほえ》み、被っていたシルクハットを手に取って、深々と頭を下げる。

「アスバル様。銀月の如《ごと》く玲瓏《れいろう》なお姿、欠片《かけら》もお変わりなく。騎士団長殿も、ご無沙汰しておりました。お二方ともご健勝のご様子、何よりにございます。興行が忙しく、なかなかご挨拶《あいさつ》にお伺いできる機会を持てずにおりましたことを、深くお詫《わ》び申し上げます」

口上を述べられたヨルガは「久方ぶりだな」と鷹揚《おうよう》に言葉を返し、軽く俺に視線を流す。

アビス・リングサーカスはウィクルムの王太子時代にもパルセミスで何度か公演を行っているか

ら、五年前のサーカスでの一幕を覚えていないヨルガにもドゥカリの顔くらいは判別できるだろう。

「フフッ。少し厄介ごとに巻き込まれていてな。貴殿の伝手《つて》を頼らせてもらった……調べはついたか？」

「はい。それでは失礼いたしまして」

ドゥカリがサロンの中に足を踏み入れると、小さなテーブルを挟んで俺の対面に置かれたソファに座っていたヨルガが立ち上がって席を譲る。ドゥカリは恐縮ですと再度頭を下げてそのソファに腰を下ろした。

ヨルガが俺の背中を護《まも》るようにソファの背後に移動するのを待ってから、彼は持参していた鞄を開き、中から複数に分けた書類の束を取り出す。

「ご依頼いただきましたのは、アバ・シウを通過するキャラバン隊の荷物についてでしたな」

「あぁ、そうだ。残念ながら俺は、キャラバン隊の情報に疎《うと》くてな」

確かめるような問いかけに、並べられた書類の一つに目を通しながら、俺は頷《うなず》き返《かえ》す。

ユジンナ大陸全土を巡る高名なアビス・リングサーカス団が、巡業サーカス団という特性を活《い》かして密輸や人身売買の組織と繋がりを持っているのは、裏社会では暗黙の了解事項だ。その規模はかなりのもので、お抱えになっている交易商や奴隷商もそれなりに多い。

俺自身がドゥカリとの親交を深め始めたのは五年前の事件以降だが、大陸全土に張り巡らされたパイプと情報網には感心させられたものだ。もう少し早く親しくなっていたほうが良かったなと悔やむ部分でもある。

「現在アバ・シウを交易に利用しているキャラバン隊は三つ。どの隊でも奴隷の取り扱いがあったのは確認できています。奴隷の最終的な取引先についてはデメテスカのほうが詳しいので、そちらで調べてもらいました」

「デメテスカも息災か？」

「はい。本日もアスバル様にお会いしたいと申しておりましたが、どうしても外せない取引があるとかで。よろしくお伝え願いたいとのことでした」

「フフッ、まぁいいさ。商売のほうが忙しくて何よりだ」

デメテスカはパルセミス王国出身の奴隷商で、今では俺が子飼いにしている人材の一人だ。基本的には好きにしてもらっているが、俺の依頼があれば優先的に働くことを条件に、色々と優遇措置を与えている。

「デメテスカの調べによると、こちらの……ヴィネスキャラバン隊が運んだはずの奴隷達のみ、行方が追えないとのことです」

「ふむ」

ドゥカリが指し示す書類に記されているのは、アバ・シウを通過するヴィネスキャラバン隊が運んだ荷物の目録だ。

アバ・シウを囲む各国から他国に運ばれる荷物の中には、相当数の奴隷が含まれている。彼らの名前が記載されているだけの書類では、それが合法のものか違法のものかまでは確認できない。しかしその行方を追えば、誰が取り扱った荷物なのかは、自《おの》ずと知れる。

「ヴィネスキャラバンがアバ・シウを通過するのは年に六回……おおよそ二月に一度か。キャラバン隊の本拠地は何処《どこ》だ？」

「オアケネス大公国と聞いていますが、実態は確認しておりませんな。オアケネスは内乱で国内が荒れており、奴隷に身を落とす者も多いと耳にします」

「あぁ……そんな話もあったな。確かパルセミスからも、何度か支援物資を送った」

アバ・シウに隣接するオアケネス大公国は、元々はリサルサロス王国の領土の一部であった。それが何代か前のハイネ王家に功績を認められた辺境の一族が自治権を与えられたのを機に、大公国を名乗ることとなる。しかし内政を執り仕切る人材に恵まれなかったとみえて、今は衰退の一途を辿っていると聞く。

まぁそちらについては、頃合いを見てリサルサロスの凶王陛下が自国の地図に戻す措置をとるだろうから、俺が口出しする必要はない。

そんな混迷する国とあっては、奴隷落ちする人口が多くなるのは必然だ。

奴隷商のもとに集められ、そのままオアケネス大公国の国内で売買される奴隷もいれば、輸出品の一つとして国外に運ばれる者もいるだろう。そして生物《なまもの》である奴隷となれば、どんなに注意を払っても、運搬中に『欠品』してしまうことはままある。

「一度に運ぶ奴隷は十人ほど……一人や二人ならまだしも、全員が欠品するのは、流石《さすが》におかしいだろう」

「左様ですな。しかもそれが一度や二度ではなく、ここ数年は毎回のようです」

「つまり、オアケネスに戻る時も奴隷を運んでいるわけか。あからさまだな」

商品を取引先にまで無事に送り届けるのがキャラバン隊の役目であるのだから、毎度毎度欠品が出ては、キャラバン隊の信用に関わる。だが、そもそも最初から取引先がいないのであれば、話は別だ。

あるいはキャラバン隊が奴隷を運ぶ先が、最初からアバ・シウの中にあるとしたら。

そのどちらにも当たらないとしても、現在は供給過多にあるオアケネスに奴隷を運ぶメリットは少なく、やはり怪しいということになる。

「……引き続き、ヴィネスキャラバンの情報を集めておいてくれ」

「承知いたしました。アスバル様達は明日から砂漠に？」

「その予定だ。砂漠内の遺跡に調査隊を送る必要が出ている」

「そうでございますか。ジルミの町をご指定になられたので、砂漠にご用事があるのではと思っておりました。僭越《せんえつ》ながら、砂漠で有用な品を幾つかご用意いたしましたので、献上させていただければ幸いです」

「ほう、なんだろうか」

「それと同時に……お二人にご紹介したい者も」

「ふむ？」

構わないと俺が許可を出すと、ドゥカリはサロンの入り口を振り返り、大きく手を叩いた。

「こっちにおいで！」

「はい、父様」

部屋の外から聞こえてきた、幼い少女の声。

大きな布の塊《かたまり》を抱えた、フード付きのマントを身に纏《まと》う小柄な人影が現れて、座っているドゥカリの隣に立つ。

「こちらは砂漠に生育しているヒヨケサボテンと氷の魔石屑から作った繊維を織り込んだ布で、陽光と熱を遮断する効果が高くなるように作られています。砂避けに纏っていただければ、砂漠の過酷な環境から皆様をお護《まも》りする手段の一つになるかと」

「それはありがたいな」

そう呟《つぶや》いたヨルガに対し、ドゥカリは「もちろん、随伴されている騎士様達の分もご用意しております」と微笑《ほほえ》む。

「それと……俺達に紹介したいというのは、こちらのレディか？」

「そうです。さぁ、アスバル様にその布を献上しておいで」

ドゥカリに促《うなが》された少女はこくりと頷《うなず》くと、何歩か俺のほうに歩み寄って、ソファの近くで静かに膝をつく。

両手で掲《かか》げられた布を受け取って短く礼を述べる俺の顔を、少女は何故《なぜ》かじっと見上げた。……まだ幼くはあるが、焦茶色《こげちゃいろ》の大きな瞳とその顔立ちに見覚えがあるのは、おそらく気のせいではない。

不審げに眉を顰《ひそ》めるヨルガを軽く片手で制し、俺は少女が頭から被っているフードに手をかけ、ゆっくりとそれを引きおろした。

「……っ！」

「やはり、な」

なんとなく察してはいたが、ドゥカリが俺の行動を止めなかったのは、確かめさせる意味合いもあったのだろう。

驚くヨルガをよそに、顔と頭の全体が露わになった黒髪の少女に、俺は柔らかく笑いかけた。

「アンドリム・ユクト・アスバルだ。君はドゥカリ団長のご息女だな?」

俺の言葉に応えるように、彼女の黒髪から突き出た大きな獣耳がぴくりと揺れる。同時に彼女が纏《まと》うマントの裾《すそ》が、左右に動く黒い毛束に持ち上げられてふわふわと翻《ひるがえ》った。

「幼きレディ。名をお伺いしても?」

俺が差し出した手に、恐る恐るといった様子で小さな手が重ねられる。

「……ラクシュミ。ラクシュミ、です」

艶《つや》めく黒髪に、大きな獣耳と、長い尻尾《しっぽ》を持つ少女。見た目は十歳前後だが、半獣は成長が早いと聞くから、実年齢はもっと下だろう。

五年前に俺とヨルガがドゥカリに託した半獣の娘。パルセミスの王妃ナーシャが産んだ、グガンディの子供だ。

「ラクシュミか。良い名を貰《もら》ったな」

俺は椅子に座ったまま身体を傾けて、掌《てのひら》に乗せられている小さな手の甲に軽く口付けた。

ラクシュミは耳を跳ねさせて一瞬驚いたようだが、すぐに気を取り直し、今度はクンクンと鼻を鳴らして俺の匂いを嗅ぐような仕草をする。

「……あったかい」

「うん？」

「覚えてる、匂い。はじめての、あったかいの、匂い」

俺を見上げるラクシュミの表情が、キラキラと輝く。

「あったかいの、匂い。ラクシュミ、好き」

「……ふむ？」

彼女の言葉が何を示しているのかはっきりとは分からないが、とりあえず、ネガティヴな印象を抱かれているわけではなさそうだ。

試しに頭を軽く撫《な》でてやると、半獣の少女は嬉しそうに目を細め、俺の掌に自分から頭を擦《こす》り付《つ》けてきた。マントの裾から見え隠れしている黒い毛並みの尻尾も、パタパタと激しく揺れて機嫌の良さを示している。

そんなラクシュミの態度に、今度はドゥカリのほうが目を丸くした。

「おやおや、これは驚きましたな。ラクシュミが私達以外に懐くのは珍しい」

「そうなのか？」

「私の娘として育てていますので、団員達には懐いております。しかしこの子の外見は、どうしても人目を集めますからな」

まだ演目に出ることはないが、舞台の小道具を運んだり飲み水を団員達に配ったりと、サーカス団に所属している子供達が行う手伝いには、幼いラクシュミも参加している。そうやって彼女が走り回る度に、観客達から好奇の眼差しが注がれるのだ。

ましてや雌の半獣が生まれにくいことを知っている者であれば、値踏みする目つきになるのは尚更だった。このサーカス団をめちゃくちゃにしてやってもいいのだぞ、幾ら出せば売る気になるのかと、脅しのような交渉を持ちかけてくる輩《やから》も少なくないらしい。

「実は、アスバル様との会談にこの子を連れて参りましたのには、他にも理由がございます」

「ほう……それはなんだ？」

俺の問いかけに、ドゥカリは再び部屋の外に向かって手を叩く。

「二人とも、こちらにおいで！」

ややあって、小さな衣擦《きぬず》れの音の後にラクシュミと同年代に見える子供が二人、サロンの入り口に姿を見せた。

「なんと……！」

「……確かに。これは一考の余地あり、だな」

流石《さすが》の俺もヨルガも、寄り添うように立つ二人を目にして驚愕《きょうがく》の表情を隠せない。

「アルジュナとカルナ。ラクシュミより早く生まれていた、彼女の異母兄弟達です」

黒髪に小麦色の肌を持つ少年と栗色《くりいろ》の髪に白い肌を持つ少年の頭上には、俺の掌《てのひら》に頭を擦《こす》り付《つ》けているラクシュミのように、髪色と同じ毛並みの獣耳が突き出ている。尾骨辺りから生えているフサフサとしたイヌ科の尻尾《しっぽ》も、それと同様だ。

半獣の少年達――獣型で生まれたグガンディの子供が獣人に分化した姿で間違いない。

ドゥカリに促《うなが》され、ラクシュミのすぐ隣に膝をつく二人の顔立ちは、よく似ている。

何せ、彼らの母親は姉妹なのだ。そしてラクシュミの母であるナーシャも彼らの母親と姉妹なので、三人は異母兄弟でもあり、従兄弟同士でもあるということになる。

よく躾《しつけ》けられているのか、緊張した面持《おもも》ちではあるものの二人揃って礼儀正しく頭を下げる姿は、ラクシュミよりも幾分か年上に感じる。そこは、兄としての自覚が齎《もたら》すものかもしれない。

「……獣型で生まれた雄が獣人に育つ確率は、百頭に一頭ほどではなかったのか？」

以前教えられた知識を尋ね返すと、ドゥカリはそのはずなのですが、と肩を竦《すく》める。

「私もまさか……ラクシュミの兄弟として育てた雄の二匹が、二匹とも獣人に分化するとは思いませんでした。幸運で片付くのであればそれまででしたが、流石《さすが》に周囲が黙っていることはなく」

「それはそうだろうな」

グガンディは狂暴で捕獲が難しいが調教可能ということもあって、人気の高い魔獣だ。

獣人の姿で生まれてくる雌は格別にレアであり、獣型で生まれてくる雄は五歳前後で獣型と獣人型に分化する。

そこから獣型に分化する雄が殆《ほとん》どで、獣人型に分化するのは百頭に一頭あるかないか。その法則性は、長年に亘《わた》り統計を取っても判明していないそうだ。

しかしラクシュミの異母兄である二匹は、同時期に生まれた二匹ともが獣人型に分化した。ドゥカリのほうで特別に何かの措置を施《ほどこ》した覚えがないとなれば、確実に、子供達を産み落としたその『胎《はら》』が狙われる。

ナーシャは厳重な警備が敷かれたパルセミスの離宮に身を置いているので、拐《かどわ》かすのは困難。そうなると、良からぬ企《たくら》みを持つ輩《やから》の狙いは、サーカス団に身を置くアルジュナとカルナの母親達になるというわけだ。

「現状はひとまず、とある森の奥に建てた別荘に、アルジュナとカルナの母親達は身を潜《ひそ》めています。護衛には父親のグガンディをつけておりますので襲撃に対する心配はしていないのですが、今後のことを考えますと、早めに手を打っておくべきかと思いまして」

「賢明な判断だ」

何かを仕掛けてくる相手が密輸業者の類《たぐい》であれば、ドゥカリの持つ権力で充分に退《しりぞ》けられる。それに狙う対象が三人の子供達である場合、親権を持つ彼のほうが公的にも強い立場にある。しかしこの先……例えば誰かに唆《そそのか》された何処《どこ》かの王室あたりが、母親を手に入れようとした場合。爵位を持たないサーカスの団長では、対抗手段が乏《とぼ》しい。

ドゥカリが求めるものを早々に理解した俺は、彼が持参した便箋《びんせん》に筆を走らせて彼女達には俺の擁護《ようご》がある旨《むね》を書き記す。

「ナーシャ王妃のことがあるのでパルセミスで匿《かくま》うことはできないが……リサルサロスのノイシュラ陛下とヒノエの国主シラユキ殿に協力を仰《あお》げるように書いている。お二人とも俺の字を知っているから、取り急ぎその書状を持っていれば、偽物と見なされることはないだろう。俺が帰国してから詳細は詰めるが、いざという事態に陥《おちい》った時には、母親と子供達共々、どちらかの国に保護を求めると良い」

「お気遣いに感謝いたします」

　俺が差し出した便箋を両手で恭《うやうや》しく受け取ったドゥカリは、一つ心配の種が消えた心地になったのか、ふうと細く息を吐く。

「あとはこの子達が自分で身を守れるようになるまで、私がしっかり育てていきます。それと、このような状況になりましたので再度ご確認させていただきたいのですが、五年前に騎士団長殿にお預けする予定になっていましたのは、黒髪のほう……弟のアルジュナになります。本来、アルジュナを得る権利はヨルガ様が勝ち取っていたもの。兄のカルナともども、ラクシュミの護衛に育てていくつもりでしたが、獣人に分化したことでこの子の価値は跳ね上がりました。もしヨルガ様がお求めであれば、今からでもアルジュナをお渡しすることが可能です」

　情報通のドゥカリのことだ。この話を向けてくるからには、俺達がアルベールの護衛を探していることを知っている。

　確かにアルジュナをアルベールの護衛にできるならば、相当にありがたい。グガンディの獣人は知能も高い傾向があると聞くし、子供の頃から共に育ててやれば、アルベールの良い守護者となってくれるだろう。

　俺とヨルガに視線を向けられたアルジュナは息を呑み、全身を強張らせた。

　大きな獣耳が恐怖と緊張で細かく震えながらぺたりと伏せられ、感情を表す尻尾《しっぽ》はくるんと丸まって足の間に隠れてしまっている。

「……アルジュナ」

兄であるカルナが震えるアルジュナと俺達との間に割り込んだ。

幼いながらも弟を庇《かば》うつもりなのか、果敢にもこちらを睨《にら》みつける。

……別に、連れていくと決定したわけではないのだが？

そろりと背後を見上げると、俺の後ろから二人の様子を観察していたヨルガは苦笑しつつ首を横に振った。

まぁ確かに、無理に兄弟を引き離す必要はないだろう。

俺は獣人の兄弟に手を伸ばし、先ほどラクシュミにしてやったように、アルジュナとカルナの頭をそれぞれ撫《な》でてやる。

大きな目をぱちぱちと瞬《また》かせる無垢《むく》な子供の仕草は、俺から見ても愛らしいものだった。

「妹は可愛いだろう？　ラクシュミはこれからも何かと狙われやすいはずだ。二人で大事な妹を守ってやってくれ」


翌朝。

サーカス団に戻るドゥカリと獣人の子供達を乗せた馬車を見送った俺達は、急いで出立の準備を整えた。

本来ならばドゥカリ達は人目につきにくい夜間に帰ったほうが良かったが、獣人の子供達が俺とヨルガにすっかり懐いてしまったので、結局この宿で一晩を明かしていったのだ。

ラクシュミ曰《いわ》く、俺は「あたたかい匂い」で、ヨルガは「おうさまの匂い」なのだそうだ。

ラクシュミが俺の膝に座ってご満悦になる傍《かたわ》らで、兄の二人はヨルガにくっついて鼻を鳴らし「すごくつよい」「とうさまよりつよい」と興奮していたから、本能的に嗅ぎ分けられる何かがあるのかもしれない。

しかしヨルガが「強い」と言われるのは当然としても、俺が「あたたかい」と称されるのは意外な心持ちであった。

ヨルガと連れ立って騎士達が待機している場所に向かう途中、俺は本日の移動行程を思い浮かべる。

辺境の町ジルミを出ると、アバ・シウの砂漠はもう目の前だ。

目的地である遺跡は砂漠に入ってから馬で半日弱の位置にあり、俺が同行している部分を加味したとしても、早朝に出立すれば日が落ちる前には辿り着ける予定だ。

「水と食糧の調達は昨日のうちに終えていたな？」

「あぁ。馬の背に乗せられるよう、荷物の分配もしてある。砂漠は流石《さすが》に馬車では進めないので、アンドリム殿にも馬に乗ってもらうことになるが……砂漠での乗馬経験は？」

「残念ながらないな。しかし俺が乗馬の腕前に自信がなくとも、フルグルを貸してもらえるならば問題ない」

ここまではヨルガも俺と一緒に馬車で移動したので、彼の愛馬であるフルグルは、シグルドが乗って連れてきていた。頭の良いフルグルはヨルガの伴侶である俺にも懐いている。相当無理な走らせ方をしない限りは、手綱《たづな》を持って落馬しないように心がけるだけで俺を目的地まで乗せていってくれるだろう。

見送りに来た宿の主人に砂漠から帰ってくるまで馬車を預かってもらうように頼み、そのまま外に出たのだが、騎士達が集まっている辺りが何やら騒がしい。

首を捻《ひね》りつつ近づいてみると、声を荒らげて言い争っているのは、随従してきた騎士達の中でも数少ない女性騎士の二人ということが分かった。

そのうちの一人は件《くだん》のヒルダで、もう一人は確か、衛生班のネステルだったか。

他の騎士達はなんとか二人を宥《なだ》めようとしていたが、功を奏しているようには見えない。

「何事だ？」

「父上」

俺は少し離れた位置から彼女達に視線を向けていたシグルドを見つけ、その背中に声を掛ける。

振り向いたシグルドの表情は、困惑気味だ。

「それが……父上達に献上されたという布を、砂漠に入る前に皆で分けようとしていたのですが」

「あぁ、纏《まと》めて渡しておいたと思うが……それが何か？」

ドウカリに献上された布はヒヨケサボテンと氷の魔石屑から作られた繊維を織り込んだという特別製で、俺とヨルガの分は既《すで》にフード付きのマントに仕立ててあったが、騎士達の分はロールに巻かれた長い生地のままだった。仕立てたものほどきっちりと身に纏えずとも、体格に合わせた長さでカットして胸元をブローチで止めてしまえば、簡易的なマントとしての役割は充分に果たしてくれるはずだ。そのためのブローチも用意されているし、余剰分の布はテントを張る際にも使えるようにと、かなり余裕のある量を届けてくれているのだが。

「二人で手分けをして服の上から簡易的にサイズを測り、各々《おのおの》に必要な布を裁断してくれていたのですが……その、俺のサイズを測ろうとしたネステルを、ヒルダが割り込んで乱暴に押しのけたんです」

「……ほう」

「その上、『自分に断りもなくシグルド様のお世話をするな』などと言い出しまして」

「それで？」

「押しのけられたネステルは怒って、『貴女《あなた》になんの権限があるんだ』と言い返し、あのような状態に」

やれやれ。案の定、パルセミスを出立する前に危惧した事態が起きているではないか。

肩を竦《すく》めた俺は大きく手を叩き、言い争っていた二人を含めて騎士達全員の視線を集めた。

俺とヨルガの存在に気づいたネステルがすぐに態度を改めて深く頭を下げたのに対し、ヒルダのほうは一瞬ではあるが不平そうに頬を歪《ゆが》め、渋々といった様子で頭を下げる。

「お前達は王国騎士団の一員だろう？　出立の準備ぐらい滞《とどこお》りなくできないのか」

「……申し訳ありません」

「お言葉ですがアスバル様。それは……」

何か言い訳を口にしようとしたヒルダの言葉を、俺は軽く手を上げて制する。

「今は発言を許していない。少しは、その囀《さえず》りやすい嘴《くちばし》を噤《つぐ》むことだ」

「その通りだヒルダ。父上の言葉を遮《さえぎ》るな」

「っ……！」

シグルドにまで諌《いさ》められて唇を噛んだヒルダは再び頭を下げたが、それでも伏せた顔の陰で、「平民のくせに」と音を出さずに唇を動かして悪態をつく。

……なかなかに良い度胸だな？

確かに現時点で俺は【賢者】などと呼称されていても爵位を持たない平民の身分にあるわけだが、それは下手に爵位を得ると王室行事に参加する義務が生じるのが面倒で、俺のほうから叙爵を拒否しているからだ。

パルセミスの中枢に近い者はその事情を知っているし、現国王と現宰相が【相談役】の名を無理に押し付けてでも俺を国政に参加させようとしているのは周知の事実。

何せ俺がその気になって仕事を放り出した場合、国内が大いに荒れるのは、五年前に立証されている。

『平民だから』という身分のみを理由に俺に反目してくる時点で、ヒルダの立ち位置が自《おの》ずと知れるわけだ。

彼女の父親は爵位を持つだけの貧乏貴族。そして彼女が借金の形に嫁いだモラシア伯は男爵よりも階級の高い貴族ではあるが、国王陛下の覚えがめでたい存在ではない。

「ネステル殿がシグルドのマントを誂《あつら》えようとした時に、ヒルダ殿が彼女を突き飛ばしたと聞いているが、間違いないのか？」

「……はい」

俺の言葉にネステルは頭を下げたまま頷《うなず》き、ヒルダは露骨に視線を逸《そ》らす。

「ヒルダ殿。何か申し開きがあるか？」

「……ございます」

ギッと俺を睨《にら》みつけてくる表情は、美人ではあるが、粗野な雰囲気が拭《ぬぐ》えないもの。

彼女自身も父親が功労爵位を得てから貴族の仲間入りとなった人物だ。貴族の一員であれば幼少期より自然と身につけていく言葉の裏を読むスキルも、逆に言葉の端々から真意を読み取る洞察力も、十分とは言《い》い難《がた》い。

「私は此度《こたび》の任務に出立する前に、シグルド様の正妻であるジュリエッタ様から『行軍中は夫のことを頼む』と申しつけられています。ジュリエッタ様のご指名を受けた私には、シグルド様の身の周りのお世話をする権利と義務があるのです」

「……はあ」

胸を張って宣言する彼女の主張に、流石《さすが》の俺もしばし呆気《あっけ》に取られてしまう。

ジュリエッタが「行軍中に夫のことを頼む」と願い出ているのは、ヒルダにだけではない。

彼女は銀月の乙女と称されるようになってからも驕《おご》ることなく様々な人材との交流を図っているので、夫の部下である騎士達とも会話する機会が多い。

そもそも夫のことを頼むという台詞《せりふ》そのものが、夫の同僚に対する、実に一般的な妻の言葉だ。

ヒルダに対してのみ、特別な意味を持たせているわけではない。

そんなジュリエッタの言葉をそれ幸いと曲解したのは、おそらくはヒルダ一人ではないだろうか。

あるいは彼女の持つ潜在的な願望が、言葉の意味を勝手に解釈した結果とでもいうべきか。

シグルドよ。執着を持つ女の思い込みは、なかなか厄介な事案を生むものだぞ？

俺は溜め息をつき、近くにいた騎士の一人に指示してヒルダから布を取り上げた。再び何か言いたげな彼女を無視してシグルドに手招きし、騎士から受け取った布を身体に当てて必要な布の長さを確かめていく。

ヨルガほどではないが、副騎士団長を務めるシグルドの肉体も鍛えぬかれた代物《しろもの》だ。

布の長さを測りつつ、俺は一人息子の腕や背中に、じっくりと掌《てのひら》を這《は》わせてやった。どう見ても過剰なその接触に神経を逆撫《さかな》でされたヒルダが呪わんばかりにこちらを睨《にら》みつけてくるが、楽しんでいるだけなので、当然それを無視するスタイルだ。

シグルドは俺の意向に気づいているらしく、澄ました表情を保っているものの、口元が僅《わず》かに緩んでいる。

無力な小娘の敵意程度、気にかける必要もない……どちらかというと問題なのは、シグルドに構う俺の背中に注がれる、いたく剣呑《けんのん》な視線のほうか。

布の裁断を終えてマントをブローチで留めたシグルドが改めて騎士達に出立の指示を出し始めると、物言いたげな態度のヨルガが、フルグルの鼻梁《びりょう》を撫《な》でる俺の隣に立つ。顔だけを傾けて表情を窺《うかが》い見《み》ると、精悍《せいかん》なその相貌には微《かす》かに澱《よど》んだ感情が滲《にじ》んでいた。

俺は見上げる姿勢をそのままに、あえて挑発するような言葉を投げかける。

「何か言いたげだな？　騎士団長殿」

「……シグルドは、貴方の息子だろう」

「如何《いか》にも……それが？」

顔を逸《そ》らして吐き出される、低く忌々《いまいま》しげな、侮蔑の言葉。

「息子に対する態度として相応《ふさわ》しいとは、思えん」

「ほう」

そうか。

今のお前には【嫉妬《しっと》】より先に【嫌悪】が来るか。

「ククッ」

緩やかな歓喜が込み上げ、法悦じみた衝動が喉を断続的に震わせる。眉根を寄せたヨルガは、笑みを堪《たた》える俺の様子にますます不審な表情を浮かべた。

「アンドリム殿。何がおかしい」

「いや何……フフッ……少しばかり、な。嬉しかっただけだ」

「なんだと？」

ヨルガの疑問には答えず、俺は上機嫌のまま彼の肩を軽く叩き、自分も乗馬の準備に取りかかる。

――喜ばしいに、決まっている。

同じ顔をしていても、同じ声をしていても、同じ温《ぬく》もりを持っていても。記憶を失っているこの男は、俺の愛する番《ヨルガ》ではないと、再認識できたのだから。

†　†　†

ジルミの町を発ち、一時間ほど馬を走らせると、周囲の光景が少しずつ変わっていった。

道の両脇から緑が減り、大きな樹木が姿を消して低木に変わり、低木はやがて小さい茂みに変わる。

そして、それすらも見かけなくなった頃。俺達一行は、サナハ共和国とアバ・シウの国境線となる、砂漠の入り口に辿り着いていた。

「……これがアバ・シウか……」

白い砂丘が見渡す限りに連《つら》なってる光景は、切り取るような青空とのコントラストが際立ち、絵画的な印象すら受ける。

前世を含めても、本格的な砂漠を訪れた経験は皆無《かいむ》だから、やはり興味深い。

幸いにも晴天に恵まれていて視界は良好。この分だと日中の暑さは厳しくなる可能性が高い。それでも強風で砂埃《すなぼこり》が強い時よりはマシだと、砂漠を眺める俺の隣に馬を寄せたシグルドが解説してくれる。

「特に異変はなさそうだな……団長、予定通りに、休憩は一つ目のオアシスで取ることにします」

「分かった」

ヨルガの了承を得たシグルドの号令で、俺達はアバ・シウに足を踏み入れた。

砂漠に入ると流石《さすが》に馬脚が鈍くはなるものの、隊列が乱れることはない。

幾つかの目印を頼りに、砂丘の尾根《おね》伝いに馬を走らせること数時間。最初の休憩地点になったのは、砂丘の麓《ふもと》にできた小さなオアシスだ。

オアシスの中心となる青く透明な水を湛《たた》えた泉の縁からは緑の草が生い茂り、更にそれを囲むようにヤシの木が生えている。

大きな泉であればそこを起点に町が作られることも多いだろうが、この泉の規模では休憩所の役割を果たすので精一杯といったところか。

俺が泉を観察している間に、騎士達が手際良く休憩用のテントを整えてくれた。彼らはドゥカリがくれた布の余りをタープ代わりに張った下で休んでいるが、織り込まれた繊維の効果が高く、かなり涼しい日陰ができているとのこと。

身につけたマントの効果で砂漠の中であっても体力の消費が抑えられたようだし、帰国したら改めて、ドゥカリ団長に謝礼の言葉を送らねばなるまいな。

そんなことを考えつつテントの中に入ると、二つ置かれた簡易寝台の片方には、既《すで》にヨルガが腰掛けて軽く汗を拭《ぬぐ》っていた。

彼は俺の姿を目にして僅《わず》かに唇を開いたが、暫《しば》しの逡巡《しゅんじゅん》の後に、結局沈黙を守る。

俺はそんなヨルガの様子を気に留めず、彼と向かい合うようにもう一つの寝台に腰掛けて襟から頭にかけて巻いていたストールを抜き取った。臙脂色《えんじいろ》のそれは強い日光で肌を痛めないようにとジュリエッタが準備してくれたもので、馬上にあってもどうしても被る砂埃から俺の喉を守るのにも一役買っている。

手にしたストールを軽く振ると、布地に巻き込まれていた砂の粒が、草地の上にパラパラと落ちた。

「アンドリム殿」

意識して、あまり感情が乗らないように努めているのだろう。平坦な声が、俺の名前を呼ぶ。

「砂漠での行軍は訓練していても身体に堪えるものだ。僅《わず》かな時間でも仮眠をとったほうが良い」

「分かっている。落ち着いたら、少しばかり眠らせてもらうさ」

頷《うなず》き返《かえ》すと、ヨルガは寝台の近くに置いてあった籠の中から丸い果実を一つ取り出した。

ふわりと漂《ただよ》う、甘く柔らかな香り。淡雪の色を宿した薄皮に、少女の頬の如《ごと》き色合いを重ね、蕩《とろ》けるような果肉を包む甘美な果物——白桃だ。

リサルサロス経由の交易路が確立されてヒノエからの輸入量が上がってはいるものの、パルセミス王国では、現状でも十分に高級果物に分類される品目の一つでもある。

俺が見守る前でヨルガは果物ナイフの背で桃の全体を軽くなぞり、最後にナイフで一筋の切れ目を入れて、そこからつるりと皮を剥《む》いた。大きな掌《てのひら》の上で危なげなくカットされた白桃の果肉が、無言でこちらに差し出される。

俺はヨルガの掌から櫛形《くしがた》にカットされた桃の欠片《かけら》を一つつまみあげ、ゆっくりと口に含む。すぐに口の中全体に、甘い香りと芳醇《ほうじゅん》な味わいが広がる。

輸入品の中でも選りすぐりの、かなり上等な白桃を持ってきているようだ。砂漠の中をここまで進んできているのに、ヨルガに与えられた白桃の果肉はひんやりと心地よく冷えていた。あの一見なんの変哲もない籠に、なんらかの仕掛けが施《ほどこ》されているのだろう。

「……美味《うま》いな」

思わず率直な感想が口から漏れると、ヨルガは「そうだな」と僅《わず》かに笑う。

指でつまむのではなく、カットした果肉をナイフの刃に乗せてそのまま口に運ぶというワイルドな食べ方を披露する彼に呆《あき》れているうちに、いつの間にか俺のほうは寝台の上で眠りに就《つ》いていた。


充分な休憩で体力を取り戻した俺達は、目的地である遺跡を目指して再び砂漠の中を走り始めた。

先頭集団に並んで馬を走らせているシグルドが遠眼鏡を片手に何かを確認し、残りの距離三分の一ほどの位置に到達していると、隊全体に声を掛ける。

天頂にあった太陽は僅《わず》かに西に傾いているだけで、陽が沈む気配はない。順調な行程と言えるだろう。

「副団長！」

不意に、シグルドの少し先を走っていた斥候役の騎士が進行方向を指差して叫ぶ。

彼の指差す方向に視線を向けると、青空に向けてもうもうと砂煙を上げている大きな何かが見えた。

それは猛スピードで俺達に向かって突進してきて、すぐにその正体が、異様に大きな筒状の蟲《むし》が身体をくねらせながら砂の上を移動している様《さま》だと判別できるようになる。

「砂蟲……！」

「大きいぞ！」

「何故《なぜ》この地域に砂蟲《すなむし》が!?」

随従の騎士達が少しずつ近づいてくる砂蟲の姿を見て、口々に驚きの声を上げる。本来は遭遇するはずのない場所での、砂漠のモンスターとの邂逅《かいこう》だ。

「今回は目的が別だ！　無理に駆除する必要はない……散開して避けるぞ！」

「っ……！　人が追われています！」

シグルドが回避の指令を出した直後に、目の良い斥候の騎士が叫ぶ。

彼が再び指差す先には、砂蟲の巨体に追い立てられながら砂丘の上を一直線に駆けてくる二騎の馬影が見えた。

シグルドは舌打ちをして振り返り、隊の中腹で馬を走らせているヨルガに向かって声を張り上げる。

「団長！　砂蟲に追われている者がいます！」

「了解した。民間人と仮定して救援を行う！　シグルド、ミレー！　先行して指示を」

「はい！」

馬の脇腹を蹴ったシグルドと斥候の騎士——ミレーが、砂蟲に追われる馬影に向かって速度を上げて近づいていく。

どうしたら邪魔にならないかと俺が考えているうちに、自分が乗っている馬を横に並べたヨルガが、身軽にも馬を走らせたままフルグルの背中に飛び乗った。

俺は驚きのあまり一瞬手綱《たづな》を離してしまったが、すぐにヨルガの片手に腰を支えられたので無様に落馬することだけは免れる。

「おい……！」

「緊急事態だ。舌を噛むなよ」

俺の抗議を無視したヨルガは俺の手から手綱を取りあげ、先程のシグルドと同じようにフルグルの脇腹を蹴って砂蟲に突っ込んでいく。

追われていた馬影が近づいてくると、馬だと思っていた乗り物はラクダで、その背中に跨《また》がっているのは商人風の装いをした人だと分かる。

「止まらず駆け抜けろ！」

「恩に切る！」

すれ違いざま、先頭を走っていた男とヨルガが声を交わした。張りのある、若い男性の声だ。

もう一人は無言ではあるものの俺達に向かって頭を下げ、先の男に続いて隊列の間を最後尾まで駆け抜けた。

そうこうしている間にシグルドとミレーは砂蟲と接触したらしく、襲いかかってくる巨体を二手に分かれて避け、そのまま砂蟲の後方を大きく迂回《うかい》して隊列のほうに戻ってくる。

「砂蟲三体確認！　中央の一体は、おそらくマザーです！」

巻き起こる砂煙に紛《まぎ》れて見えていなかったが、ラクダに乗った二人を追いかけていた砂蟲に続く一体は、先頭のものより数回りも大きな巨躯を誇っていた。

確か砂蟲は雌のほうが巨体で、家族で狩りを行う習性がある。親子は言葉がなくともなんらかの方法で意思を伝達しており、連携して狙った獲物を追い立て、群れで囲んで逃げ場を塞《ふさ》ぎ、最後にゆっくりと呑み込むという戦術が一般的だ。

息を呑む俺の身体を自分のほうに引き寄せたヨルガは、しっかり捕まっていろと短く告げて、腰に帯《お》びていた【竜を制すもの《クィスタシス》】を引き抜いた。

……もしかしなくても、このまま戦うつもりか。

「マザーは私が引き受ける！　連携されないよう、同時に前後の子供も倒す！　シグルド、左翼を率いて後詰を！　ミレー、右翼を率いて先鋒を！」

ヨルガの指示で、隊列が二手に分かれて翼のように動き始めた。

俺は僅《わず》かに迷った末に、身体を反転させてヨルガの胴回りに正面からしがみつくことにする。このほうが、片手で剣を、もう一方で手綱《たづな》を握るヨルガの邪魔にならないだろう。

軍服の胸元に顔を伏せると、ふっ、と頭上で密かに笑う気配がしたが、流石《さすが》に今はそれに物申す余裕がない。

「散開！」

号令と共に、左右に展開していた騎士達の隊列から、子供の砂蟲《すなむし》に向かって雨のように矢が射ちこまれる。

砂蟲の巨大な口に反して、頭の天辺付近にある小さな目を正確に射抜いたのは、弓の名手と名高いヒルダの射た矢だ。

毒が塗られた鏃《やじり》で目玉を射抜かれ苦悶《くもん》の声を漏らして暴れる砂蟲達に挟まれて、母親の砂蟲は怒りくるった声を上げ、大きく身体をくねらせた。

そこにできた隙を見逃すような騎士団長ではない。

「……ッ⁉　ギギギギィッ‼」

何か恐ろしいものが来る、と本能的に察した母親の砂蟲が、自分のテリトリーである砂の中に潜る前に。鎌首を擡《もた》げた砂蟲の懐《ふところ》に駆けつけたヨルガの剣が一閃《いっせん》し、その巨躯を二つに斬り裂いていた。

「っ！」

思わず見上げると、喉下から頭の上まで大きく斬り裂かれた砂蟲の身体越しに青空が垣間《かいま》見えて、俺は一瞬、呆気《あっけ》に取られる。

こんな至近距離でヨルガの戦いぶりを目にするのは確かに初めてだが、それにしても圧倒的すぎないか。

しかし次の瞬間には、傷口から噴き出た砂蟲の体液が俺とヨルガの上に容赦なく降り注いできた。

咄嗟《とっさ》に身体を縮める俺とは真逆に、ヨルガは身につけていたマントを持ち上げて俺と自身の頭上を覆い、滝のように降り注ぐ体液の雨から庇《かば》ってくれる。

――あなたも………か。

不意に。

記憶の欠片《かけら》が、弾けた。

「……え……？」

布地に覆われた、薄暗い、この小さな空間の中で。

見上げる俺と、見下ろすヨルガの眼差しが、密に絡む。

雨の音と、榛色《はしばみ》の瞳。寄り添った体温。互いの吐息が頬にかかるほど近くで交わる視線。

ヨルガも驚いた表情を浮かべて、俺の顔を凝視している。

――この光景を。以前にも、何処《どこ》かで。

「団長！」

「っ！」

シグルドの声で我に返ったヨルガは、手綱《たづな》を引いてフルグルの馬首を巡らせ、息絶えて崩れ落ちてくる巨躯の下から素早く退《しりぞ》く。

同時にシグルド達も子供の砂蟲《すなむし》二体を討伐し終えたようで、砂丘の上に勝利の歓声が響き渡った。

俺はヨルガの胴に腕を回して密着した体勢のまま、霧散してしまったヴィジョンに思いを馳《は》せる。

「……あれは」

あれはおそらく過去に、実際に体験したこと。

俺すらも忘れてしまっている、何処かで。

† † †

「いやぁ助かった。こんな所で軍属の一軍に出会えるとは。おかげで命拾いをした」

三体の砂蟲討伐が終わり、隊列を整え直す俺達のもとに戦闘領域から離れた場所まで逃げていた二人が戻ってきた。

俺はさりげなくヨルガにしがみついていた腕を離し、フルグルの背中の上で正面に向き直る。しかし手綱はヨルガが握ったままなのだから、俺が掴まる場所は、愛馬の鞍《くら》しかない。更に先程までまぁまぁ必死にヨルガに縋《すが》っていたせいで、腕がそれなりに疲れている。

剣を納めたヨルガの腕が、傾《かし》ぎそうになる身体を引き寄せて支えてくれた。

人目がある、と小声で告げた俺の言葉は、綺麗に無視される。

ヨルガを集団の代表と察したのか、先を走っていた大柄な男のほうが、俺達の近くにラクダを寄せて砂の上に降り立った。

口元を覆っていたストールとターバンを外して露わになった顔は、声の響きから察していた通り、若く精悍《せいかん》な青年のものだ。背丈はシグルドと変わらないくらいで、燻《くす》んだ色の金髪と紫色の瞳を持ち、なかなかに整った顔立ちをしている。

続いて青年に随従していたもう一人もラクダから降りて彼の少し後ろに控え、こちらもストールを外して頭を下げた。線が細い身体つきの彼は薄い青色の瞳をしていて、ターバンを巻いたままなので髪色はよく分からないものの、陶器人形《ビスクドール》めいた印象を受ける風貌だ。

「俺はアイザック。アイザック・スタイナー。見ての通り、しがない旅商人だ」

「……コルティン・トロントにございます。アイザック様の補佐を務めております」

述べられた口上に俺は目を瞬《またた》かせ、後方から腰を支えているヨルガの顔を仰《あお》ぎ見《み》た。やや呆《あき》れた表情を浮かべながらも彼が頷《うなず》いたので、俺は軽い咳《せ》き払《ばら》いをしてから、砂上の二人に向かって微笑《ほほえ》みかける。

「アイザック・スタイナー殿に、コルティン・トロント殿。私はアンドリム・ユクト・アスバル。我々は、パルセミス王国騎士団団長ヨルガ・フォン・オスヴァインが率いる小隊だ。まずはお二方とも、無理に商人のふりをしなくても良い」

指摘を受けたアイザックとコルティンは、僅《わず》かに目を眇《すが》めた。

「……何を根拠に我らが商人ではないと？」

アイザックの問いかけに、俺は軽く肩を竦《すく》める。

「何もかもだ。商人を装うのであれば、もう少し言葉遣いに気をつけたほうが良い。彼らはそんな上からの言葉を使わないのだよ。商売道具である荷を積んでもいないし、砂蟲《すなむし》に襲われた時点で荷を捨てたとしても、キャラバン隊の目印となる意匠が鞍《くら》に施《ほどこ》されていないのがおかしい。更に言えば旅商人なのに、その鞍と鐙《あぶみ》は新品だろう？　新調したとも取れるが、危険な砂漠を渡る時などには使い慣れた品を選ぶものだ。あとは大前提として、アバ・シウを踏破可能なキャラバン隊は、現存する隊を全て把握している。アイザック・スタイナーが率いるキャラバン隊の話は、耳にしたことがない」

「……成るほど」

「極め付きは、お二人の肌だな。砂漠を渡る商人が、そんな白磁の肌を保てるはずもない」

「ハハハ！　これは参った。勉強が足りなかったな」

元々、隠す気はなかったのだろう、快活な笑い声を上げたアイザックが両手を掲《かか》げ、耳の上から頭の天辺にかけての自身の髪をゆっくりと掻《か》き上《あ》げる。

何事だろうと見守っていると、ぱらぱらと指の隙間からこぼれた金髪が頭皮に触れる前に、それを押し除ける硬質な何かが、皮膚の下から早送りのような速度で盛り上がった。

「なっ……⁉」

「っ！」

流石《さすが》に俺とヨルガは言葉を失う。

悠然とした態度を崩さないアイザックの頭に現れた、大きな二本の角。形こそ羊のものに似てはいるが、歪《いびつ》な捻《ねじ》れと節々の尖り具合に黒曜石の色合いが禍々《まがまが》しく、彼の正体を如実《にょじつ》に訴えかけてくる。

「……魔族か」

「その通り。察しがいいな、人間」

俺の呟《つぶや》きを、アイザックは両腕を広げて肯定した。

この世界での魔族は、ユジンナ大陸の南西に位置するフィーダ島に住む、人間とは交流を持たない種族のことを示す。

フィーダ島はかつてユジンナ大陸の一部であったが、その地を治めていた領主の一族が人智を超えた力を得ようと人道に外れた実験を繰り返した。やがて彼らは神の怒りを買い、姿形を醜《みにく》く変えられた末に、領地ごと大陸から追放された。その末裔《まつえい》が、魔族。彼らはそれぞれ頭に大きな角を生やし、人間よりも優れた魔力を持ち、長い寿命を誇る。

ユジンナ大陸で一般的に伝承されている話は、そんなところだ。

魔族がフィーダ島からユジンナ大陸を訪れることは殆《ほとん》どないが、この不毛の砂漠で邂逅《かいこう》したという話は、確かに聞いたことがある。

フィーダ島には特有の特産品もあるので、現在も大陸との間で交易だけは続いているが、彼らは基本的に閉鎖的な種族のはずだ。長年宰相を務めた俺でも、魔族と遭遇したのは初めての経験となる。

「魔族⁉」

「どうして魔族が、この大陸に……！」

先の展開を思案する俺をよそに、ヨルガはイレギュラーの登場にどよめく騎士達を手を上げて制し、再びアイザックと視線を合わせた。

先ほどは俺が言葉を交わしたが、今度は騎士団長であるヨルガ自身が質問をする形だ。尋問めいた高圧的な言葉の応酬になってしまうのは、仕方がない。

「アイザック・スタイナー殿。私はヨルガ・フォン・オスヴァイン。パルセミス王国騎士団の団長を務めている。まず聞きたい。魔族である貴殿がユジンナ大陸を訪れているのには、何かしら目的があってのことだろう」

「如何《いか》にも。この不毛の砂漠に俺の悲願を果たす術があると、結論が出たのだ。しかし、その件は人間達と敵対する意図があってのものではないと、我が角にかけて約束する」

「そうか。その言葉を信じるとして……今回の来訪は貴殿と従者殿だけだろうか？　外交的な助力が必要であれば、我らの主君であるウィクルム陛下の判断を仰《あお》ぎ、何かしらの協力ができると思うが」

「申し出には感謝するが、俺の目的は、国家に波及するような部類のものではない。ただ、アバ・シウに存在する遺跡の位置を知っているのであれば、ご教授いただけるとありがたい」

「……ほう？」

フルグルの背中でおとなしく話を聞いていた俺は、アイザックの要求に俄然興味が湧き、小さく言葉を漏らす。

「魔族の二人が、アバ・シウの遺跡に……このタイミングで、か」

アイザック曰《いわ》く、来訪の目的は国家の問題にはならないとのことだが……時節を鑑《かんが》みれば、ヨルガの身の上に起きている現象に関与する何かと考えて、間違いないだろう。

それがどんな影響を及ぼすかは不明だが、このまま二人から目を離してしまうのは得策ではない。

そうと決まれば、俺のかける言葉は決まっていた。

「ならば、魔族のお二人よ。私たちに同行してはどうだろうか？　我らの目的地も、アバ・シウの遺跡なのだよ」


同行者二名を隊列に加えた俺達は、遅れを取り戻すために、アバ・シウの遺跡を目指して一目散に馬を走らせた。

砂蟲《すなむし》討伐がスムーズだったのでそれほど時間を喰ってはないが、元々の到着も夕刻頃になる予定だ。あまり遅くなると、砂漠の上で夜を迎えてしまう。

俺が魔族の二人を誘ったことにヨルガとシグルドを除いた騎士達は驚いていたが、逆説的に考えれば、彼らの【安全性】は既《すで》に保証されているようなものだ。

一般的に、魔族は人間よりも高い戦闘力を持つと言われている。ヨルガは参考にならないとしても、アイザックとコルティンの二人がシグルドレベルの力量を持っているならば、多少は苦労するだろうが、親子連れの砂蟲《すなむし》を二人で討伐することは可能だ。

それにも拘《かかわ》らず、二人はあの砂蟲から逃げていた。俺達と邂逅《かいこう》するために、自ら引き起こした逃走だと疑うこともできるが、それにしては仕掛ける場所も時間も中途半端だ。予測されていた砂蟲の出没地域とも違うから、下手をしたら俺達と遭遇できない。そもそも囮《おとり》に、三匹も引き連れる必要がない。

ならば何故《なぜ》、砂蟲相手に逃げの一手だったのか。

考えられる理由は、三つだ。

一つ目は、魔族という存在が実は俺達が期待するほどは強くないというパターン。この理由であれば、確かにもう単純に逃げるしかない。砂蟲との邂逅は不幸な事件といったところか。

二つ目は、アイザックとコルティンのどちらかが不調であるパターン。ターバンを解《と》いて力の象徴である角を見せつけてきたアイザックと異なり、従者のコルティンのほうは静かに頭を下げるだけだった。彼が魔族としての力を振るえない状態であれば、非戦闘員の彼を庇《かば》いつつ一人で砂蟲三体と相対するのは困難だ。

……そして最後は、彼らに戦闘できない理由があるパターン。強い魔術や技は、往々にしてその痕跡を残す。神官長マラキアがヨルガの記憶を奪った砂竜の居所を見つけたのも、それを辿る方法だ。魔族の二人にとって、痕跡を知られたくない何かが存在している可能性は高い。

俺が同行を誘った時に面白そうに笑って同意したアイザックは俺とヨルガの近くに、従者のコルティンはシグルドの近くでラクダを走らせている。

彼らの目的はまだ不明だが、ヨルガの反応では、何かあっても自分が対応できると判断しているようだ。

因《ちな》みに、俺は魔族の二人と相対した時にフルグルにヨルガと同乗した状態で、うっかりそのまま移動を始めてしまった結果、ヨルガとの相乗りが継続中だ。

目的地に着いたら、フルグルを労《ねぎら》ってやらなければ。

「遺跡が見えてきたぞ！」

先頭を駆けていたシグルドが張り上げた声に、俺は前方の砂丘に目を凝らす。

連綿と連《つら》なる砂丘の谷間に姿を見せたのは、想像していたよりもかなり大きな遺跡の外観だ。

砂漠の遺跡と聞いて勝手にピラミッド的なものを想像していたのだが、石積みの外壁で囲まれたそこには幾つかの建物が内包されていて、単独の建築物というよりも小規模の都市遺跡に近い雰囲気だ。

「……あぁ」

降ってきた溜め息に顔を上げると、ヨルガの虚《うつ》ろな視線が、遺跡のある方角に固定されていることとに気づく。

僅《わず》かな焦燥感まで垣間見《かいまみ》せるその表情は、もしかしなくても、件《くだん》の竜に呼ばれている弊害か。……正直、面白くない。

俺は背筋を伸ばし、後頭部を使ってヨルガの胸板をドンと叩いた。ハッと我に返った様子のヨルガにフードの下から笑いかけ、大きな胸板に背中を押しつけながら、手綱《たづな》を握る拳《こぶし》の上に自分の手を重ねる。

「騎士団長殿よ。呑まれるな」

「っ……すまない」

耳元で短く謝罪したヨルガの腕が、再び俺の身体を引き寄せる。顎先《あごさき》で俺の髪を掻《か》き分《わ》け軽く鼻を鳴らす仕草は、飼い主の匂いを確かめる犬そのものだ。

記憶を失《な》くす前のヨルガと俺は、既《すで》に周知の関係といえども、他人の目がある場所での戯《たわむ》れの行為にはそれなりの線引きをしていた。

しかしヨルガのほうが竜の意思に囚《とら》われ易《やす》い現状では、それが難しいのだろう。

それに俺の存在が楔《くさび》となるならば、求められる接触を拒絶しようとは思わない。求めるままにさせた上に、髪に寄せられているヨルガの頭を軽く撫《な》でてやると、満足げに吐き出された呼気が俺の地肌をじわりと温めた。

ラクダで並走していたアイザックは、俺とヨルガの様子を間近で観察していたと見えて、何やらしたり顔で頷《うなず》いている。

……予想通りこの男、ヨルガが記憶を失くしている理由に何かしら思い当たる節があるようだな。後からじっくりと話を聞くとしよう。

そうこうしているうちに、シグルドとミレーを先頭にしたまま砂漠の遺跡に辿り着いた俺達は、石積みの外壁を通り過ぎても馬の足を緩めることなく、遺跡の中央に位置する大きな泉の畔《ほとり》まで移動する。

遠目からも確認できたように、おそらくは元々オアシスがあった場所に築かれたこの遺跡には、周辺を石壁に囲まれた敷地内に幾つかの建物が遺されている。いずれもそれなりに朽《く》ちているので生活拠点とするには相応《ふさわ》しくないが、建物の内部に描かれた壁画などはまだ色鮮やかな部分も多く、なんらかの手がかりを期待しても良さそうだ。

泉の近くにはテントを張るのにちょうど良く開けた場所があり、砂蟲《すなむし》討伐隊に遠征してくる際にもそこを拠点とするのが殆《ほとん》どだということで、今回もそれに倣《なら》うことにする。

陽が落ちる前にと騎士達は手際良く拠点設営に取りかかり、手の空《あ》いた者は町からここまで走り続けた馬達の世話に回る。訓練されているだけあって、無駄なく連携した行動だ。

俺とヨルガは設営の指揮をシグルドに任せ、夕食までの休憩の間、最初に準備された上官用のテントにアイザックとコルティンを招き、彼らの話を聞いてみることにした。

テントの中央に置かれたテーブルを囲む形で、俺の正面にアイザックが腰掛け、右隣に座ったヨルガの正面に少し恐縮した様子のコルティンが座る。

「まずは、我らが魔族であると知っても恐れず一行に加えてくれたことに、礼を言う」

改めてアイザックが頭を下げ、コルティンもそれに続く。

魔族は人間を下等生物として見下している種族という印象が強かったのだが、この二人を見る限りでは、その認識は間違っているようだ。

手足と顔を水で洗い衣服から砂を落として居住まいを正したアイザックは、美丈夫の部類に入る外見をしている。野生的な雰囲気を醸《かも》し出《だ》そうと試みているようだが、言動と態度が貴族のものに近いのは明白だ。おそらくは、魔族の中でも上流階級の出身ではないだろうか。

一方で殆《ほとん》ど表情が変わらない従者のコルティンは、自発的な言葉を口にしないこともあって、人となりや出自を想像しにくい。

どちらにしても、魔族にとっては過ごしにくいことこの上ないユジンナ大陸の、更に不毛の砂漠にまで足を運んでいるのだ。そこには、相当の決意と理由がある。

「……砂蟲《すなむし》をご自身で倒さなかったのは、貴殿の目的に関与することのためだろうか？」

コルティンはまだしも、アイザックのほうは砂蟲の一匹や二匹、簡単に倒せる実力を持っているだろうとヨルガは推察していた。

アイザックはヨルガの口にした疑問を否定することなく、静かに頷《うなず》き返《かえ》す。

「騎士団長殿の仰《おっしゃ》る通《とお》りだ。戦闘をするとどうしても、痕跡が残るからな。それを追って居場所を特定されたくない相手がいる」

おや。俺の予想が大当たりか。

成るほどと呟《つぶや》く俺とヨルガの前で、アイザックは視線をコルティンに向け、巻いたままだったターバンを取るように促《うなが》す。

自然と俺とヨルガから注目を浴びる形になったコルティンだが、アイザックの言葉には逆らわず、頭に巻いていたターバンを黙って解《と》いた。

スルスルと布が解けていくにつれて、徐々に露わになっていく彼の頭部を目の当たりにした俺達は、息を呑む。

「……なんと、いたましい」

それが本来はアッシュグリーンの髪だったと教えてくれるのは、火傷《やけど》の痕に覆われた頭皮のところどころに残る、産毛のような毛髪の名残《なごり》からだ。また、コルティンの耳の上――本来ならば魔族の証《あかし》である角が生えているはずの場所には、何かを折り取った後の断面がある小さな瘤《こぶ》が、申し訳ない程度に張り付いているのみ。ターバンとストールを外した首筋から背中にかけても、鞭《むち》で執拗《しつよう》に打《う》ち据《す》えられた時に残る線状痕が無数に散らばっている。

それが一方的な蹂躙《じゅうりん》によるものだという予想は、子供にでもつく。

「コルティンは、元々は孤児だ。将来俺の補佐になれるようにと、スラムの子供達の中でも見どころがあったコルティンを父が拾ってきて、俺と共に育ててくれたんだ。しかし、一年ほど前に、急に親族が見つかったと報《しら》せが来た。俺達は反対したのだが、コルティンがトロント家の血族だと証明された上に親族を引き取りたいと訴えられては、対抗できなくてな……結局、トロント家に引き取られた」

引き取られた先で何があったかを、コルティンは頑《かたく》なに語ろうとしない。

しかし相手が碌《ろく》な輩《やから》でなかったのは、一族の一員として引き取られていったはずのコルティンがボロボロの姿で捨てられていたことからも、十分に分かるとのこと。

さもありなん、だな。

「今はまだ泳がせているが……俺の従者をこんな目に遭《あ》わせたトロント家の奴らには、必ずや、全員を引《ひ》き摺《ず》り出《だ》して報復するつもりだ。手足の指を一日に一節ずつ切り落として餌《えさ》にし太らせた魚を本人に喰わせよう。横腹を裂いて断崖にくくりつけ、鳥に腸《はらわた》を啄《ついば》ませた後に回復を繰り返し、百年は苦しめ続けよう……とは思っているが、まずはコルティンの角と傷を癒《いや》す術《すべ》を得るほうが先だと考えたんだ」

「……英断ですな。報復の手段も具体的な計画ができていて、結構なことだ」

……やれやれ。

これはまた何か、従者に対して重めの感情を抱いているタイプのようだな？

「それでは、スタイナー殿がこの遺跡を目指していたのは、トロント殿の角を治す術がここにあるからだと？」

「この砂漠に来るまでは、情報の上でのみ、だった。しかし今は、騎士団長殿の様子を見て間違いないと確信している……それと家名で呼ばれるのは面倒なので、俺の呼び名はアイザックで構わない。コルティンのことも、できれば名前で呼んでやってくれ」

形式上はどうあれ、コルティンがトロント家の一員として称されるのは気に食わないのだろう。その心情は理解できる。

「承知した。私のことも、アンドリムと呼んでいただければ幸いだ……早速だが、騎士団長の様子を見て確信したこととは？」

俺の問いかけに、アイザックは薄く笑う。

「呼ばれているだろう？」

ヨルガの身に起きている異常を、確実に言い当てた言葉。

つまりはこれが遺跡に住む竜の仕業だと、アイザックが知っているということだ。おそらくは、その理由も。

「騎士団長殿が呼ばれた意味を、お伺いしても？」

「構わないが、一つ、先に約束してほしいことがある」

「……なんだろう？」

「幸いにして、俺達の利害は一致する。騎士団長殿が奪われた記憶を取り戻すのと、俺が求めるものを得る手段が等しいからだ。ただ……正直に言えば、俺が『求めるもの』のほうが相当に価値が高い。それでも、それを俺に譲ると、約束してほしい」

つまりは、ヨルガが記憶を取り戻すために必要なプロセスの中で、アイザックが求めている『コルティンの角を治す』手段が手に入るということか。そしてそれはかなり貴重な部類に値するのだろう。

魔族にとって力の源である角を癒すほどの力がある代物《しろもの》となれば、それも当然か。

俺はテーブルの上で緩く指を組み、アイザックに向かって頷《うなず》いてみせる。

「我々は財宝を求めてこの地を訪れたわけではない。騎士団長の記憶を取り戻すことこそが、唯一にして最大の目的。アイザック殿の提案がそれに繋がる道であるならば、喜んで受け入れよう」

「……恩に切る」

軽く頭を下げたアイザックが、安心したように小さく息を吐く。

どうやら彼にとって、俺達の助力を得られるかどうかは、それなりに重要なファクターだったらしい。

「協力の見返りとして、俺が知る情報は全て伝えよう……まず俺が欲しているのは、この遺跡の何《ど》処《こ》かに産み落とされている、砂竜の卵だ」

「卵、ですか」

これは、予想外だ。

マラキアの見た影や古代竜カリスの言葉からも、砂漠の遺跡に竜が住んでいることは予想していたのだが、まさか産卵しているとは。ヴィネスキャラバン隊がせっせと餌《えさ》をこの遺跡に運び込んでいたのは、そのためか。

しかしそうだとしても何故《なぜ》、卵を産んだ竜がヨルガを呼び寄せる必要があるのだろうか。

「砂竜は、ユジンナ大陸ではほとんど姿を見ないだろう。奴らの主な生息域は、魔族が住むフィーダ島なんだ。竜は長寿ゆえに、数百年に一度しか卵を産まない。砂竜は産卵の近くになるとユジンナ大陸に渡り、アバ・シウの離宮と呼ばれるこの遺跡に籠《こも》る。産卵近くといっても、準備期間だけで数年に及ぶ。栄養を蓄《たくわ》え、やがて卵を産み落とすと……今度は父親になる人間を呼ぶんだ」

「父親に……？」

流石《さすが》のヨルガも、驚きの表情が隠せない。

「どうしてかは、俺にも分からない。そういう生態だとしか言いようがないからな。母親の砂竜は、自分が選んだ人間をユジンナ大陸の中から離宮に呼び寄せる。相手を呼び寄せやすいように、選ばれた人間が持っている一番強い【絆《きずな》】を得た記憶を、その過程ごと奪い取ると聞いている」

「それはなんとも……迷惑な話だな」

強い絆で結ばれた相手がいると、心を惑《まど》わせる類《たぐい》の魔術がかかりにくくなることは、一般的にもよく知られている。

つまりヨルガは砂竜の産んだ卵の父親とやらに選ばれたがために、俺との記憶を奪われたというわけか。……しかしどうして、十年分も奪われたのか。

「呼び寄せられた人間は、卵に辿り着くと、自分の血を卵の殻に捧《ささ》げる。その血液に含まれる魔力の刺激で孵化《ふか》し、竜の幼生が生まれるそうだ。そして父親となった人間は――」

少し言い澱《いよど》んだアイザックはチラリとヨルガの顔を見遣るが、彼が静かに肯首したので、説明の続きを口にする。

「卵の側で待ち構えている母親の砂竜に、滋養として喰われるのがお決まりだとか」

「っ……」

眉根を寄せて唸《うな》るヨルガの前でアイザックは右手を伸ばし、テーブルの上に置かれたコルティンの手をそっと握った。

「だが逆に言えば、人間の血を与えられない限り、砂竜の卵は孵化《ふか》しない。幼生としてでも一旦生まれてしまえば、竜種としての【理《ことわり》】が邪魔をして、魔族の力でも傷つけるのは困難になる。しかし、卵に入ったままであれば……」

父親が不在ゆえに殻を破る時期を教えられず、竜の雛《ひな》となる前の姿であれば――

「喰うことができるんだ。竜の持つ圧倒的な力を、自分の肉体に取り込める」

「……失った角を復活せさせることも？」

「その通り。俺達魔族は角が損なわれると、魔力が半減してしまう。なくなった角が戻ることは、通常はない。だが、竜の卵を喰うことで角が再び生えたという記録がそれなりに残っているんだ」

「……成るほど」

つまりアイザックは、ヨルガが父親に選ばれた卵をコルティンに喰わせたいわけだ。

当然ながらそれには、母親である砂竜の抵抗が考えられる。アイザック一人で卵の隠された場所を探し、更にそれを盗み出し、コルティンを守りながら母親の砂竜と対峙《たいじ》するのはどう考えても困難だ。

それに加えてアイザックの周辺には、ある意味、砂竜よりも厄介な敵が潜《ひそ》んでいる。俺達の助力は、まさに渡りに船といったところか。

「魔術を使いたくない理由は……この遺跡に餌《えさ》を運んでいる輩《やから》に勘づかれたくないからか？」

「あぁ、その通りだ」

「その相手は、トロント家と関連しているとか？」

「そこまでお見通しか」

俺の確認に、アイザックは苦笑いをする。

トロント家は長い歴史を持つ一族だが、魔族達の中では階級が低いほうなのだとか。

「おそらくは、人間側に協力者がいるのだろうな。トロント一族は元々魔力が少ないし、これまでに武力で功を立てた者もいない。奴らの望みは、砂竜の卵を魔王陛下に献上することだ。そうすれば、褒美も陞爵《しょうしゃく》も思いのままになるからな。俺がコルティンのために竜の卵を手に入れようと行動していることに気づいたら、どうにかして横取りしようとするに違いない」

「ふむ」

アイザック達の事情は分かった。

こちらとしてもヨルガを砂竜の父親になどしたくないし、その上で母親の餌にされるなどもってのほかだ。蟷螂《カマキリ》の交尾ではないのだから、卵を産んだら、そのままおとなしく抱卵していれば良いものを。

しかし……アイザックから説明された、今の話。俺としては、どうしても引っかかる点が幾つかあるのだが。

魔族の二人が揃っているこの場で、それを口にすることはできない。

後からなんとかして、単身での接触を図ってみることにするか。

心の中でそう結論づけ、俺は二人に向かって悠然と微笑《ほほえ》みかける。

「アイザック殿の目的は理解した。砂竜の情報も、大変ありがたい。これで、色々と対策を立てられる……しかし今宵はまず身体を休め、明日の朝から件《くだん》の卵を探すことにしよう」

俺が魔族の二人にそう提案した、直後。

「っ⁉」

「何事だ！」

「これは……！」

魔術の素養を持たない俺でも肌で感じ取れるほどの、異様な気配の昂《たか》まり。

アイザックとヨルガがテントから飛び出し、素早くターバンを頭に巻き直したコルティンと俺も二人に続いて天幕の外に出る。

拠点を設営していた騎士達は既《すで》にそれぞれの得物を手に取って陣形を保ちつつ、周囲の状況を確かめに動いていた。

「団長！　父上！」

指揮を取っていたシグルドが俺とヨルガに駆け寄り、異変の原因となりつつある空を指差す。

「……なんだ、あれは？」

指の先に展開しているのは、砂漠と遺跡の境界線になっている外塀を囲い込むように渦《うず》を巻いて吹き荒れる、巨大な砂嵐だ。

地響きを立てながら次第に成長するその砂嵐の壁は、遺跡の中で一番背の高い建物よりも大きく、空に向かって更に伸びていく。

「ダメです！　砂嵐が周囲を塞《ふさ》いでしまっています！」

遺跡の出入り口付近を確認に行った騎士達が、風が強くて外に出られそうにないと報告をあげる。

そうこうしているうちに砂嵐の作り出す壁は天を突く高さに達し、地面を揺らす振動が少しずつ収まってきた。俺も感じたあの『気配』は鳴りを潜《ひそ》めたものの、遺跡を取り囲む砂嵐は吹き荒れたままだ。

俺達がいる遺跡は円形の敷地を持っていて、外塀もそれに倣《なら》って丸く築《きず》かれている。本来、砂嵐は砂漠に吹く風が砂塵を巻き上げて起こるものだ。この遺跡を中心とした固定の場所で強風が吹き続けるのはどう考えてもおかしい。

試しに、騎士の一人に命じて濡らして丸めた手拭《てぬぐ》いを嵐に向かって投げ込ませると、それはあっという間に風に巻き上げられ、上空からひらひらと泉の上に舞い下りた。

「……成るほど」

他の場所でも同様の実験を繰り返し、いずれも結果が同じだと報《しら》せを受けた俺は、確信する。

ハリケーンなどの強風にものが巻き込まれた場合、嵐の外に吐き出されるのが普通だ。特に嵐が作る円の中心付近は、外側に向かう遠心力が強いはず。

しかしこの砂嵐は違う。渦巻く風に巻き込まれても、嵐の中心に戻される。

つまり、この砂嵐そのものが――

「……檻だな」

何処《どこ》かに卵を産み落とした砂竜が、離宮であるこの遺跡から父親《ヨルガ》を逃さないために起こした、天然の檻《ゲージ》だ。

† † †

そこから暫《しばら》く、全員で周囲を警戒をしている間に、夜が訪れた。

砂嵐に遮《さえぎ》られて遺跡周辺に広がる砂漠の様相は確認できないが、上空まで閉じられているわけではないので、空を仰《あお》げば星空が見える。現状、遺跡の外塀を囲む風に触れない限り、とりあえず危険はないようだ。

俺達は明日の朝を待って遺跡内部の探索を行うことに決めてから、泉の畔《ほとり》に戻り拠点作りを再開した。

幸いにして、遺跡の中心にある泉は水が豊富なので食事の準備や沐浴に不自由はなく、月が天頂に来る頃には、交代で見張りにつく騎士達を残し、それぞれが宛《あ》てがわれたテントで休む準備が整う。

しかしここに来て、またもや問題が起こる。

「貴女《あなた》と一緒なんて、ごめんこうむるわ」

「それはこっちのセリフよ！」

激しい口論を続ける、甲高《かんだか》い女性の声。

小隊の中でも二人だけの女性騎士であるネステルとヒルダが、何があったのか、再び喧嘩を始めたのだ。

「……何事だ？」

「父上」

上官用のテントに戻るところだった俺は、夜闇に響く喧々囂々《けんけんごうごう》とした叫び声を聞きつけ、騎士達のテントが並ぶ一角に顔を出す。

困った表情を浮かべているシグルドの背後で展開される罵《のの》り合《あ》いは、なんともデジャヴな光景だ。

「その、ネステルとヒルダが……同じテントで過ごすのは嫌だと言い出しまして」

「それはまた……子供でもあるまいし」

俺達が今回の遠征に用意してきたテントは、全部で十二張り。

基本的に二人で一つのテントを使う形式だが、そのうち二つは上官用の大きめのテントだ。本来は俺とヨルガが別々に使う予定だった上官用テントのうち、一張りをアイザック達に提供するのは既《すで》に決定事項だった。二十人いる騎士の中で女性が二人だけなら、同じテントに配置されるのは至極一般的な割り振りと言える。

因《ちな》みにシグルドには、現在開発中の一人用ポップアップテントを試してもらうつもりで、別口を持ち込んでいる。

ジルミの町での喧嘩をまだ引きずっている女性二人に俺は呆《あき》れてしまうが、この手合いの喧嘩に部外者が口出しをしても、だいたい余計に拗《こじ》れるだけで解決に繋がらない。

「面倒だな……おい、シグルド。お前に用意したテントを、ネステルに貸してやれ」

「っ！」

「はい、父上」

預けていた一人用テントの包みを荷物から取り出したシグルドは、顔色を変えるヒルダの前で、口を挟まずに待っていたネステルに収納袋ごと渡す。

「設営方法は後で教える。少し待っていてくれ」

「は、はい」

コクコクと頷《うなず》くネステルの頬は、夜目にもやんわりと朱に染まって見える。

彼女はシグルドに特別な感情を抱いているというわけではないらしいが、俺の息子は実の父親に似て立派な美丈夫だ。優しい言葉を掛けられたら、照れることもあるだろう。

一方ヒルダは、射殺しそうな目つきでネステルを睨《にら》みつけている。

何せネステルが借り受けたのは、ヒルダが恋して止《や》まない、シグルドの個人的な持ち物だ。

まぁ、あえてネステルのほうに渡るようにしたのは、俺の采配という名の嫌がらせでもあるわけだが。

「シグルド。今宵は、俺と騎士団長殿のテントに入ると良い。多少狭くなるが、寝台の三つ程度、余裕で置ける広さはあるからな」

「はい。ありがとうございます」

「さて、ヒルダよ……お前は、ギュンター殿と同じテントを使うと良い」

「えっ……」

「夫婦だろう？　遠慮はいらん。あぁそうだ。禁止はしないが、夜の営みは声を抑えていただけるとありがたい」

肩を竦《すく》めてヒルダを弄《もてあそ》ぶ俺の言葉に、周囲の騎士達からどっと笑い声が上がった。

ヒルダが喧嘩をしていると聞いて駆けつけたらしい夫のギュンターは、同僚の騎士達に「頑張れよ」「出先でってのもオツだよな」と揶揄《からか》われつつ背中や肩を叩かれて面映《おもはゆ》そうにしているが、それなりに満足げな様子だ。

ヒルダが自分の妻であるとしっかり周囲に認識されていることを示すこの状況は、彼にとって好ましいものなのだろう。

そんな中で、ヒルダだけが一人俯《うつむ》き、唇を噛むように吐き捨てた。

「こんなの、酷《ひど》い……最悪だわ」


騒動が落ち着き、今度こそ就寝準備に入った俺達はそれぞれのテントに戻った。

先に上官用のテントに入っていたヨルガは、俺がシグルドを連れてきたのに少し驚いていたが、簡単に事情を話すとすぐに納得する。

二つ並べておいた寝台を両脇に寄せて中央に簡易寝台を一つ足すと川の字になると気づいて、なんとなく面白い。

有無を言わさぬ笑顔でシグルドに中央のベッドを宛てがい、恐縮した様子の我が子を挟んで、俺とヨルガもそれぞれの寝台で横になる。

砂蟲《すなむし》退治や、協力することになった魔族の二人についてなどを話し合っているうちに、ざわついていた周囲が少しずつ静かになっていく。

どうやら寝床についた騎士達が早々に就寝している様子。行軍の疲れを癒《いや》すために出先でも十分な休息が取れるのは良い騎士である証拠だから、結構なことだ。

「……それで結局、モラシア夫妻は同じテントに入らせたのか？」

話の流れで、シグルドが俺達のテントに来ることになった経緯を改めて説明すると、ヨルガは些《いささ》か呆《あき》れた声を漏らす。

「さて、どうだろうな……ネステルにはシグルドのテントを渡したので、ギュンターと同じテントに入る予定だった相手が一人でテントを使う形になっている。あれだけ皆に揶揄《やゆ》された後だ。ヒルダが同衾《どうきん》を拒めば、追い出されたギュンターはそこに行くだろう」

「形だけの夫婦関係というやつか……それにしても、ギュンターは好きにさせすぎではないか」

「惚れた弱みもあるのだろうよ。どちらにしても家のことがある限り、ヒルダはギュンターから離れられないからな」

俺とヨルガの間でおとなしく話を聞いていたシグルドが、不意にぴくりと肩を跳ねさせた。同時にヨルガも静かに上体を起こし、気配を殺して【竜を制すもの《クィスタシス》】に手を伸ばす。

俺は身構えようとする二人をそっと制し、それに気づいていない体《てい》を装ったまま、テントの外で身を潜《ひそ》めた誰かに会話を聞き取らせる。

「まぁ、それでも彼女の実力はお墨付きだ。目も良いようだから、色々と役に立つだろう。シグルド、明日の探索では、お前はアイザック殿と組んでもらう予定だ。護衛と監視の補佐を兼ねて、ヒルダを同行させる」

「承知いたしました」

澱《よど》みないシグルドの返事に、それを耳にした外にある気配が喜悦に揺らぐ。ヨルガは目を細めて何か言いたげだったが、俺は唇の前に指を立てて緩く首を横に振る。

「万が一、首尾良く探し物を発見できたとしても、迂闊《うかつ》に手を出すなよ。卵の側には母親の竜がいるとみて間違いないからな」

「砂竜の卵、か。相当価値のあるものらしいが」

「あぁ。アイザック殿によると、魔王陛下に献上が叶えば、陞爵《しょうしゃく》は思いのままという代物《しろもの》らしい」

「成るほど……しかしどちらにしても、俺達には無用の話か」

「フフッ、その通り。功名心に逸《はや》るよりも、アイザック殿に恩を売るほうが肝要であろうよ」

そこまで俺が話したところで、硬い表情で外の気配を探り続けていたシグルドが、ふ、と息を吐く。

「……離れました」

「あぁ、ありがとう。全く、ご苦労なことだな……しかし、結局来たのはヒルダだけか」

残念ながら俺は気配を探るなどできないので、この手合いの対処には、シグルドとヨルガの手を借りる必要がある。

盗み聞きに来る可能性があると思っていた相手は、三人。

一人は、魔族のどちらか。これは、互いに立ち位置を探っている状況でもあるので、情報を求めて……という行動だな。

もう一人は、先ほどまでテントの外にいたヒルダ。どうにかしてシグルドと接触を持とうとしているのか、俺達の会話を聞いて何かしらの切っ掛けを得ようとしているのか。夫婦用のテントからギュンターを追い出してしまえば、こっそり外を忍び歩いても不在を気づかれることはない。なかなかに涙ぐましい努力だ。

そして最後は……未だ俺達の前に姿を見せていない、第三勢力の誰か。俺としては、是非《ぜひ》こちらに姿を現してほしかった。

「まさか。俺達とアイザック殿達以外にも、この遺跡に誰かがいるのですか」

予想される盗聴者の正体を、指を折りつつ数える俺の言葉に、シグルドは目を丸くする。

「証拠はないのだがな。アイザック殿の話と重ねてコルティン殿の姿を見る限り、間違いないと思っていたが……この砂嵐で分断されたか」

「そうなのか……？」

シグルド同様に、ヨルガも首を捻《ひね》っている。

……俺と五年を共に過ごしたヨルガならば、このあからさまな違和感をすぐに理解してくれたと思うのだがな。

「二人とも、今後のために一つ教えておいてやろう。【できすぎた話】というものは、疑わねばならんのだよ」

俺は自分の銀髪を一房つまみ、指の先でくるくると丸めて弄《もてあそ》ぶ。

「砂竜の産卵は、数百年に一度。詳細な生息数は分からないが、献上された卵に希少価値がつくくらいだ。総じて多くはないだろう。魔族は人間よりも長寿と聞くが、それでも砂竜の産卵に度々遭遇できる保証はない」

「……確かに」

再び寝台に身体を横たえたヨルガが、片肘をついた姿勢で頷《うなず》く。真ん中の寝台に座るシグルドも、同様だ。

「アイザック殿には、気に入りの従者がいる。その従者が角を折られるという、癒《いや》せない傷を負わされた。彼の角を治すには、竜の卵を喰らう必要がある。運良く、卵を得るには絶好の機会である砂竜の産卵時期が訪れていた――できすぎているだろう？」

幼い時に孤児としてアイザックの父親に拾われたコルティンだが、成長するまでなんの音沙汰もなかった親族とやらが突然現れて、引き取られた。跡取りとなるべく連れていかれたはずなのに、ひどい虐待を受けて傷ついた身体で再び捨てられた。

アイザックが憤《いきどお》るのは当然のことだ。

「親族だから要求を跳ね除けられず、幼少期を共にした兄弟のようなコルティン殿をみすみす渡してしまった負い目もあるだろうな。彼を治す術《すべ》があると知れば、アイザック殿は必ず動く」

「思い入れが深ければ、なおさら、だな」

「如何《いか》にも。そこまで予想がつくのであれば、後は逆説的に考えていくだけだ」

この一連の流れの中で、最も偶然に一致していなければならないのは、何処《どこ》か。

「砂竜の産卵時期を調節するのは、不可能だ。それが可能であれば、最初から苦労していない。でもそれが何時《いつ》かを察することは簡単だ。砂竜がアバ・シウに移動するからな。餌《えさ》を与え、様子を窺《うかが》うこともできる。しかしいよいよ産卵となっても、自分達では母竜の目を掻《か》い潜《くぐ》り卵を奪う力がない。それならば、卵を奪える誰かを用意しておけば良い――」

アイザックに卵の情報を掴ませたのも、元々卵を狙い続けていた彼らの可能性が、高い。

「最初から仕組まれているのだろうよ。アイザック殿は魔族といえども従者を大事にする上に、義理堅い性格のようだ。彼に卵を手に入れさせて、それがコルティン殿に渡った時点で、自分達が頂くという算段だ」

この作戦がスムーズ、かつ無事に成就にするためには、一つ、大きな前提が必須となる。

「……まさか」

俺の言葉に思考を導かれたシグルドが、思わずといった様子で声を漏らす。同じ考えに辿り着いたらしいヨルガも、苦虫を噛み潰したような表情だ。

俺としては、最初にコルティンが負った傷を目にした時点から、おかしいとは思っていた。

俺ならば、あんなふうに優しい傷の負わせ方はしない。

あれはアイザックの気に入りである美しい顔を残した上で、悲愴な状態を過分に演出しているもの。

「そのまさか、だな。コルティン殿は……おそらく、敵側だ」

第四章　竜の離宮

翌朝。

行動開始前のミーティングで昨晩聞かせた通りにシグルドと同じ探索班に振り分けられたヒルダは、分かりやすく上機嫌だ。別班のネステルに向かって挑発的な笑みを見せつけているが、彼女のほうはそれを綺麗にスルーしている。どちらが大人なのか、はっきりと分かる態度の差だ。

シグルドの班には魔族であるアイザックも振り分けられているが、それについては特に文句はないらしい。

シグルドと違う方向性だが、アイザックも相応に美形に入るしな。気分がいいのだろう。

一方、俺はヨルガと一緒にコルティンを加えて三人での行動だ。

砂嵐に閉じ込められてから、ヨルガは『呼ばれている』感覚を更に顕著に感じるようになったそうだ。ただ、呼ばれている方角に無意識に向かうほどの強制力は、今のところない。

それでも万が一を考えると、俺が行動を共にしたほうがいいだろう。

これまでにも何度か『呼び声』に気を取られてぼうっとすることがあったが、足を踏みつけるか頬を叩くかしてやると、すぐに俺に関心が戻っている。五年分の躾《しつけ》が功を奏しているな、との俺の発言に対しては、シグルドがやや引いた表情をしていた。

「では、アンドリム殿。コルティン殿。早速、調査に向かうとしよう」

「よろしく頼む」

「……よろしく」

ヨルガに促《うなが》され、三人で拠点を離れて歩き始める。

この遺跡は中央にある泉を中心に円形の形をした敷地を持っている。

砂漠との境目には石積みの外塀があって、現在その外側には砂嵐が吹き荒れているが、ここは一旦調査対象から除外だ。

ヨルガが一番『呼ばれている』と感じているのは、遺跡の中でも北側にある一番背の高い塔の頂上付近で、塔に登る階段があると思しき建物は半ば崩壊し、大半が砂に埋もれてしまっている。

こちらの調査に向かうのはシグルド達で、俺達はそこから正反対の南側にある神殿らしい外観の建物を調べる予定だ。

本来は他の騎士達も随伴させたほうが安全度は上がるが、今回は色々と確かめることも多いので、あえて三人での行動を取った形だ。

他の騎士達は四人ずつのチームを四つ作り、安全確認を兼ねて東西南北に範囲を分けて探索だ。

ネステルを含めた残りの三人は、拠点を守っている。

中央の泉から目的地である神殿風の建物まで移動するのに、さして時間はかからなかった。周囲を警戒しながら進むヨルガに着いていくだけの俺とコルティンの足でも、十五分ほどだろうか。

神殿風といってもパルセミスにある竜神神殿のような欧風の建築物ではなく、テオティワカン遺跡などでよく見られる、斜面と平坦な基壇が繰り返されるタルー・タブレロ様式の建築物だ。

この遺跡には居住区のような地域も存在するので、それなりの数の人間が暮らしていたのは間違いない。住民達はこの神殿に赴《おもむ》き、信仰対象に祈りを捧《ささ》げていたのだろうか。

階段をなんとか登り切り頂上にある入り口から神殿の中に入ると、ひんやりとした空気に包まれる。

ヨルガの話では、砂蟲《すなむし》討伐の際に利用する時にも、拠点となる泉周辺から移動することはほぼなかったらしいので、遺跡の建築物は手付かず状態だ。学者達が聞いたら嘆《なげ》くだろうな。

そうはいっても、流石《さすが》に家具などは朽《く》ちてしまい、神殿内部はガランとしている。

石積みの建物の中を歩いていると、床の一部に穴が空いている場所を発見できた。そこには、下層階に続く階段が伸びている。

「問題ないようだ」

階段に体重をかけて確認したヨルガ曰《いわ》く、罠の気配はないとのこと。

持参していたランプに火を灯し、先頭を歩くヨルガにそれを預けて、階段に足を踏み入れる。

足もとはぐらつくこともなく、崩落の心配もなさそうだ。

しかし俺の後ろに続くコルティンには、ランプの灯りが殆《ほとん》ど届かなくなる。安全のためにと俺が手を差し出すと、彼はペイルブルーの目をぱちぱちと瞬《またた》かせた後で頬を緩めてふふ、と小さく笑う。

「私は魔族なので夜目が効きますから、手を引いていただかなくても大丈夫ですよ」

「そうなのか」

「はい。ですが、アンドリム様のお心遣いには、感謝いたします」

す、と自然な仕草で下げられる頭と言葉は卑屈や諦念からくるものではなく、相手に対する純粋な感謝の意を示すもの。

魔族が人間と等しく感情を持つ生物であるならば、その行動が鏡の如《ごと》く映し出すのは、本人のひととなりだ。まぁ、俺のようにその見せ方を武器にする手合いも存在するものの、コルティンの見せる微笑《ほほえ》みは、どうもそんな部類ではないように思える。

「……コルティン殿はアイザック殿の父上に拾われたと聞いたが、何歳の頃だったんだ？」

ヨルガの後に続いて階段を下りつつ質問を投げかけると、コルティンは少し考え込む素振りを見せた。

「人間と魔族は寿命が違いますが……大凡《おおよそ》を人間の年齢に換算すると、大旦那様に拾っていただいたのは、五歳頃になると思います」

「ふむ……それでは、現在の年齢は何歳ほどに？」

「二十歳前後かと。アイザック様は私よりも少し年上で……二十代半ば辺りになるでしょうか」

「成るほど」

アイザックはシグルドと同じ年頃というわけか。

砂竜はアバ・シウの遺跡に移動してから産卵までに数年をかけるそうだから、コルティンがトロント家に連れ戻されたのは、おそらくその辺り。物心がついて少しの五歳頃から二十歳直前ほどまで、アイザックと共に過ごした計算になる。

幼いコルティンが『あえて捨てられる』までにどんな教育が施《ほどこ》されていたかは分からないが、それが洗脳に近いものであったことは、容易に想像がつく。

しかし、歳月とは、心を動かすものだ。

ひどく傷つけられた心も、大切な何かをなくした悲しみも、煮えたぎるような憎しみも。時間が全てを癒《いや》すように。

アイザックと共に過ごした時間の長さは、コルティンの魂《たましい》に刷り込まれた使命を少しずつ削り取っていたのではないだろうか。

……それでも、何かをきっかけにその刷り込みが甦《よみがえ》るのも、また事実。

「アンドリム殿、この先は足もとが少し不安定だ」

「あぁ、気をつける」

さりげなく差し出されたヨルガの手を取り、端が崩れた部分を慎重に越える。

繋いだ手は階段を下り切ってもそのまま離されることなく、俺とヨルガは自然と寄り添う形で階段から続く通路を歩む。

ふぅ、と微《かす》かな吐息の音が、後ろを歩くコルティンから漏れる。暗さも相まってその表情を確かめることはできないが、それは羨望《せんぼう》の色を宿しているようにも聞こえた。

「……アイザック殿とコルティン殿は恋仲か？」

不意に俺が投げかけた言葉に、コルティンが小さく息を呑んだ。動揺したのか靴先が地面を擦《こす》り、ざり、と乾いた音を立てる。

「おや、図星と見える」

「い、いえ、違います。そんな、恐れ多い……」

もごもごと口の中で呟《つぶや》く様子から察するに、あれか。

「アイザック殿から求愛されているが、コルティン殿が断っている状態かな？」

「つ……な、何故《なぜ》それを……！」

狼狽《ろうばい》したコルティンは声を上擦《うわず》らせる。おどおどした気配をもはや隠しようがない。

これは、思ったよりも腹芸ができないタイプだな。トロント家に連れ戻され、アイザックを騙《だま》して竜の卵を手に入れるよう言い渡されても、それなりに抵抗したのではないだろうか。まぁ、結局はその任に就《つ》いているのだから、何か理由があるのだろうが。

「もしかして、アイザック殿に何か不満でも？」

「まさか！　アイザック様は魔族の中でも上級貴族に名を連《つら》ねるスタイナー家のご嫡男です。領民からも慕われていますし、その実力は魔王陛下の側近達と遜色《そんしょく》ないと讃《たた》えられるほどなのですよ。そんなアイザック様が、気高き御方が、私なぞを選ぶなど、もってのほかです」

自分の言葉に追い詰められたのか、コルティンは力なく項垂《うなだ》れ、首を横に振る。

「とんでもない、ことです。私が……穢《けが》れている私が、アイザック様のご寵愛《ちょうあい》を受けて良いはずがない……」

……何やら、抱えているものが重そうだな。

この場で無理に聞き出すよりも、吐露しやすい関係に持っていって、自ら話させたほうがいいだろう。

俺はコルティンにあえて「そうか」とだけ返し、聞き役に徹していたヨルガを促《うなが》して薄暗い通路を更に進む。

そこから五分ほど歩いた先に辿り着いたのは、石壁に覆われたかなり大きめの部屋だった。

階段と通路を進んだ距離から考えると、そこそこ神殿の中心部に位置していると思うのだが、空気が循環している気配がする上に、ここまで歩いてきた通路よりも明るい。天井に近い壁に斜めの穴が開いていて、そこが外に通じ明かり窓の役目を果たしているようだ。

俺達が通ってきた通路以外には脇道もなく、特にトラップなども仕掛けられていなかったことから、ここは一般的に開放された祈りの場所だったのではないだろうか。

どんな祈りが捧《ささ》げられていたかは祭壇の跡すら残されていないので、もはや明らかにできないが、入り口の正面にあたる壁一面には美しいレリーフが埋め尽くすように彫り込まれていた。

「これは……遺跡にいる砂竜ではないか？」

広げた翼の間から渦巻《うずまき》模様を吐き出し牙の生えた口を開いている大きな生き物のレリーフを、ヨルガが指差す。

「成るほど。この渦巻は風を現しているようだな」

「実際に砂嵐を呼びましたから、符牒《ふちょう》は一致しますね」

レリーフを確かめる俺の隣に来たコルティンも、彫り込みの表面を興味深そうに指先でなぞる。

壁に彫り込まれているレリーフは、この遺跡と砂竜との関係を紐解くものらしい。

以前ヒノエを訪れた際に、八岐大蛇《やまたのおろち》とササラギ家の因縁を描いた壁画を見つけた時のことを思い出す。

あれは俺の脳内に描かれていた予想図を確信に変えてくれたものだったが、今回は情報が少なすぎる。

ここに残された遺物は、かつては色鮮やかに施《ほどこ》されていたであろう色彩こそ失っているものの、掘られたレリーフの保存状態は良好だ。何かしら、ヨルガの記憶を取り戻すヒントとなるものが見つかれば良いのだが。

「アンドリム殿、騎士団長殿。こちらをご覧ください」

風に乗った砂竜が遺跡に舞い下りてからの流れを追っていたコルティンが何かを見つけたのか、俺とヨルガを呼ぶ。

彼が指し示す先には、剣を持つ一人の男性と裾《すそ》の長い衣服を身につけた一人の女性の姿が彫り込まれていた。その男性の頭から、小鳥のような何かが飛び出している。その小鳥は空を飛んで砂漠を渡り、遺跡にいる竜の口の中に入っていく。

「この小鳥……もしかして、記憶を示しているのか？」

「私も、そうではないかと。竜が小鳥を呑み込んだ後の続きが、こちらです」

頭に小鳥の形をした穴を持つ男が、引き留める女性の手を振り払い、剣を投げ捨て、砂漠の遺跡を訪れている。

男の記憶を呑み込んだ砂竜は高い塔の上に居座り、その足もとには彼女が産んだと思われる卵が転がっている。

表面に不思議な渦《うず》が描かれた卵は抱卵されることもなく、ひたすらに『父親』の到着を待ち続けていた。

やがて卵に辿り着いた『父親』は母竜が導くままに塔の頂上によじ登り、そこに置かれた卵に自らの血をかける。

父親の血液に含まれる魔力を合図に卵は孵化《ふか》し、新たな竜が誕生する。

「この先が、ちょっと興味深いんです。卵の『父親』になった男には、三種類の運命が待っているようです」

一つ目は、アイザックが語った通り、産卵後の滋養として母親の砂竜に捕食される末路。綺麗さっぱり、頭から喰われてしまっている。

二つ目は、卵が孵化した後、母竜が吐き出した記憶を取り戻した男が命からがら遺跡から逃げ出したもの。しかし、せっかく取り戻した記憶は男の中に戻っていない。よくよく見ると、男の頭に開いている『穴』は、彼が手にしている『記憶』の小鳥と形が異なるのだ。彼は帰りを待ち侘《わ》びている女性のもとに戻ることなく、砂漠の中を彷徨《さまよ》い歩《ある》き、やがて孤独に息絶える。

三つ目は、母竜から記憶を取り戻した男が頭に空いていた穴にそれを嵌《は》め込《こ》めたもの。男が取り戻した『記憶』と男の頭に開いていた『穴』は、二つ目のものと違って互いの形状が同じだ。記憶が戻った男は剣を拾い上げ、砂漠を渡って女性のもとに帰り、二人は抱き合って再会を喜ぶ。

「一つ目の解釈は、単純かつ明快だな。問題は、二つ目と三つ目の違いだ」

「えぇ……母竜が吐き出した記憶を取り返すまでは一緒ですけど。三つ目は記憶が正しく男性の中に戻っているのに反して、二つ目は折角取り返した記憶が男性の中に上手《うま》く嵌《は》め込《こ》まれていませんね」

「記憶の形と穴の形が異なるからだな」

木製の嵌め込みパズルがあるとして、鬣《たてがみ》を持つライオンを模した形の穴に、長い鼻を持つ象の形を模したピースを無理やり嵌め込もうとしているようなものだ。

当然それは、正しく収まらない。

「……奪われた『記憶』の形は、どちらも変わらない。しかし、失くした後に開いた『穴』の形が異なる……」

それが何を意味しているのか。これを正しく解釈することが、ヨルガの記憶を取り戻す肝となっている気がする。

思考を巡らせる俺とコルティンの近くで同じように考え込みながらレリーフを観察していたヨルガが、何かに気づいた様子でその場にしゃがみ込んだ。

「アンドリム殿、コルティン殿」

「何か、気づいたことがあったか？」

「ここを見てくれないか」

彼が見ていたのは、砂竜が遺跡に舞い下りてから男の運命が三つに分かれるまでの、一連の流れを追ったレリーフの一部。高い塔の上に居座った砂竜の足もとに卵が産み落とされている描写のものだ。

卵に渦巻《うずまき》模様が刻まれているのは前述した通りだが、ヨルガが注目したのはそこではなく、砂竜と卵が天辺に乗る塔の根本辺り。

「これは……」

かなり小さめの、豆粒のようなサイズで彫り込まれた楕円の形。それだけであれば単なる模様の一部と見做《みな》すところだが、その表面には砂竜の足もとに転がる卵と同じ渦巻模様が刻まれているではないか。

「砂竜の卵が、二つ……？」

「それにしては、卵の大きさが違いすぎないか？　別の生物の卵では」

「いや……刻まれている模様が同じだ。これも砂竜の卵だろう」

レリーフは様々なものをデフォルメして表現することが多いが、遠近法を取り入れているものは少ない。同じ場所に彫り込まれた同一種類のものにサイズの違いがあれば、それは単純に、実物の大きさに差があったことを示している。

「形が違う、記憶の穴。大きさが違う、砂竜の卵……」

それは何を、示しているのか。

それが何を、齎《もたら》すのか。

曲げた指の背を顎《あご》に当てて熟考に入りかけた俺の耳に、遠雷のような音が届いた。当然それはヨルガとコルティンの耳にも聞こえたようで、ハッと顔を見合わせる俺達の足もとに、音に遅れた形でズンと僅《わず》かな振動が響く。

「何事だ？」

「これは……北の方角、シグルド達が調査に向かった塔のほうからだな」

「っ……！　アイザック様！」

身を翻《ひるがえ》して駆け出すコルティンの後を追い、俺とヨルガも通路に向かって走り出した。

†　†　†

時間は少しだけ巻き戻る。

アンドリム達三人を見送ったシグルドは、残った騎士達に指示を与えてから、腕組みをして待っていたアイザックと矢筒を背負って上機嫌のヒルダと合流した。

これから三人が調査に向かうのは、遺跡の中で最も高い塔とそれに繋がる建物だ。

ヨルガは塔の天辺付近から『呼ばれている』と強く感じるらしく、卵を産み落とした砂竜の【巣】がそこにあると予想している。

しかしシグルドは『父親』に選ばれた人間ではないので、闇雲に近づけば、母親の砂竜から攻撃を受ける可能性が否めない。

「父上の指示では、巣に近づくのが無理であれば、卵が実在するかどうかを確かめるだけでも良いとのことだ」

「母親の砂竜との接触を避ける形か」

「卵を狙われて怒らない母親はいないからな。相手の実力が分からないうちは、衝突を避けたほうが無難だ」

遺跡の北側に位置する塔に向かう道すがら、シグルドとアイザックは並んで歩きつつ、調査予定を擦《す》り合《あ》わせる。

二人の少し後ろを歩くヒルダはなんとかシグルドに話しかけようとしているが、彼女が口を挟む前にアイザックが言葉を続けてしまうので、上手《うま》く会話に割り込めない。必死に関心を惹《ひ》こうとするヒルダのアピールをよそに、シグルドは澄ました表情のままだ。

そうこうしているうちに、三人は目的の建物に到着した。

地上から見上げる石積みの塔は相当の高さがあり、天辺の様子を窺《うかが》うのは難しい。

建物のほうは遺跡内に点在する他の建築物にも見られるように、屋根の大部分が抜け落ちてしまっている。風に運ばれた砂が天井の穴から入り込み、その内部は半分近く砂に埋もれているのが見てとれた。

「塔への登り口は……あの辺りだな」

上に登る階段は塔の内部に設けられているようだが、この様子では、そちらも砂に覆われていることだろう。

ヒルダに外で待機していろとアイザックが言い渡すと彼女は不服そうな表情になったが、柔らかく笑ったシグルドに「周囲の警戒をお願いできるか」と重ねて頼まれると、途端に機嫌を直して「お任せください」と満面の笑みを見せた。

「……俺が聞くのもなんだが、アレを同じ班にした理由はなんだ？」

屋根の穴から建物の中に侵入して階段を目指し、ヒルダに声が届かない位置まで進んだところで、やれやれといった表情を浮かべたアイザックがシグルドに尋ねる。

互いに簡単な自己紹介をした際に、シグルドが妻帯者であり、本国で妻と息子が待っていることは聞いていた。それでも、あまりにも甲斐甲斐《かいがい》しくシグルドの世話を焼こうとするヒルダの姿に、彼女が既婚者とは思わなかったアイザックは、シグルドから訂正されるまで彼女をシグルドの愛妾か何かだろうと勘違いしていたくらいだ。

「あの手合いは、相手をすると思い上がるだろう」

「まぁ、そうなんだが」

魔族から正論を説かれてしまったシグルドは、苦笑するしかない。

王族は言うに及ばず、パルセミス王国においても、貴族が側室を持つのは珍しくない話だ。

しかしシグルドが愛しているのは、ジュリエッタただ一人。妾《めかけ》を持ちたいなどとは、欠片《かけら》も望んでいない。

何かしらの政治的な意図が絡んで側室を得る必要があれば、幼い時から貴族としての教育を十分に施《ほどこ》されて育ったシグルドとジュリエッタは、容易にそれを受け入れるだろう。

だがなんのメリットもない愛妾を作れというのであれば、話は別だ。そんな馬鹿げた提案は、全力で拒む。

「父上の采配だ。俺に、慣れろと仰《おっしゃ》っているのだろう」

「慣れろ……？」

「女性のあしらいに、だな」

「ほう？　あの堅物らしい騎士団長殿とは思えぬ言葉だ」

「あぁ……そうか。普通に話を聞くと、そうなるよな」

アイザックは、シグルドが口にする『父上』がヨルガを示していると捉えている。

実際にシグルドは『シグルド・イシス・オスヴァイン』とヨルガと同じ家名を名乗っているし、何より二人は互いによく似ていて、血縁を分かりやすく感じられる顔立ちだ。

「俺が言っている『父上』は、騎士団長のことじゃない。アンドリム・ユクト・アスバル……俺の養父であり、義父でもある人のことだ」

「養父であり、義父……？　アンドリム殿は確かにかなりの智慧者のようだが、人間で言うなら、まだ二十歳そこそこだろう」

「アスバルの末裔《まつえい》は竜の呪いを血脈の中に引き継いでいて、二十二歳で肉体の成長が止まるんだ。あぁ見えて父上は、団長よりも年上だ」

「……なんと」

これには流石《さすが》のアイザックも驚いて、紫色の目を丸くする。

見かけで判断される年齢に至っては、シグルドは既《すで》にアンドリムを越えてしまっているのだ。今年二十二歳になるジュリエッタはアンドリムと外見年齢が等しく、二人揃って並ぶ姿は双子の兄妹のように麗《うるわ》しい。

「色々と事情があってな。俺は二十歳までアスバル家の嫡男として育ったんだ。今は名乗った通りに、オスヴァイン家に籍を戻している。騎士団長のヨルガ・フォン・オスヴァインは、俺の実父だ」

「……人間にも色々と複雑な事情があるのだな」

「あぁ、確かに色んなことがあった……俺達が現在の関係に落ち着けたのは、本当に僥倖《ぎょうこう》なんだ。父上が尽力してくださった結果とも言える」

五年前。王太子だけでなく、シグルド達も一度は恋をしたナーシャ。彼女と竜神祭を巡る一連の騒動では、それまでの概念がひっくり返された心地になったものだ。尊敬していた騎士団長は実の父であり、気が合うと思っていた同僚は弟だった。遭遇を避けていた妹は心根の優しい乙女で、後に愛する妻となる。

毛嫌いしていた父が、ひたすらに光を目指すことは盲目にもなるのだ、とその身を以《もっ》てシグルドを諭《さと》してくれた。

「妻に対して誠実であるのは、当然のことだ。だが俺達は王国を代表する騎士。王族のみならず、貴族の方々の護衛にあたることもある」

首の後ろで結えた黒髪を緩く振ってアイザックに視線を送りつつ、シグルドは唇の端で薄く笑う。

「貴婦人は気位が高いだろう。妙齢であれば、尚更だ。美しさに自信を持つ人も多い。その誇示に合わせる技術を身につけろ、と仰《おっしゃ》ってるんだ」

「あぁ――……なんとなく、言いたいことは分かるぞ」

魔族の中では貴族の一員に名を連《つら》ねているというアイザックも思い当たる節があるのか、遠い目をする。

「応える必要はないが、合わせることができないと、先方のプライドを傷つけるからな」

「その通り。相手に合わせ正しいアクセサリーとしてご婦人方に随伴できるのも、良い騎士の条件だと」

「良い教えだ。俺も時間を見つけてアンドリム殿と親交を深めたくなってきたな。何かと面白い話が聞けそうだ」

「……交流程度なら良いが、それ以上は望まないほうが良いぞ」

「フフッ、騎士団長殿が記憶を取り戻した時に、それこそ殺されてしまうかもしれんからな。そこは自重するとも……俺の本命は、なんとなく分かっているだろう？　……ところで、そろそろ敬称で呼ぶのが面倒になってきたんだが、シグルドと呼んでも？」

「あぁ、構わない。俺もアイザックと呼んでいいか？」

「もちろんだ。人間の友人は初めてだな、よろしく頼む」

互いの拳《こぶし》を軽くぶつけて友誼《ゆうぎ》の挨拶《あいさつ》を交わし、シグルドとアイザックは足首まで砂に埋まりながら更に歩みを進める。やがて塔に登る階段の麓《ふもと》まで来たところで、二人は顔を見合わせてその頂上に視線を向けた。

「……威圧感を覚える」

「あぁ、確かに。今のところ姿は見えないが、これはいるっぽいな」

「テリトリーに入れば、拒絶されるのではないか」

試しにアイザックが階段に片足を乗せてみると、二人の見解通りに、塔の天辺から雄叫《おたけ》びが届く。

「フン、流石《さすが》に警告が来るか」

「母親も卵の近くにいると考えて間違いないみたいだな」

「深追いは禁物だ。一旦離れて、卵を確認できないか周りにある建物の屋上を探そう」

「そうだな」

頷《うなず》き合《あ》って階段から足を下ろし踵《きびす》を返そうとしたシグルドの爪先《つまさき》に、何かがこつりと当たった。

「……なんだ？」

視線を向けても、足首から下は砂に埋もれていて見えない。

シグルドは膝を折ってその場にしゃがみ込み、爪先《つまさき》に当たった何かを手探りで拾い上げる。

「これは……」

つまみ出されたのは、楕円形の球体。掌《てのひら》に乗るほどで、ちょうど鶏《にわとり》のものと同じくらいのサイズだろうか。

シグルドの掌の上に転がる球体を目にしたアイザックが、驚きの声を上げる。

「シグルド。その殻の模様は……砂竜の卵を示すものだぞ」

「なんだと!?」

不思議な渦巻《うずまき》模様が刻まれた小さな卵は、シグルドの手の中でふるりと震えたように見えた。

†　†　†

俺達が神殿の遺跡から中央の泉に戻る前に、塔の調査に向かっていたシグルド達は拠点に戻ってきていた。

大きな落雷のような音はアイザックが術を使ったもののとのことで、三人とも大きな怪我はないようだ。

「全くもって面倒だな、女といえども貴様は騎士だろう？」

呆《あき》れ果《は》てた表情で言い捨てるアイザックによると、偵察に出た彼とシグルドは竜の卵があると思しき塔に直接足を踏み入れるのは危険だと判断し、高さのある近くの建物を探して様子を窺《うかが》うことに決めた。

しかし二人が塔に続く建物から外に出たところで、怒りくるう雄叫《おたけ》びを耳にする。

驚いて周囲を見回すと、周囲を警戒していたはずのヒルダが物陰から塔の頂上目掛けて矢を射ており、そんな彼女を渦巻《うずま》く風の刃が襲おうとしていた。咄嗟《とっさ》にアイザックが雷を放って盾を作り出し、シグルドがヒルダを抱えてその場から転げるように退避する。それでも竜の咆哮《ほうこう》から生まれた旋風《せんぷう》は、彼女が身を潜《ひそ》めていた土煉瓦《つちれんが》の壁ごと地面を抉《えぐ》り取《と》った。

次の攻撃が届く前に全力でその場から離れたらしいが、卵を守る砂竜に余計な警戒心を与えたのは間違いないだろう。

愚かにも功を焦《あせ》った結果というやつか……いっそ庇《かば》わなくても良かったのではないか？　まぁ、

今はシグルドが勉強中だから大目に見るとするか。

「それで、塔の上は多少なりとも確認できたのか？」

俺の問いかけに、すぐにシグルドが肯首する。

「はい。少なくとも竜の存在は確実に。しかし残念ながら、卵の在処《ありか》は目視できませんでした」

「そうか。砂竜の居場所が把握できただけでも上出来だ」

シグルド達が調査に行った塔は、遺跡の中でも一番高さのある建物だ。拠点にしている中央の泉からも一応その姿が見えているが、天辺付近は靄《もや》がかかったようになっていて、遠目からでは詳細が掴めない。

件《くだん》の砂竜はそこに身を置いていると考えて間違いないな。

「それと父上。塔の根元でこれを拾いました」

そう言ってシグルドがポケットから取り出して見せたのは、鶏《にわとり》のものと同じぐらいの大きさをした何かの卵だ。

その表面に現れた渦巻《うずまき》状の模様には見覚えがある。つい今しがた、壁画で目にしたものと同じだ。

確認をするようにヨルガとコルティンに視線を向けると、二人は軽く頷《うなず》き返《かえ》す。

「それはもしや……砂竜の卵ではないか？」

「はい。アイザックも同意見だと」

「アバ・シウに来る前に、砂竜について一通り調べたからな。渦巻模様は砂竜の卵の特徴として文献に載っていたんだ。ただ……」

アイザックは腕を組み、シグルドの掌《てのひら》に乗っている卵に視線を注ぐ。

「随分と小さい。俺が調べた限りでは、砂竜の卵は両手を並べたよりも大きいはずだ」

これくらい、とアイザックが左右の手で描く楕円形は、ダチョウの卵よりも更に大きい。竜の雛《ひな》が出てくる代物《しろもの》ともなれば然《さ》もありなん、といったところだ。

反して、シグルドが持ってきた卵は小さい。

実際に俺が持ってみても、冷たいその表面と硬質な感触は、何かの卵というよりも紋様を描かれた丸石に近い印象を受ける。

「騎士団長殿、どうだ？」

これが本当に砂竜の卵であれば多少なりとも惹《ひ》きつけられるものがあるかと卵を乗せた手を向けたが、ヨルガはじっとそれを見つめた後で何も感じないと首を横に振った。

「単なる石の塊《かたまり》に、砂竜の卵と同じ模様を描いたものではないのか？」

「なんらかの儀式に用いていた可能性もありますね」

今度はアイザックが卵をつまみあげ、表、裏と自分の掌で卵を転がしながら確認するが、特に変化はない。

横からそれを覗き込むコルティンからも、新たな発見はないようだ。

「……小さな、砂竜の卵」

俯《うつむ》き加減で思案を巡らせていた俺は、はたと思い出す。

卵の表面に描かれている模様と同じように、『小さな卵』の存在も、先ほどの壁画で目にしたばかりではないか。

慌てて顔を上げると、検分が終わった卵をアイザックがシグルドに返却するところだった。俺達が卵を調べる間に頬の擦《す》り傷《きず》を指の背で拭《ぬぐ》ったらしく、シグルドの手には掠《かす》れた血の痕が残っている。

「シグルド！」

「えっ？」

「っ！」

俺の制止も虚《むな》しく、アイザックが返した卵はシグルドが差し出した掌《てのひら》の上にころりと転がった。

「なんだ⁉」

その肌に残っていた血液に触れた瞬間、卵の表面を覆う渦巻《うずまき》模様が波打つように動き始める。

次いでコツコツと、硬質なものを内側から叩く音が卵の中から聞こえてきた。

「まさか！」

驚愕《きょうがく》する俺達が見守る前で、シグルドの掌に乗った卵の表面にヒビが入る。

そこから破片が剥《は》がれ落《お》ち、鱗《うろこ》に覆われた鼻先と小さな爪の先が、窮屈そうに卵の殻を内側から押し上げるのが見えた。

寸前まで石にすぎなかった小さな球体が、卵として目覚めたとでもいうのだろうか。

それでもシグルドがそれを投げ捨てたりしなかったのは、卵が最初から掌に乗るサイズだったのと、中から這《は》い出《で》ようともがく小さな生き物に悪意の気配を感じなかったゆえだろう。

鼻先はなんとか殻の外に出せたものの、そこから殻に開けた穴を広げられないでいる竜の雛《ひな》が、キュウキュウと悲しそうな声を上げる。

シグルドが思わず伸ばしかけた援助の手を、俺は「もう少し自分でやらせたほうが良い」と押し留めた。

確か卵で生まれる羊膜類は、孵化《ふか》の始まりの時点で、卵黄嚢《らんおうのう》という哺乳類でいう胎盤に近いものと太い血管で繋がっていることが多い。人の手で先んじて殻を割ると、その血管が傷つき失血死するリスクがあったはずだ。丸一日経っても卵を割れないでいる場合にのみ、外から手助けをしてやったほうが良いとか。

俺は卵を手に乗せたまま動けないでいるシグルドを手招き、昨晩三人で過ごした上官用のテントに入らせる。

適当な木箱を見繕《みつくろ》い、中に草と布を敷いてもぞもぞと動く卵をそっと下ろしたところで、緊張に肩を強張らせていたシグルドがホッと息を吐く。

とりあえず俺は、彼に血に汚れた手を洗いに行かせた。

「……これが本物の砂竜の卵だとは思わなかった」

シグルドから木箱を預けられたアイザックが、殻を破ろうと蠢《うごめ》いている卵を見つめつつ、口惜しげに呟《つぶや》く。

シグルドの血を与えられ既《すで》に砂竜として孵化を始めてしまった以上、これはコルティンの角を癒《いや》す糧《かて》にはならない。

「そう悲観することもない。これは多分『一番目の卵』だ」

「……一番目の卵？」

「先ほど私達は神殿遺跡のほうへ調査に行ったのだが、そこに砂竜の生態を表すレリーフがあったんだ」

「あの、塔の上に卵が置かれている図柄のものですか？」

同じレリーフを観察してきたコルティンも、俺と同様に、塔の上に置かれた卵とそれを守る竜のレリーフを思い浮かべているようだ。

「アイザック殿、この卵は、塔の根元で拾ったと言っていたよな？」

「あぁ。砂に埋もれていたものだが、たまたまシグルドの爪先《つまさき》に当たって見つけることができた」

「私達が見てきたレリーフにも、この卵の存在が示唆《しさ》されていた。おそらく砂竜は卵を二つ産むのだろう」

ただし、その卵を二つとも育てることはしない。

母親の竜は最初に産んだ卵を巣から落とし、次に産んだ二つ目の大きな卵だけを孵化《ふか》させようと努める。

繁殖のために、複数個の卵を産む種は多い。しかし孵化する雛《ひな》の数が多ければ、親が与える栄養分がその数で分配されてしまう。だから成熟して生まれる二つ目の卵を育てることに専念し、サイズの小さな一つ目の卵は巣から捨ててしまうのだ。確かペンギンの一種などに、子育ての過程において、その特徴を持つ種族がいたと思う。

今回の話では、塔の天辺から捨てられた一つ目の卵が砂地に助けられて割れることなく転がり、そのまま砂に埋もれた。

その後、抱卵されていなかったせいで化石のように固くなりつつあったところを、シグルドが見つけたわけだ。

「……なかなか面白いな」

ともあれ、まずは無事に孵化してくれることが第一だ。

シグルドがテントに戻ると、その声を聞いた竜の雛が、殻の割れ目から鼻先を突き出してしきりに声を上げる。卵を入れた木箱を再び膝の上に乗せたシグルドは、寝台に腰掛けたまま神妙な面持ちだ。

本人としては手助けをしたいところなのだろうが、俺から人の手が孵化に介入した際のリスクを教えられた後だから、おとなしく手出しをせず、蠢《うごめ》く卵をひたすら見守っている。

俺は騎士達の指揮をヨルガに任せ、アイザックのみを促《うなが》して魔族の二人に宛てがったテントに向かった。

砂竜の卵を手に入れるために協力すると約束していたが、破棄されていた卵の孵化は完全にイレギュラーだ。

それでもまずは一旦、彼らの意向を再確認する必要がある。

それに今回の調査中、無謀な攻撃をしたヒルダを砂竜から守るために、アイザックが雷を使ってしまった。敵の目を欺《あざむ》く目的で魔術を使わずに砂漠を越えてきた二人の苦労を無駄にさせている。

これが未だ姿を見せない敵の動向にどう影響するのかは分からないが、アイザック達と対等な関係を保つためにも、非は先に認めておくのが良策だろう。

俺が頭を下げて団員の不手際を謝罪すると、アイザックは軽く手を振り、どうせそろそろ潮時だったと呟《つぶや》いた。

彼としては、無事に遺跡に辿り着けることが目標の第一段階だったらしい。それにあの砂嵐はあまりにも突然に起きたので、アイザック達を追跡していた誰かがいたとしても、遺跡の中まで潜り込めている可能性は低い。

「あとは、先ほども言ったが、あの小石が砂竜の卵だとは思えなかった」

「ほう。その根拠は？」

「触れたからな」

「触れた……？」

「砂竜の卵は魔族を寄せ付けない。卵の殻に魔族を弾く術式があるとかで、触れることができないんだ」

アイザックの当初の計画は、できるだけ早くアバ・シウの遺跡に到着し、卵の『父親』に選ばれた人間が遺跡に近づくのを待ってそれを捕縛。人間を餌《えさ》に砂竜を誘《おび》きよせ、アイザックが竜と対峙《たいじ》する間に、コルティンがなんとかして卵の力を得るというもの。

卵の力を手にするのに中身を喰らう必要があることは、先に聞いている。

だが、人間の俺が言うのもなんだが、アイザックが立てた計画はかなり粗《あら》が目立つ。

「アイザック殿には申し訳ないが……良策とは言えませんな。角を失っていても、コルティン殿は魔族。触れられない卵を喰らうとなれば、少なくとも人間の、しかも相応に腕の立つ者の手伝いが必須でしょう」

「お言葉通りで、面目ない。砂漠を旅する間も、良案を思いつかなくてな。過去の文献なども調べたのだが、卵を喰って失った角が復活したという結果の記述はあっても、その方法を伝える記録はなかったんだ。だが偶然、騎士団長殿や賢者殿、それにシグルドに出会えた。俺はこの偶然を僥倖《ぎょうこう》だと受け取っている」

「フフッ、前向きでよろしいことだ」

俺は腕を組み、曲げた指の背を唇に押し当てたまま、親指の腹で緩く顎《あご》を摩《す》る。

砂竜の卵は、人間の血を殻に浴びて砂竜の雛《ひな》に象《かたど》られる前は、濃厚な魔素《マナ》を凝縮した液体で満ちているそうだ。

それを口にすることが叶えば、おそらく、コルティンの角は治せる。

だけど魔族であるコルティンが、卵に直接触れることはできない。

一方、砂竜の卵は【献上品】にできる品物。つまりは最低限、運べるわけだ。

おそらくは、人間の手を借りて緩衝材を詰めた箱に入れるなりなんなり、魔王のもとに持っていく方法があるのだろう。

「一つ確認しておくが、アイザック殿は何処までコルティン殿の状況を把握している？」

確信を突く俺の問いかけに、アイザックが片眉を上げた。紫の瞳がひたりと俺を見据え、値踏みするかのように、ゆっくりと瞬《またた》く。

「……意味合いを聞いても？」

「そのままだ。コルティン殿の演技を何処《どこ》まで許容しているのか、お伺いしたい」

「成るほど。賢者殿は最初からお気づきか」

然程《さほど》隠すつもりもないのか、アイザックはあっさりと両手を上げて降参の意を示す。

「コルトが誰かの指示で動いていることは分かっている。トロント家に捨てられて我が家に戻った後から、分かり易《やす》く態度がおかしいからな」

「その理由をお考えになったことは？」

「……そこまでは分からん。怪我の理由を聞いても、頑《かたく》なに口を割らなかった」

「ふむ……ならば、逆説で考えてみようか」

俺は胸の前で、パチンと両の掌《てのひら》を打ち合わせる。

「奴らの目的は、はっきりしている。砂竜の卵を手に入れ、魔王に献上し、トロント家の威光を高めること。コルティンがトロント家の一員であることは、現時点では間違いない。そして彼は、アイザック殿のお父君がスラムで拾ってきた孤児だ」

「あぁ」

「酷なことを告げるが、おそらくそれも、トロント家の策略だったと思われる」

「まさか……コルティンが拾われたのは、まだ角も生え揃ってない頃だぞ」

角が生え揃わない、という比喩表現が幼少期のどの辺りを指すかは判断が難しいところだ。しかし以前コルティンから聞いた限りでは、凡《およ》そ五歳程度を示しているはず。

「一人で生き抜く力は乏《とぼ》しいが、しっかりした自我が形成されている年頃なのでは？　私はコルティン殿が貴方を裏切らざるを得ない事情は、この付近にあると考えている」

「そんなに、幼い頃から……？」

「そう悲観することもない。コルティン殿はひどく苦しんでいる。あれは傷の痛みよりも、アイザック殿を裏切る行為が自身を苛《さいな》んでいるからだ。スタイナー家に潜り込むのは誰かの指示だったとしても、その後に培《つちか》われた忠誠心は本物だろう」

アイザックは静かに俯《うつむ》く。苦悩するコルティンの表情を思い浮かべているのか、その眼差しは優しい。

「時が過ぎ、産卵を控えた砂竜がアバ・シウに向かったことが分かると、トロント家は予め用意していた証拠を持ち出し、強引にコルティン殿を引き取った。……コルティン殿は反発したのだろうな。焼《や》き鏝《ごて》を当てるのは、拷問によく使われる手法だ。顔を避けたのはアイザック殿の寵愛《ちょうあい》を考慮したか……なんにしても、正気の沙汰ではない」

「……いつの日か、全員を同じ目に遭《あ》わせてやる」

「まぁ、そう焦《あせ》るな。改めて確かめたいのだが……一本でも角を折られると、魔族はかなり弱体化する。それに、間違いはないな？」

「その通りだ」

「では、その折った角を利用するとしたら、何がある？」

「……折った角を？」

アイザックがきょとんとした表情になる。

「コルティン殿の角を折り、それを治すために砂竜の卵を手に入れたアイザック殿から卵を奪う。実に単純、かつ、分かりやすい作戦だ。卵がコルティン殿の手に渡った時点で、自分達のもとに逃げて来させる算段ではないかな」

「卵をコルティンに喰わせようとするならば、まずは手渡すしかないからな」

「その通り。アイザック殿の行動を操るためだが……一つ疑問が湧いた。魔族の角は二本。一本欠けただけでも弱体化するなら、二本とも折ってしまう必要はあるのか？」

「……魔族が角を二本とも失うと、その力は人間と等しいか、それを下回ってしまう。現在のコルティンがその状態だが……そこまで弱体化させたのは、言いなりにするためでは？」

「いや、そうすると卵をアイザック殿から騙《だま》し取《と》った後に逃げ延びるのが困難になる。それでも角を二本とも折る必要があったんだ」

そしてそれが、コルティンを縛るものだ。

「魔族の角は、薬になるようなことはない。ただ、魔力の源ではあるから、持ち主を拘束したり監視したりする魔道具の素材としては優秀だ」

「一つはそれに使われてるな。コルティン殿の身体の何処《どこ》かに監視道具が埋め込まれている可能性は高い」

「チッ……俺のコルトに、何しやがる」

「憤《いきどお》りは最もだが、今は気づかないふりをしたほうがいい」

「あぁ、分かってる。他に角の利用方法としては……」

はっと、アイザックは何かに気づいたような表情を浮かべる。

「血が近い――兄弟や親子に対して、同じように拘束の魔道具を作れる」

それはまた、厄介なことだな。

「コルティン殿に兄弟は？」

「いや、聞いたことはない。そもそも知っていたら、うちで引き取っている」

「確かに」

やはりコルティンはスタイナー家に来る前から、なんらかの制約を課されていたのか。

トロント家に戻された際に、折った角を用いて更に強固な制限を施《ほどこ》されたのだろう。どちらにしても、人質を取られている可能性がある以上、迂闊《うかつ》な関与は難しい。

「アイザック殿は魔道具には詳しいほうか？」

「それなりに」

「コルティン殿の角から監視の魔道具を作るとしたら、どんなものになる？」

「一般的には、奴隷の逃走防止につける首輪に近い形になるだろうな。魔族同士でも、重罪人の角を片方折って、逃走防止の首輪を作ることはある。逆らったり定められた場所から逃げ出そうとしたりすると、首輪が締まって喉を塞《ふさ》ぐ」

「しかし、コルティン殿は首輪をしていない」

「あぁ。それに腕や脚に魔道具をつけていたら、俺が気づく」

となると、魔道具が施《ほどこ》されている部位は、あまり人目に触れない場所になる。

思考を巡らせた末に、非常に嫌な場所に嵌《は》め込《こ》む拘束具を思い付いてしまった俺は、苦虫を噛み潰したように顔を顰《しか》める。

「……アンドリム殿？」

「なんというか……杞憂であることを願いたいが、おそらくは当たっている」

「コルトにつけられている、魔道具のことか？」

「腕や脚ではなく、額《ひたい》でも首でもない……腹に巻くことも考えたが、現実的ではない。となると、な。一ヶ所、あるだろう。輪を嵌めて弄《もてあそ》ぶことのできる、唯一の場所が」

「……っ！」

畳みかける言葉に、あるものを連想したアイザックの表情が、怒りに染まる。

俺は一つため息を落とし、コルティン殿を呼んでこようと言って立ち上がった。すれ違いざまに、アイザックの肩を軽く叩く。

「悪趣味な奴らだ。報復するなら、このアンドリムが存分に力を貸そう」

「……恩に切る」

流石《さすが》にそれを確かめるのは、俺の仕事ではない。

唇を噛むアイザックを残してテントの外に出た俺は、泉の側にいたコルティンにテントに戻るよう声を掛けた。

若干訝《いぶか》しげな表情をされたが、素知らぬ態度で彼の背中を押して二人に宛てがったテントの前まで連れていく。すぐにアイザックがコルティンの腕を掴み、素早く中に引《ひ》き摺《ず》り込《こ》んだ。

「アイザック様⁉」

焦《あせ》った声を出すコルティンを呑み込んだテントの入り口をきっちり閉じて、俺はシグルドと雛《ひな》の様子を見るために、自分たちのテントに戻った。

寝台に腰掛けたシグルドは相変わらず硬い表情をしたまま、僅《わず》かに蠢《うごめ》く卵を入れた木箱を抱えている。

「シグルド、雛の様子はどうだ」

「父上」

声を掛けつつ、隣に座ってシグルドの手もとを覗き込むと、卵のヒビは順調に広がりつつあるようだ。後はこのまま無事に孵《ふ》化《か》できるよう、祈るばかり。

「完全に孵化するまで、もう少し時間がかかりそうだな。今のうちに休んでおいたらどうだ？」

「いえ……大丈夫です」

「そうか」

シグルドの声に反応した砂竜の雛は、殻の隙間から鼻先を突き出し、大きな声で鳴く。

「前に……」

「ん？」

「幼い頃に、鳥の雛を拾ったことがあります」

シグルドの幼い頃。

彼が生まれてから騎士団に身を寄せるまでの十年余りの間、俺は殆《ほとん》ど、その教育に携《たずさ》わっていない。代わりにシグルドの面倒を見てくれたのは執事長のトーマスで、シグルドが彼に寄せる信頼の根源はその辺りにある。

「拾ったのは屋敷にある木の下で、見上げた枝の間に鳥の巣があったんです。俺は雛《ひな》をハンカチで包んで、なんとか木を登って雛を巣に返してやりました。でも、翌日に同じ場所を見に行ってみると、また雛が巣から落ちていました。しかも今度は一匹だけじゃなくて、数匹まとめて落ちていて、みんな死んでいたんです」

「……それは」

「俺が手を出したから。雛に人間の匂いがついたせいだと、後から教えられました。それ以降、小鳥を触るのは怖くて」

「あぁ……だから俺達がカルタを育てる時に、戸惑《とまど》っていたのだな」

俺は手を伸ばし、シグルドの頭をやんわりと撫《な》でる。

カルタとは、俺とヨルガが飼っている鷹《たか》だ。

「俺が思うに、それはお前のせいではない」

「え……？」

「雛を巣に戻しに行った時、巣の中に、ひときわ大きな雛がいなかったか？」

記憶を探ったシグルドは、すぐに頷《うなず》く。

「確かに、いました。その子だけやけに大きいなと思ったので、覚えています」

「やはりな」

俺は眼鏡の縁を軽く押し上げ、肩を竦《すく》める。

「おそらくそれは、カッコウの仕業だ」

「カッコウ……？」

「あぁ。カッコウはよその鳥の巣に卵を産み落とし、自分の子供を育てさせるんだ。カッコウの雛は孵化《ふか》も早く、雛鳥になると背中に当たるものを巣の外に押し出す習性を持っている。それが孵化以前の卵であろうと、雛であろうと、お構いなしだ。そうして親から与えられる餌《えさ》を独り占めして育つ」

「……そんな」

残酷な話に聞こえるが、それは自然の摂理でもある。

「カッコウは抱卵が苦手で、自分では卵を孵《かえ》せないんだ。まぁ、そのまま子育てまで任せっきりなのは、どうかとは思うがな」

「……そうですか」

だからお前が拾ったせいではないとフォローを入れてやったのに、端正なその表情は曇ったままだ。

あぁ、そうか。シグルドとしては『他人に我が子を育てさせる』行為のほうに、嫌悪感を覚えるのか。

「シグルド」

俺は片手でシグルドの顎《あご》を掴み、俯《うつむ》きがちの顔を仰向《あおむ》かせた。

生母《ユリカノ》譲りの美しい黒髪に、父親《ヨルガ》譲りの榛色《はしばみいろ》の瞳と精悍《せいかん》な顔立ち。アスバルの血を継いでいないのだから、外見が俺に似ていないのは当然だ。

「お前は間違いなく、俺の息子だ」

「……父上？」

「外見や血筋など、どうでも良いのだよ。俺の子である証《あかし》は、その生き様で示せ」

記憶を取り戻したのが五年前なのだから致し方ないことではあるが、俺は長くは傍《そば》にいてやれない。

だからその分、濃密に教えてきたつもりだ。

お前の父親が、どんな男であるかを。

「強《したた》かに、狡猾《こうかつ》であれ。お前とリュトラは、俺とヨルガの、自慢の息子なのだから」

瞳を見据えつつ言い聞かせると、沈んでいたシグルドの瞳に少しずつ光が戻る。

「良いな？」

「……はい」

素直に頷《うなず》かれて気を良くした俺は、シグルドの額《ひたい》に口付け、ついでに頬にも軽く唇を落とす。

シグルドは目を丸くして一瞬固まってしまったが、それでも俺の口付けを避けることはなく、照れ臭そうに肩を揺らす。

その時、ピシリ、と、何か硬質なものが砕ける音が、俺とシグルドの間に響く。

俺達が揃って視線を下《お》とすと、木箱に詰めた布の隙間で動いていた卵が大きく二つに割れていた。掌《てのひら》サイズのトカゲに似た何かが、頭に張り付いた卵の殻を取り除こうともがいている。

俺はすぐに立ち上がり、俺の顔と木箱の中を交互に見て焦《あせ》っているシグルドを指先で制し、寝台から距離を取った。

「孵《ふ》化《か》した雛《ひな》は、初めて目にする動くものを親と認識しやすい。シグルドよ、残った殻を取ってやるんだ」

「俺が、ですか？」

「大丈夫だ。雛と目を合わせて、声を掛けるのも忘れずにな」

「……っ、やってみます」

シグルドは手を伸ばし、くっついた卵の殻が邪魔で起き上がれないでいる雛の頭から、殻の破片を優しく取り除いてやった。

その下から姿を見せたのは、まさにミニチュアサイズの竜だ。

鱗《うろこ》に覆われた皮膚と、突き出た鼻先、既《すで》に生え揃っている鋭い牙。背中の翼はまだ伏せられているが、皮膜を広げて飛ぶこともできるのだろう。

細い前脚でくしゃくしゃと自分の顔と頭を拭《ぬぐ》った小さな竜は、ぶしゅん、とくしゃみをした後で首を伸ばし、シグルドの顔を見上げる。

「よく、頑張ったな」

真円を描く黒い瞳に、愛する親の姿が映し出された。

「……グギュゥ！」

「世界にようこそ、幼き砂竜の仔《こ》。俺が、お前を守るよ」

「ビィ！　ギュギュ、グルル……」

シグルドに声を掛けられた雛竜《ひなりゅう》は上機嫌に鳴き、木箱の中でタシタシと足踏みをしてから、覚束ない足取りで歩き始める。

シグルドのほうに行こうとしているようだが、卵が不用意に割れないようにとクッション代わりの布を敷き詰めていたせいで、すぐに足を取られてひっくり返った。

「ピギャア！　ギュギュ、ギュイ！」

そのまま爪の生えた脚を振り回すものだから、余計に手脚に布が絡まり、いっそう身動きが取れなくなっていく。身体に布を纏《まと》わりつかせながら必死に助けを呼ぶ相手は、当然、会ったばかりの親だろう。

鳥の雛のようなふわふわとした産毛がなくとも、懸命な姿は笑みを誘う滑稽《こっけい》さと共に、庇護欲《ひごよく》をかき立てられる。

「……フフッ」

「シグルドよ。笑っていないで、助けてやれ」

俺は雛竜の相手をシグルドに任せ、寝台の近くに据えた籠の中から、白桃を一つ取り出した。

竜は総じて人間を喰らう。

それはこの世界における定義で、覆《くつがえ》せない。

しかし、この竜はまだ生まれ立てだ。ある程度の好物を他に作ってやることで、人を喰う量を最低限に抑えられるかもしれない。

俺はヨルガが見せてくれたように桃の全体を軽く擦《こす》り、小さく爪を立てて破った皮の端をつまんで、桃の身を剥《む》き出《だ》しにする。

甘い香りを感じたのか、身体に巻き付いた布をシグルドに剥《は》いでもらっていた雛竜が、スンスンと鼻を鳴らした。

「……さて、お前の好物になるかな？」

半分ほど皮を剥いだ白桃をシグルドに手渡した俺は、ハンカチで手を拭《ぬぐ》いながら新米親子を見守ることにする。

自由を取り戻した雛竜の前にシグルドが桃を差し出してみた。雛竜は瞳をぱちぱちさせながら桃の匂いを嗅いだり、シグルドの顔を見上げたりと、戸惑《とまど》っている。

「シグルド、その仔はまだ赤子と一緒だ。餌《えさ》が目の前にあっても、親が教えてやらねば、何も分からない」

俺がそう諭《さと》すと、シグルドは手にしていた白桃の果肉を一口齧《かじ》り、咀嚼《そしゃく》してからごくりと呑み込んだ。そんな行動をじっと見つめていた雛竜は意味合いを理解したのかそわそわと身体を揺らし、シグルドに向かって甘えた声で鳴く。

シグルドは再び白桃を齧《かじ》り、果肉を咥《くわ》えたまま身体を傾けて、木箱の中で待っている雛竜に口移しで果肉を運んだ。

果肉を口で受け取った雛竜《ひなりゅう》は、前脚を使いながら器用にそれを口の奥に押し込み、もぐもぐと咀《そ》嚼《しゃく》しつつ頬を膨らませている。

「ギュギュ、ギュイ。ピーゥ」

すぐに果肉の欠片《かけら》を食べてしまった雛竜は、大きく口を開いて、次をシグルドに強請《ねだ》った。

齧《かじ》っては与え、齧っては与えを繰り返すうちに、シグルドが手にしていた白桃は、あっという間に皮と種を残すだけになる。

たらふく食べて満腹になったのか四肢《しし》を突っ張って伸びをする雛竜と、その頭を撫《な》でてやるシグルドは、互いに白桃の果汁塗《まみ》れだ。

「思ったよりも、しっかりと果物を食べられて良かったたな」

「はい」

「フフッ、桃好きの竜、か。面白いかもな」

雛が最初に口にする食物は、その後の味覚形成に影響を与えやすい。

竜としての定義そのものは変えられないとしても、通常は桃を好む竜だと知らしめておけば、表立っての非難はされにくくなる。

それにパルセミス王国では、白桃は高級品に分類されていて手に入りにくいのも良い。

一般庶民では餌《えさ》にする数を揃えるのが難しいので、勝手に餌付《えづ》けされるのを防げる。一方、王国騎士団で副騎士団長を務めるシグルドならばそれも無理ではないだろうし、なんなら俺が一筆添えれば、ヒノエからの直輸入も可能だ。

あとは領地の何処《どこ》かに、小規模の桃園を作るのも悪くないな。

俺がそんな思考を巡らせているうちに、シグルドの指にじゃれついていた雛竜がそのまま腕まで登っていこうとして足を滑らせ、地面に落ちた。

ピギャ、と小さな悲鳴を上げたもののさしてダメージもないようですぐに起き上がり、腕を差し伸べたシグルドの掌《てのひら》に嬉しそうに頭を擦《す》り寄《よ》せている。果汁塗れだった身体が今度は砂塗れになっていた。

「……ん？」

なんとなく発生した違和感の正体に、俺はすぐに気づく。

「シグルド。その仔《こ》、大きくなっていないか？」

「え？　言われてみれば……確かに」

鶏《にわとり》サイズの卵から生まれたばかりの雛竜は、掌にすっぽり乗る、それこそ生まれたてのヒヨコに等しい大きさだった。

それが今は地面に後ろ脚で立って、寝台に腰掛けたシグルドが差し出した手に頭を擦り付けている。現在のサイズ的には、仔猫あたりといったところか。

「成長が早いな」

小さくとも竜であるから、普通の動物と同じ成長速度ではないのかもしれない。

「ともあれ、そのまま砂塗《すなまみ》れでは良くないだろう。お披露目も兼ねて、泉で洗ってやれ」

俺は雛竜を抱き上げたシグルドを促《うなが》し、テントの外に出る。

シグルドが抱えた小さな竜に気づいた騎士達が物珍しさにこぞって集まってきたので、驚いた雛《ひな》竜《りゅう》は鳴き声を上げてシグルドの胸にしがみついた。

俺は集《つど》っていた騎士達を「後から順番に見学しろ」と追い払い、逆に、近くを通りかかったネステルを呼び寄せる。

衛生班に属する彼女は、簡単な生活魔法が使えたはずだ。

泉の前で雛竜を抱き抱えて服も顔も雛と同じく砂だらけになったシグルドが軍服を脱ぐのを手伝い、汚れた上着とシャツはそのままネステルに渡して洗濯を頼む。

ブーツと靴下を脱ぎ、雛竜を抱えて泉に足を踏み入れたシグルドが中心に向かって何歩か進むと、水に怯《おび》えた雛竜が身を捩《よじ》ってギュイギュイと喚《わめ》き立《た》てる。

シグルドはそんな雛竜を宥《なだ》めつつ膝下くらいの浅瀬でゆっくりと膝を折り、腕にしがみついている雛竜の背中に優しく水をかけてやった。

上着とブーツを脱いだ俺も、ブリーチズの裾《すそ》を捲《まく》り上《あ》げて泉に入り、遅《おく》れ馳《ば》せながら雛竜の世話に参加する。

「プギュゥ……ピャア……」

シグルドに背中を洗われている間も、その腕にしがみついている雛竜は小さな声で鳴き続ける。

「とてつもなく不服だという意思は、なんとなく伝わるな」

「もしかしたら、水が怖いのかもしれません。仔馬《こうま》にも、最初は水浴びを怖がる仔がいますから」

「そうなのか。ちなみに、そんな時の対処法は？」

「だいたいは慣れですが、あとはこれが『気持ちいい』ことで『楽しい』ことだと教えてやります」

少し気を緩めると腕を這《は》い上《あ》がろうとしてくる雛竜に苦笑したシグルドは、ついに泉の中に腰を下ろした。俺が近くにいるのを良いことに、雛をひょいと首の後ろに乗せ、両手で水を掬《すく》って遠慮なく自分の顔を洗う。盛大に水飛沫《みずしぶき》を浴びた雛竜と俺が抗議の声を上げる間もなく、今度は頭から水を被ったかと思うと、すぐにブルブルと首を左右に振って水気を払った。

駄犬の息子だからといって、行動まで犬にならなくても良いのだが？

呆《あき》れる俺をよそに、先ほどまで水を怖がって鳴いていた雛竜はシグルドの荒療治が効いたと見えて、犬かきの要領で太めの手足を動かし、水面近くを泳げるようになる。

……何処《どこ》となく、負けた心地がするのには目を瞑《つむ》ろう。

しかしまぁ、自由に泳いでいてもシグルドから遠く離れた場所には行こうとしないあたり、相当に知能も高いのではないだろうか。

となると、この小さな竜の価値はかなり高いものになる。最初にシグルドを親に選ばせることができたのは、幸運だ。

「シグルドよ。そろそろ、その仔に名前をつけてやったらどうだ？」

「名前、ですか」

シグルドが俺を見上げて聞き返す。

「そうだ。名は、親からの贈り物であり、かつ、縛りでもある。その仔に相応《ふさわ》しい名を、贈ってやると良い」

「……分かりました」

甘えてくる雛竜《ひなりゅう》を肩に乗せながら、シグルドはしばし思考に耽《ふけ》る。

「……ディートリッヒ」

「ほう？　確か神話に出てくる英雄の名だな」

「はい。愛称はディーにします。どうか、ベルジュの良き守り手となってくれるように」

「いい名前だ。良かったな、ディー」

俺に褒められたディートリッヒは、まだ自分の名前と自覚がなくとも、「キュイ？」と首を傾《かし》げつつ返事をしてくれた。

「良い仔《こ》だ、ディー」

優しく頭を撫《な》でてくれる父親の掌《てのひら》に鼻先を擦《こす》り付《つ》け、ディートリッヒは嬉しそうにひときわ大きく鳴く。

まさか、竜がここまで人に慣れる生物だとは思わなかったな。

少なくとも生態の観察などには使えるだろうと考えて孵化《ふか》を見守っていたわけだが、この様子ならば躾《しつけ》をしっかり行うことで、強力な守護者に育ってくれるだろう。

犬猫の子供とは違うのでそれなりに注意は必要だし、桃が好物になったとしても、竜の定義である最低限の餌問題《えさもんだい》は永続的に付《つ》き纏《まと》うことになる。

それでもパルセミス王国という強国の中枢に根を張る俺達であれば、それを用意する裏工作程度、造作もない。

砂竜としての成長そのものにも興味が尽きないし、これからが楽しみだ。

シグルドにディートリッヒと名付けられた砂竜の雛は、存分に水浴びを楽しんだ後、コトンと眠ってしまった。

限界まで遊んでからネジが切れたように寝落ちするのは、人間の赤子も竜も同じだ。

気を利かせたネステルが、ドゥカリから献上された布の余りで、即席のスリングを作ってくれた。

クゥクゥと健《すこ》やかな寝息を立てているディートリッヒを布で包み、胸の前で優しく抱えこむシグルドの動作は堂に入っている。長男のアルベールが赤子の時に、ジュリエッタだけに任せず、せっせと育児の手伝いをしていた経験が活《い》きているようだ。

そうこうしているうちに、コルティンの手を引いたアイザックが二人のテントから戻ってきた。

何処《どこ》となく消耗した様子のコルティンとは逆に、アイザックはいたく上機嫌になっているので、魔道具の確認は無事に終わったのだろう。

東西の探索に行った騎士達から報告を受けたヨルガもちょうど戻ってきたことだしと、上官用のテントに追加していたシグルドの寝台を一旦外に出し、五人で膝を突き合わせて情報の擦り合わせを行う。

ヨルガの寝台に俺とヨルガが腰掛け、俺の寝台にはアイザックとコルティンが並んで腰を下ろす。

シグルドだけは小さな椅子を持ち込んで、懐《ふところ》に抱えたディートリッヒを寝かしつけながらの参加だ。

大の大人が五人も詰め込まれると、言わずもがな、かなり狭い。

「東西に点在していた民家の跡地からは、特に不審なものは見つかっていない。ただ幾つかの家に、渦巻《うずまき》模様の卵を奉《まつ》った祭壇があった。かつてこの遺跡で暮らしていた者達は、産卵のためにアバ・シウを訪れる砂竜を信仰の対象にしていたようだ」

「ならば当然、砂竜の生態にはそれなりに詳しかったはず。南側の神殿にあるレリーフが示していたのは、伝承ではなく実際の知識だ。卵の父親に選ばれた人間が辿る結末を、三つのパターンに分けて現したものと解釈して間違いない」

一つは、滋養として母親の砂竜に喰われる末路。

一つは、喰われることは避けられても記憶が戻らず、砂漠を放浪する末路。

一つは、砂竜の捕食を避けた後、記憶を取り戻し、愛しい人のもとに戻る末路。

「卵の『父親』としての責務が終われば記憶は取り戻せるものと思ったが、何かしらの条件があるようだ」

「……ヒントは、あのレリーフにあった『記憶の形』の差だと思うんです」

コルティンが膝に抱えたスケッチブックを広げて、神殿にあったレリーフを模写した絵を全員に見せた。

砂竜に呼ばれた男が失った記憶は小鳥の形をしているが、男の末路を表す絵の二番目と三番目では、頭に開いた記憶の欠落を示す穴の形が異なる。

「この『記憶の形』に対する解釈が、騎士団長殿の記憶を正しく取り戻す肝だな」

「記憶の形、か」

考え込むヨルガの前で同じように思考を巡らせていたシグルドが、何かを思いついたように顔を上げる。

「深く捻《ひね》らないで解釈するとしたら、それは何処《どこ》から記憶を失っているか、になりませんか」

「何処から、とは？」

俺の言葉に、シグルドは頷《うなず》き返《かえ》す。

「何時《いつ》から、とも言えると思います。遺憾ではありますが、俺と父上は五年前の出来事まですれ違っていました。アスバル家の密命を背負った父上の陰徳を団長が知ったのも、その頃です。だから父上との絆《きずな》に関与する記憶と考えたら、本来はその時期からの記憶を失《な》くすのが普通でしょう」

「確かにな」

その疑問は、俺も感じていたものだ。

「しかし、団長の記憶は十年前からなくなっている。つまり、十年前に父上と団長の間に、それまでの関係を動かす何かが起きた。それを解明することが、記憶の形を知ることに繋がるのではないでしょうか」

「……一理あるな」

シグルドの提案が正解かどうかは、現時点では分からない。しかし試してみる価値は十分にある。

「騎士団長殿。記憶が途切れた瞬間を思い出せるか？」

「……何度か思い出そうとはしてみたのだが」

顳顬《こめかみ》を押さえたヨルガは、呟《つぶや》くように声を漏らす。

「何処《どこ》かに出かけていたのは、確かだ。だが、そこが何処だったか、なんの目的だったのか……思い出せない」

「出かけていた……」

ヨルガが失っている記憶は、同時に、俺が忘却している過去の出来事でもある。

当時の俺は宰相職に就《つ》いていたので、騎士団長であるヨルガと王城内で出会う機会はそれなりにあった。それでも互いに無関心を貫《つらぬ》いていたので、関係を揺さぶるような何かがあったとは考《かんが》え難《がた》い。

それでは外出先ではどうだったかと思い返してみても、それこそ接点のない俺達が出会うことなど、殆《ほとん》どなかったはずだ。

——いや、待てよ。

やはり何かが引っかかる。

当時の俺とヨルガに共通する接点は、本当に何もなかったか？

揃って思索に耽《ふけ》る俺とヨルガの前で、シグルドが抱えているディートリッヒがプキュルルと気の抜ける鼻息を漏らし、もぞもぞと動いた。シグルドがそんな雛竜《ひなりゅう》の背中を軽く叩いて優しくあやしてやると、スリングの端から顔を覗かせ、親を見上げて何かを訴えるように鳴く。

どうやら、食事の催促らしい。

「生まれたてだからな。すぐに腹が減るのだろう」

シグルドから餌《えさ》のことを聞いていたアイザックが、籠に入れて用意しておいた白桃の皮を果物ナイフでくるくると剥《む》く。

匂いを嗅ぎつけて手足をばたつかせるディートリッヒを宥《なだ》めつつ、シグルドはスリングの中から雛竜を抱え上げ、膝の上に乗せて桃を齧《かじ》らせた。

「……また少し、大きくなったな？」

ディートリッヒが卵から出てきて、半日あまり。仔猫《こねこ》サイズだった身体の大きさは、今は仔犬サイズに近い。

この成長の速さには、やはり竜としての生態が関わっているのだろうか。

「成長が速いのはいいのですが、このままだと、桃がすぐになくなってしまいそうです」

「あぁ。その桃は、騎士団長殿が特別に持参していたものだからな」

そもそもこの白桃は、砂漠の行軍に慣れない俺を労《いたわ》る目的でヨルガが余分に運んでくれたものだ。果実が傷《いた》まないように、保冷効果と緩衝効果を持つ道具まで準備した上で運搬してくれたのだから、その献身には頭が下がる。

もちろん、このイレギュラーな状況において、雛竜を懐《ふところ》に留める手段を選り好みする余裕はない。だからヨルガが否やと口にすることはないが、それでも多少は、思うところが出てくるのが心情というもの。

俺は隣に腰掛けたヨルガの手の甲にそろりと自分の手を重ね、見下ろしてくる榛色《はしばみいろ》の瞳に穏やかに微笑《ほほえ》みかける。

「騎士団長殿の心遣いを受けて、私は十分に癒《いや》されている」

「――別に、貴方のためだけではない。倒れられたりしたら、調査が滞《とどこお》ると思っただけだ」

「フフッ、天邪鬼《あまのじゃく》め」

見上げる俺の視線が、ふい、と逸《そ》らされるヨルガの顎先《あごさき》を、自然と追いかける。

『──別に、貴方のためではない。風邪でも引かれたら、国政が滞ると思っただけだ』


「……っ！」

脳裏を過《よぎ》る薄暗いビジョンと共に、耳の奥に甦《よみがえ》る言葉。

目を見開く俺と同様に、ヨルガも愕然《がくぜん》とした表情を浮かべている。

「……『騎士団長殿から心遣いを受けるとはな。フフッ、雨どころか、槍が降りそうだ』……」

ヨルガが口にしたのは、俺が口にしたことのある言葉。

それに返ってきた言葉が、俺が先程、薄暗いビジョンと共に思い出した言葉だ。

「……雨が、降っていた。雨が降る場所で、騎士団長殿と、邂逅《かいこう》した」

そこまでは、思い出せたのに。

それ以上を思い浮かべようとすると、僅《わず》かなノイズが混ざる。

「まさか……まだシナリオの影響が残っているのか」

世界を揺り動かす切っ掛けの、始まり。世界が【竜と生贄《いけにえ》の巫女《みこ》】のシナリオに沿った歴史に改編されていく、出発点。

共犯者達と協力して壊し尽くしたシナリオの中で予め定められていた俺の本当の役割は、『悪役令嬢ジュリエッタの父。悪の宰相、アンドリム・ユクト・アスバル』だ。

十年前にヨルガと邂逅したという出来事は、シナリオ的にあまり好ましくないのかもしれない。

「いや……違う」

影響が残っているから、ではない。

子供《アルベール》という新たな命を産んだジュリエッタと異なり、俺の存在証明《レーゾンデートル》には、ヨルガを手に入れたという歴史が大きな比重を占めている。だから【竜と生贄の巫女】から五年後の、本来は俺がいるはずもない時間軸においてヨルガと共に紡《つむ》いできた歴史の欠落は、俺の存在をも揺るがしつつある。

万が一、ヨルガの記憶を正しく取り戻せなかった場合。この世界から俺の存在が消える可能性が、ゼロではないということだ。

「……これは、笑いごとではないな」

十年前。

雨が降《ふ》り頻《しき》る中。

俺は何処《どこ》で、ヨルガと会ったのか。

そして、悪態を吐き合うほどの距離に、何故《なぜ》近づいたのか。

† † †

コルティンには、両親の記憶がない。

ただでさえ貴族の末席にすぎないトロント家の中でも、更に力のない分家に偶然生まれた、賢い子供。

一歳の時に受けた鑑定でその賢さを見い出されたコルティンは、双子の妹と共に、トロント一族の本家に引き取られた。

とはいえ、双子に対する処遇が良かったかといえばそんなことはなく、特にコルティンは他家に潜り込ませるスパイとなるために、厳しい教育を施《ほどこ》される。訓練の厳しさに幼いコルティンが泣いても、慰《なぐさ》めるどころか、涙が引っ込むまでひどい折檻《せっかん》をされた。

ある日。スタイナー家の主人が領地の視察に回ると情報を掴んだ本家の人間は、コルティンを貧民街に潜り込ませ、必ずスタイナー家に拾われるようにと脅しつける。もしお前が失敗でもしたら、妹を奴隷商人に売り飛ばすぞと言われ、コルティンは必死になる。

幸いにしてスタイナー家の主人はコルティンの賢さに目を止めて彼を引き取り、いずれはアイザックの右腕になるようにと、共に養育してくれた。

コルティンはスタイナー家に引き取られて初めて、子供とは大人から虐《しいた》げられる弱者ではなく、守られるべき存在なのだと知る。

トロント家の大人達に強《し》いられたからではなく、自らの意思でスタイナー家の一員になりたいと願えるようになったコルティンは、自分を弟のように扱ってくれるアイザックに深い憧憬と愛情を抱きつつ、彼の側近となるべく成長していく。

月日が経ち、思春期を迎えたアイザックは、多少の火遊びは若者の特権と父親に黙認されたこともあり、老若男女を問わずに浮き名を流すようになった。

コルティンとしては彼が選んだ相手であれば誰であろうと異論はない。そのせいで、アイザックの側近に傅《かしず》かれたのだから自分が本命に違いないと勘違いした交際相手に横柄な態度を取られることも少なくなかった。しかしそんな相手は大概、さっさとアイザックに捨てられてしまう。

誰かと別れる度に『慰めてくれ』と甘えて触れてくるアイザックの本心が理解できないほどコルティンは子供ではなくなっていたが、それに応えてはいけないと自戒する理性の欠片《かけら》が頭の片隅に棘《とげ》のように刺さっていた。

このままアイザックの側近として仕え続け、彼が良き伴侶と巡り合い子宝に恵まれた後でも、スタイナー家を盛り立てる手伝いがずっとできたら、どんなに幸せなことだろう。

そんなコルティンの望みは、産卵期を迎えた砂竜の雌がユジンナ大陸に渡ったことにより、無惨《むざん》にも打ち砕かれる。

証拠を並べてスタイナー家からコルティンの身柄を無理やり引き取ったトロント一族の本家は、コルティンがアイザックの寵愛《ちょうあい》を受けていると既《すで》に知っていた。

自らを餌《えさ》にアイザックを嗾《けしか》けて砂竜の卵を奪えと本家の魔族達に命じられたコルティンは、アイザックにそんな危険なことはさせられない、と最初は反抗した。

しかしそんなコルティンの反応すらも、彼らの計算のうちだったのだろう。コルティンの前に連れてこられたのは、アッシュグリーンの髪とペイルブルーの瞳を持つ、彼によく似た妙齢の女性だ。

「もしかして、クロエ……？」

「コルティン兄さん……？　本当に、お兄ちゃんなの……？」

それは、幼い時に引き離された妹との、数十年ぶりの再会だった。

コルティンの妹であるクロエも本家の魔族達から命令されて、ある貴族の家に住み込みのメイドとして潜り込んでいる。

気立てが良く働き者の彼女は、貴族の一家からも使用人達からも可愛がられていて、主人の従者を務める青年に見初《みそ》められ、婚約を打診されたばかりのところだった。

実家の都合だからと無理やり仕事を辞めさせられ、強制的にトロント一族の本家に連れ戻された彼女を待っていたのは、彼女を兄の枷《かせ》とする算段だ。

このままお前の妹をならず者達に下げ渡し慰《なぐさ》みものにしてやってもいいんだぞ、と脅迫されたコルティンは、またもや、本家の魔族達の言いなりになるしかない。

更に不幸なことに、コルティンは見目麗《うるわ》しい青年に育っていた。灰緑の髪に、憂いに満ちた薄青の瞳。アイザックを護《まも》るために鍛えてはいたが、骨格的にも筋肉が余分につくほうではなく、身体の線はほっそりとして艶《なまめ》かしい。そんなコルティンの外見は、両親と共に本家を牛耳る若い息子達の劣情を容易に刺激する。

妹を人質にされたコルティンは逆らえず、三人の息子達から毎日のように組み敷かれ、身体の隅々まで穢《けが》された。やがて魔道具を作成する準備が整うと、彼らはコルティンの角を二本とも折り、一本でクロエの自由を奪う首輪を作り、もう一本で彼のペニスを縛《いまし》めるリングを作り上げる。

コルティンの身体に溺れた息子達は、スタイナー家に戻ったコルティンがアイザックに奪われることを惜しんだのだ。

自らでは外せないリングをペニスの根本に嵌《は》められていると知れば、アイザックもコルティンが使用済みだと理解して、抱くのを躊躇《ためら》うだろうと考えての所業である。そしてコルティン自身も、そんな姿を愛する男に見せたくなくて、彼を拒むに違いない。痛々しさを演出しようとコルティンの頭に焼《や》き鏝《ごて》を当てる時も、代わる代わる彼を陵辱し、痛みに痙攣《けいれん》する雄膣の締め付けを楽しんだ。

心身共に傷つけられたコルティンだったが、それでも妹のために、スタイナー家に戻るしかない。満身創痍《まんしんそうい》で戻ってきたコルティンにスタイナー家の当主と息子のアイザックは怒り、角を失った彼のために、手を尽くして傷を癒《いや》す術《すべ》を探し始める。

すぐに、アイザックのもとに砂竜の卵に関する情報が届けられた。

砂竜の卵を口にして失った角を復活させたという記録は確かに存在し、しかもちょうど一頭の雌が産卵のためにユジンナ大陸に渡っているという。

これは好機だと喜ぶアイザックとは裏腹に、その全てがトロント一族の策略だと知っているコルティンの表情は、曇ったままだ。

アイザックはそんなコルティンの態度を見て、自分に迷惑をかけていると心痛しているのだと判断し、家族を助けるのは当然だから心配するなと、優しい抱擁《ほうよう》を与える。

コルティンのペニスに嵌められたリングは彼の居場所を常に本家の魔族達に伝え、時にはペニスの根本を締め付けて彼が裏切らないように戒《いまし》めの苦痛を与えた。

コルティンは真実を打ち明けられないままアイザックと共にユジンナ大陸に渡り、砂竜の雌が産卵に利用するアバ・シウの遺跡を目指すことになる。

その頃にはアイザックにも『自分達以外にも砂竜の卵を狙う輩《やから》がいる』という情報が伝わっていた。

アイザックは卵を手に入れたらすぐにそれをコルティンに与えられるようにと、荷物をなくした商人を装って二人だけで砂漠を渡る方法を選んだ。

遺跡に向かう途中で二人は砂蟲《すなむし》に追いかけられ、アバ・シウの遺跡を目指していたパルセミス王国の騎士達と遭遇し、縁あって同行することになる。

二十人ほどの集団の中には、ひときわ異彩を放つ男が、二人いた。

一人は、砂竜の父親に選ばれ記憶を欠落させているという騎士団長、ヨルガ・フォン・オスヴァイン。魔族から見ても身震いするような強者で、凡《およ》そ人間とは思えないと、アイザックをして言わしめるほどの人物だ。

そしてもう一人は、白銀の髪に翡翠《ひすい》の瞳を持つ麗人、アンドリム・ユクト・アスバル。最後の賢者と誉《ほまれ》高《たか》い彼の叡智と偉業は、ユジンナ大陸から遠く離れたフィーダ島にまで届き、コルティンは密かに憧れを抱いていた。

彼らは魔族である二人をなんの衒《てら》いもなく受け入れ、目的は違ってもやるべきことが同じならばと、協力を約束してくれたのだ。

アイザックはすぐに年齢が近いシグルドと友好を深め、コルティンもアンドリムと言葉を交わし行動を共にするうちに、騎士団長を信じる彼の勁《つよ》さと鋭い見聞に改めて感銘を受ける。

自分に彼ほどの勇気と智略が備わっていれば、こんなことにはならなかったのだろうか。

密かに落ち込むコルティンは油断していて、アンドリムに促《うなが》されるままにテントに近づいたところで伸びてきた腕に捕まり、中に引《ひ》き摺《ず》り込《こ》まれた。

驚くコルティンを腕の中に囲い込んだアイザックは、砂竜の作った砂嵐に囲まれた遺跡の中には監視の目は届かないとコルティンに教える。

「嘘や偽《いつわ》りは赦《ゆる》さない。お前の本音を、暴かせてもらう」

宣言通りにコルティンを追い詰めたアイザックは、心根だけでなく彼がひた隠しにしてきた拘束具の存在も暴き出し、涙ながらに謝罪を繰り返す愛しい従者を抱きしめた。

アイザックが怒りを抱くのはコルティンの裏切りにではなく、そうせざるを得ない状況に追い込んだトロント一族の本家に居座る魔族達にだ。

そしてそんな従者の苦悩に気づいてやれなかった、自分に対しての怒りでもある。

アイザックを心から慕うがゆえに、たった一人の家族である妹を想う気持ちとの間で、板挟みの感情に苛《さいな》まれたコルティンに、これ以上の辛苦を与えるつもりはない。

「大丈夫だ……大丈夫だからな、コルト」

だからアイザックも、賭けることにしたのだ。

一度懐《ふところ》に入れた相手を簡単に見捨てることはしないと、高慢にも聞こえる誓約を与えてくれた、最後の賢者と呼ばれる男の思惑《おもわく》に。

第五章　アスバルの子

一夜が明けて。

シグルドを呼ぶディートリッヒの声で目を覚ました俺は、寝台の上で身体を起こし、大きく伸びをした。

ヨルガの寝台は既《すで》に空で折り畳んだ毛布が置かれているが、数時間おきにディートリッヒに起こされていたシグルドのほうは、まだ眠ったままだ。流石《さすが》に可哀想なので、もう暫《しばら》く寝かせておこうと思う。

「ディー、お前のパパは寝不足だ。もう少し眠らせてやれ」

「ギュギュ？」

俺は首を傾《かし》げる雛竜《ひなりゅう》をシグルドの上から抱き上げてテントの外に出ると、朝食の準備をしている騎士達に声を掛けた。

鶏《にわとり》サイズの卵から孵化《ふか》したことを思うと、元気に桃を平らげてあっという間に成長したディートリッヒは、一晩明けた今朝の段階では仔犬《こいぬ》サイズを保っている。

成長が良いのは何よりだが、持ち込んだ桃が足りなくなるのは確実なので、今日からは他の果物類も食べさせてみる予定だ。

朝食にフルーツを用意してくれるかと当番の騎士達に頼むと、二つ返事で了承してくれる。感謝の念を込めて微笑《ほほえ》みかけてやってから、顔を洗いに泉に向かった。

滾々《とうとう》と清水の湧き出る泉の浅瀬では、朝の鍛錬を終えたヨルガが腰まで水に浸《つ》かり、逞しい上半身を晒《さら》して水浴びをしていた。

「騎士団長殿、早いな」

「あぁ、アンドリム殿。ディーも一緒か」

俺とディートリッヒに気づいたヨルガが濡れた前髪を掻《か》き上《あ》げ、大きな掌《てのひら》で頭の後ろまで撫《な》で付《つ》ける。

実の親子なのだから当然ではあるが、まだ体格差はあるものの、ヨルガとシグルドの顔立ちはよく似ている。

それにしても、何気ない仕草一つとっても、けしからんほどに色気を感じさせる男だ。

「プギャ！」

ディートリッヒが手足をばたつかせて水に入りたいとアピールしてきた。

水面に下ろすと、上手に水を掻いてヨルガの傍《そば》まで泳ぎきり、差し出された手に掴まってご満悦の声を上げている。

「ディーは泳ぎが上手だな」

「ギャギャギャ！」

ヨルガがディートリッヒの相手をしてくれている間に、俺も服の裾《すそ》を捲《まく》り上《あ》げて浅瀬に足を浸《ひた》し、そのままさっさと顔を洗う。

洗顔後にハンカチで顔を拭《ぬぐ》おうとポケットを探っていると、いつの間にか近づいてきたヨルガが、柔らかいタオルで顔を包んでくれた。

トントンと、肌を傷つけない強さでタオルを顔に押し付け、布地に水気を吸わせる術《すべ》を教えたのは俺だ。

それは本人も気づいていないからこそ垣間見《かいまみ》せることができたのだろう、彼が確かに俺の番《つがい》である片鱗《へんりん》。

俺のヨルガを感じさせるその行動に、らしくもない感傷が胸の底からじわりと込み上げる。

俺は腕を伸ばし、ヨルガの肩口に手を置いて、彼の頬に唇を押し当てた。しっとりとした肌がぴくりと動き、僅《わず》かに上がる体温が嗅ぎ慣れた香りを俺に伝えてくる。

「……アンドリム殿」

顔を傾け、逆に唇を食《は》んできた口付けを、俺は拒まなかった。

上下の唇を深く重ね合い、互いの唾液の味を知り、歯列の形を舌の先で確かめ合う。

散々咥内《こうない》を弄《もてあそ》ばれ、最後にちゅぷりと濡れた音を立てて唇が離れる頃には、俺は軽く息が上がっていた。

呼吸を整える俺の腰を太い腕で支えながら、熱に烟《けぶ》る榛色《はしばみいろ》の瞳が、間近でじっと見つめてくるのが分かる。

俺は腰に回された腕をそのままに、ヨルガの顔を見上げて緩んだ顔を睨《ね》め付《つ》けた。

「……騎士団長ともあろう男が、朝から盛るな」

「フフッ。仕掛けてきたのは、そちらが先だと思うが？」

耳の下から首筋に繋がる皮膚を楽しそうに擦《こす》る指先を、力を込めて抓《つね》る。

ヨルガの肩に乗せられていたディートリッヒが、俺達のやりとりを至近距離で見つめて不思議そうに瞬《まばた》きを繰り返していた。

ヨルガの肩から再びディートリッヒを受け取り、お前のパパには内緒だぞ、と一応言い聞かせてみたものの、効果があるかどうかは分からない。

しかし、朝食の準備が整いましたと伝えに来た騎士が俺とヨルガの間で視線を彷徨《さまよ》わせ、狼狽《うろた》えて頬を赤くしていたので、俺達の短い逢瀬は彼らにも目撃されていたのだろう。

まぁ、遮《さえぎ》るもののない場所で堂々と睦《むつ》み合《あ》ったのだから、全面的にこちらが悪い。

今更隠すまでもない関係ではあるが、余計な勘繰りをされるのは面倒だ。

礼儀正しく挨拶《あいさつ》をしてくる騎士達の向こうから、侮蔑に満ちた視線を俺に注いでくる小物《ヒルダ》に対しては、特に。

上官用のテントに戻ると、ようやく目を覚ましたシグルドが頭を抱え、恐縮しきりに俺達の帰りを待っていた。

寝坊なんて久しぶりだとぼやく息子の肩を軽く叩き、早く顔を洗ってこいと促《うなが》して、俺とヨルガで朝食のセッティングを手早く済ませる。

すぐに帰ってきたシグルドが魔族の二人を伴っていたので、またもや真ん中の寝台をテントの外に放り出し、五人で朝食をとりつつ本日の予定を確かめることになった。

心配していたディートリッヒは、朝食当番が準備してくれたカットフルーツの盛り合わせに顔を突っ込み、嬉しそうに果肉を頬張っている。

どうやら幸いなことに、桃だけしか受け付けない体質などではなさそうだ。

それでもシグルドが白桃を剥《む》いてやると真っ先に強請《ねだ》りに行ったので、桃が好物になっているのは間違いない。

俺はヨルガが穴を開けてくれたヤシの実にストローを突っ込み、天然のヤシジュースを楽しむ。

砂嵐に覆われた遺跡の敷地の中で、崩れた居住区跡のほうは大まかに探索を終えていた。あとは砂竜とその卵が鎮座する北塔と、南側に位置する神殿の詳しい調査を残すばかりだ。

北塔は砂竜がいるのでなんの準備もなく足を踏み入れるのは得策ではなく、神殿は祈りの間と思しき場所でレリーフを見つけたところで探索を中断している。

そうなると、現時点で優先度が高いのは、当然ながら神殿のほうだ。

朝食を終えた俺達は、拠点に留守番の騎士を数人残し、魔族の二人を含めた残りの全員で神殿の調査に向かうことになった。


神殿に向かった俺達一行は石壁にレリーフがある部屋に到着すると、他に手がかりが残されていないか、手分けをして探索をすることになった。

俺は昨日見たレリーフを改めて確認してみたが、記憶を奪われた男の三つの顚末《てんまつ》を示している以外に、新しく気づいた点はない。

留守番を嫌がったので仕方なく連れてきたディートリッヒは、おとなしくシグルドに抱っこされたまま、レリーフに刻まれた大きな竜の姿をじっと見つめている。

親を模した姿に、何か感じるものでもあるのだろうか。

「騎士団長！　アスバル様！」

周辺を探索に行っていた騎士の一人が、俺達を呼びにくる。

「どうした？」

「階下に新しい部屋を見つけたのですが、用途のよく分からない部屋でして。アスバル様に見ていただけたらと」

「ふむ……良いだろう」

その部屋は、レリーフのある部屋から続く通路を進み、階段を下りた先にあった。

正方形の形をした部屋の天井は高く、ここにもレリーフの部屋と同じような明かり取りの隙間が、壁の四方に開けられている。

部屋そのものは一辺が十メートルほどの広さで、石積みの壁に囲まれている以外に、調度品は何も置かれていない。

異様なのは、石畳が敷かれた部屋の中央に三メートル四方ほどの大きさに区切られた砂地があることだ。その中央に、サラサラと静かな音を立てつつ、砂漠の砂が細い線を描いて天井から絶え間なく流れ落ちている。

「あの降ってくる砂が積もって床に広がってるってことか？」

アイザックの見解を、俺は首を振って否定する。

「いや、それならば中央が砂山になっていないとおかしい。そもそも、石畳が敷かれている床と、砂のある場所はしっかりと区分けされている。これは、何かしらの目的があってのものだ」

一定の速度で絶え間なく落ち続ける砂が次第に溜まっていく様《さま》は、何かを連想させるものだ。

「……砂時計か」

通常、砂時計は時間を区切るために使われるものだが、この部屋の構造を見る限り、測られているのは時間ではない。

「重さだ。おそらく、重量の変化で動く仕掛けがある」

「重量の変化、ですか」

「あぁ。さっきも言ったが、砂が山型に積もっていない。天井から降ってきた砂の重さがある量を超えると、中央付近が抜ける仕組みではないか」

「なんのためにそんなものを？」

コルティンは首を傾《かし》げているが、それはこの神殿が何を奉《まつ》っているかを考慮すると、なんとなく予測がつく。

「大概、この手の仕掛けが持つ役割は一つだ。崇拝する神やその化身に贄《にえ》を捧《ささ》げるためのもの。この下層は、砂竜が座する北の塔に繋がっている可能性が高い。贄をこの砂地に入らせて仕掛けで下層に落とし、砂竜のもとに向かわせる……」

その理屈は分かる。残る疑問は、砂と共に下層に落ちた贄をどうやって北の塔に向かわせるか、だ。

砂竜を崇拝していた民であれば、神の贄になるのは名誉なことだろうから、腹を減らした砂竜のもとに自らの足で向かってもおかしくはない。

問題は、キャラバン隊が遺跡に連れ込んだ奴隷達のように、砂竜の餌《えさ》とするために無理やり運ばれてきた者達。地下からの出口が砂竜の足もとにしかなくとも、神殿からはそれなりに距離がある。落下地点に留まり、対策を考えるくらいのことはするだろう。

だから、理由があったはずだ。北の塔に向かわなければならなくなるような、何かしらの理由が。

思索に耽《ふけ》っていた俺は、さりげなく背後に立った人物が伸ばす悪意の籠《こも》った腕の存在に、気づかなかった。

ドン！　と背中に衝撃があったかと思うと、視界が反転し、目の前が白っぽい砂に覆われる。そこから起き上がる間もなく、足もとが抜ける浮遊感と共に、俺の身体はぽかりと暗い口を開いた穴の中に吸い込まれていた。

「……っ！」

どれほどの距離を滑り落ちたのだろうか。

ヨルガ達が俺の名を叫ぶ声が一瞬だけ聞こえてすぐに遠ざかったので、相当の距離を砂と共に落ちたことになる。

落下地点にも砂が積もっていたので大きな怪我はないものの、とてもではないが、自力で戻れる状況ではない。

「……まったく、やってくれたものだな」

身体を起こし、両の手足が問題なく動くのを確認してから、俺はため息をつく。

姿をしっかりと見ることはできなかったが、砂時計の仕掛けに俺を突き飛ばした相手は凡《およ》そ予想できた。

相変わらず頭の悪い相手の突発的な行動は、予想し難《がた》い。

幸いにしてなくしていなかった眼鏡のレンズから砂を払い、改めて周囲を見回してみる。

どうやら俺がいる場所は、円形の部屋の中央に盛られた砂山の天辺付近らしい。

地下にも拘《かかわ》らず視界が効いているのは、砂山をぐるりと囲む壁の何ヶ所かに、火のついた燭台が掛けられているためだ。壁の一角からは石壁の通路が延びていて、おそらくそれが、北の塔に続く道なのだろう。

俺は砂山を滑り下り、通路の奥を覗き込んでみる。

北の塔に続く通路には円形の部屋と同じように等間隔で燭台が掛けられているようだが、やけに天井の低い道の先は薄暗く、その果てを確かめることはできなかった。

どう見ても、積極的に足を踏み入れたい雰囲気ではない。

「しかし……この道に入らざるを得ない状況になると、考えたら」

俺の呟《つぶや》きに応えるように、砂山の天辺に何か大きなものがどさりと着地した音がした。

同時にサリサリと何かを擦《こす》り合《あ》わせるような音と、カチカチと硬い物がぶつかり合う音が聞こえてくる。

「……っ！」

振り返って視界に入ったものの正体に、流石《さすが》の俺も戦慄《せんりつ》した。

「キキキ……シュシュ、キキ」

奇怪な鳴き声を上げている口から覗く、大きな二本の牙。丸みのある身体と先端の尖った歩脚は、短い毛で覆われていた。獲物と見做した俺を見つめる複眼は、どれもがぬるりとした光沢を帯《お》びている。

「蜘蛛《くも》か！」

俺との距離を詰めようとじわじわと砂の上を移動するその正体は、見上げるほどに巨大な大蜘蛛だった。

蜘蛛は一般的には益虫と言われる存在ではあるが、いくらなんでもこの大きさは異常だ。人間サイズの獲物でも捕食対象とするのは間違いない。

俺は蜘蛛から目を離さないようにしつつ、天井の低い通路の入り口を掌《てのひら》でなぞる。

なるほどこの大蜘蛛の大きさであれば、脚を折り曲げようとも、低い通路の奥にまでは獲物を追いかけてこられない。あの砂時計の仕掛けを管理していた者達は、穴に落とした贄《にえ》をそうやって北の塔に追い立てていたのか。

とにかく、俺も時間稼ぎをせねばなるまい。

俺は蜘蛛が距離を縮めてくる前に身を翻《ひるがえ》し、通路に飛び込もうと頭を下げた。

「なっ⁉」

しかし通路に足を踏み入れた瞬間に俺の足は何かに掬《すく》われ、無様に地面に転倒する羽目になる。

したたかに打ちつけた身体を捻《ひね》り、足もとに視線を向けると、そこには白く大きな紐状の何かが張り付いていた。

「これは……！」

それは、ギチギチと牙を鳴らす大蜘蛛《おおぐも》の尻から飛ばされた、強靭《きょうじん》な糸の端。

何度も贄《にえ》を取り逃すうちにそれを捕える術《すべ》を求め、大蜘蛛のほうも知恵をつけていたのかもしれない。

言葉をなくす俺に構わず、蜘蛛は胴体を揺らし、通路から俺を引《ひ》き摺《ず》り出そうとする。床に爪を立てて抵抗をしてみても大蜘蛛の力に敵うはずもなく、俺の身体が通路から引き摺り出されようとした、その瞬間——

「ギギィ！」

鳴き声と共に小さな旋風《せんぷう》が巻き起こった。それは俺の足に張り付いていた蜘蛛の糸を、大蜘蛛との中間付近で綺麗に切断する。

「ディー……!?」

「ギュア！」

翼を広げて俺の前に舞い下りてきたのは、仔犬《こいぬ》サイズの小さな竜、ディートリッヒだ。

ディートリッヒは俺を背に庇《かば》い、身体の割に大きな四肢《しし》を踏み締め、果敢にも大蜘蛛に向かって唸《うな》り声《ごえ》を上げる。

「ピギャア！　ギギィ！」

糸を切られて狼狽《ろうばい》した大蜘蛛は、ディートリッヒが見せた旋風に一瞬怯《ひる》んだ様子を見せた。しかしすぐに気を取り直して長い脚の一本を振り上げ、雛竜《ひなりゅう》の小さな身体を簡単に払い除ける。

「ギャウ！」

「ディー！」

ボールのように簡単に払われたディーの身体は、部屋の壁に打ち付けられ、そのままずるりと床に滑り落ちた。

俺は思わず通路から飛び出してディートリッヒの傍《そば》に駆け寄り、意識をなくした身体を抱え上げる。

「ディー！　しっかりしろ！　ディー！」

ぐったりとした身体を胸に抱えて必死にディーを呼ぶ俺になおも襲いかかろうとする大蜘蛛の遥か頭上で、鈍い音がした。

「ギギ……？」

ガラン、ガコン、と何かが力任せに崩されたような音に続いて、不審そうに頭上を見上げた大蜘蛛の背中に、砂ではなく瓦礫《がれき》と化した石畳の破片が遠慮なく降り注ぐ。

「グギャアアア⁉」

外殻を突き破って腑《はらわた》を抉《えぐ》る瓦礫の重みに、大蜘蛛は脚を振り回して暴れ、苦悶《くもん》の声を上げる。

しかしその叫びも、長くは続かない。

砂時計の仕掛けを蹴り崩し、落下する瓦礫《がれき》を足場に飛び降りてきた一人の男が、落ちる速度のまま手にした【竜を制すもの《クイスタシス》】を振り上げ——大蜘蛛《おおぐも》の首を一撃で胴体から斬り離していた。

「アンドリム殿、無事か！」

大蜘蛛の絶命を確かめ、こちらに駆け寄ってくるヨルガの姿に、俺はほっと息を吐く。

「大事ない。だが、俺を庇《かば》って、ディーが怪我を」

「……グルゥ」

抱きかかえているディートリッヒは、なんとか呼吸は続けているものの、ひどく苦しそうだ。大蜘蛛に跳ね飛ばされた時に、内臓を傷つけられた可能性もある。

「早急に治療してやりたい。騎士団の中に誰か、治癒魔法を使える者は？」

「衛生班の団員なら、簡易的なものが使えるはずだ。急いで戻ろう……シグルド！　聞こえるか！」

大蜘蛛の死骸を砂山の端に蹴り落とし、ヨルガが上を向いて叫ぶ。

「……聞こえます！　今、下まで届くロープを準備しています！」

頭上から降ってくる、シグルドの声。

ディートリッヒを抱えたままゆっくりと砂山を登り、落ちてきた先を見上げてみると、暗い空間の中に四角い光を漏らす穴が見える。

砂山の頂点とはややずれた場所なので、俺が落下した道には、斜めに角度が付けられているのだろう。あれが贄《にえ》を落とす仕掛けだと考えると、いくら下に砂があるとはいっても垂直に落下しては怪我をするので、それを防ぐためのものか。

光が漏れる穴になっているのが仕掛け扉になっていて、ヨルガはそれを蹴り破り、落とされた俺を追いかけてきたのだ。

「ディーが怪我をしている！　治療の準備をしてくれ！」

「……ディーが!?　急ぎます！」

遠くで慌ただしく動く騎士達の気配を感じつつ、ヨルガは弱々しい呼吸を繰り返すディートリッヒの頭を撫《な》でて、偉いぞ、と声を掛ける。

「アンドリム殿が落ちた時、仕掛けの扉が閉じ切る前にディーが飛び込んだんだ。そのまま、穴の中を下って追いかけたのだろう。勇気のある仔《こ》だ」

「そうなのか……ありがとう、ディー。必ず助けてやるからな」

それから十分も経たないうちに上からロープが垂らされて、スリングを持ったシグルドと衛生班のネステルが、ロープを伝って地下通路に下りてきた。シグルドが俺の腕からディートリッヒを抱き上げ、ネステルがすぐに容態を確かめる。

「……竜の身体の構造はわかりませんが。おそらく、身体の内部で骨が折れて出血しているのではないかと」

悔しそうに呟《つぶや》いたネステルはディートリッヒに治癒魔法をかけてくれたが、彼女は神官長マラキアレベルの強力な治癒魔法は使えない。

そもそもそれほどの治癒能力があったら、彼女は王国騎士団ではなく王立治療院に籍を置いているだろう。

彼女の魔法を受けて雛竜《ひなりゅう》の呼吸は少し落ち着いたが、それでも身体を起こせるほどの回復には至らない。

そうこうしているうちに、地上に残されていた騎士達が手際良く滑車を設置して、俺達を引き上げる準備に入る。

「ネステルは最初に戻ってディーの治療を継続する準備を。シグルド、ディーを連れて先に戻れ。アンドリム殿は私が抱えていく」

ヨルガの指示に二人は頷《うなず》き、まずは身軽なネステルが腰にロープを巻き、急いで上に戻っていった。代わりに下りてきた騎士がロープの調節を請《う》け負《お》い、今度はシグルドが腕の中にディートリッヒを庇《かば》いつつ慎重に引き上げられる。

俺は一人で大丈夫だと一応抵抗したのだが、途中でロープから手を離されると厄介だと却下されて、渋々ヨルガに抱き上げられたまま引き上げられることになった。

俺達の代わりに下層に来た三人の騎士は、このまま天上の低い通路が北の塔まで繋がっているかを確認しに行くらしい。

ヨルガが腰にロープを巻き、腕に抱えた俺を頭からすっぽりとマントで包み込む。

「……砂が目や口に入らないようにな」

「心遣い、感謝する」

ぐい、と抱き寄せられる身体。

間近に感じる、馴染《なじ》み深い体温。

ヨルガの合図で引き上げられていく薄暗い通路の中で、降ってくる砂がサラサラと雨音のような音色を奏でる。

「「……っ！」」

あぁ、そうだった。

俺とヨルガはほぼ同時に、それを思い出し、暗闇の中で顔を見合わせる。

「そうだ、墓地で……」

「……ユリカノの墓参りに、行った時だな」

それは、十年前の、ある日のこと。

命日でもなんでもないその日に、何故《なぜ》ユリカノの墓に行こうと思ったのかは、もう覚えていない。

ただその頃の俺は、いたく疲れていて……曇天の空から降り注ぐ雨に打たれるのも構わず、墓碑に捧《ささ》げた一輪の花を、ただじっと見つめていた。

濡れた地面を踏み締める音と共に近づいてきた誰かは、俺の存在を見つけ、驚きの気配と共に足を止める。

それが、当時では到底交わるとは思えなかった、俺とヨルガの、短い邂逅《かいこう》だ。

無言のままマントの下に庇われて、薄暗くなった視界の中で間近に近づいた榛色《はしばみいろ》の瞳を見上げつつ俺が悪態をつくと、ヨルガの素っ気ない言葉が返ってきたのだ。

その後すぐに、馬車に戻らない俺を心配したトーマスが様子を見にきた。俺達はすぐに距離を取り、更なる言葉を交わすことなく別れた。

運命《ゲーム》のシナリオが動かす歯車に、世界が支配されはじめた、最初の一コマ。

そして同時に、あの断罪の日に俺が記憶を取り戻すための布石が打たれた、最初の一手。

「……これが、記憶の形、か」

探し続けた最後のピースが、ここに来てようやく、手に入った瞬間だった。

† † †

地上に戻ると、スリングに包まれたディートリッヒの身体はコルティンに渡されていた。

彼は本来治療術が得意だったらしい。角をなくした今では以前の能力はないのだと悔やみつつ、それでもネステルと一緒になって、根気強くディートリッヒに治癒魔法をかけ続けてくれる。

そして仕掛けのある部屋の壁際には、俺を突き落としたヒルダが縄を打たれ、石畳の上に転がされていた。

頬を腫《は》らした彼女が苦悶《くもん》に呻《うめ》いているのは、ひどく冷たい眼差しで見下ろすシグルドにその腹を容赦なく踏みつけられているせいだ。

そんなヒルダの隣では、彼女の夫であるギュンターが両手を床につけ、石畳に額《ひたい》を擦《こす》り付《つ》けんばかりに頭を下げて必死に許しを請《こ》うている。

「どうか、どうかお許しを。副団長のお怒りは、ごもっともです。しかし、ヒルダは正常な精神状態ではなく、錯乱していたのです。男爵家と伯爵家ではしきたりが大きく違い、心労が耐えなかったと聞いています。彼女が突発的にこんな行動を取ったのには、私にも責任がございます」

おやおや。そんなことで罪が赦《ゆる》されるとしたら、法などないものと同じだ。

「みんな、騙《だま》されてる……！」

ヨルガの腕から下りた俺を睨《にら》みつけ、シグルドに足蹴《あしげ》にされつつも口角から唾を飛ばして、ヒルダが喚《わめ》き立《た》てる。

「王家に仕える私達王国騎士団を顎《あご》で使って！　カリス猊下《げいか》に気に入られてるからって！　娘がシグルド様に嫁《とつ》いだからって……！　アンタなんて、シグルド様の親でもなんでもないくせに……ぐうっ！」

ヒルダの腹を踏みつけるシグルドの足に、更に力が籠《こも》った。

ヒルダは声も出せずに足をばたつかせて喉を引《ひ》き攣《つ》らせる。ギュンターは涙ながらに、ご慈悲をとシグルドに訴えかけた。

「こらこら、シグルド。そんなに一方的に相手を痛めつけるものじゃない」

全身に纏《まと》わりつく砂をパタパタと払いつつ、俺はやんわりとシグルドを諫《いさ》める。

ギュンターは聖母を見るような眼差しで俺を見上げ、ヒルダはようやく緩んだ苦痛に激しく咳《せ》き込《こ》む。一方、俺を振り返ったシグルドは些《いささ》か不満そうだ。

「……コレのせいで父上が危険な目に遭《あ》い、ディーが怪我を」

「その通り。だがな、シグルドよ。教えたはずだ」

肉体的な痛みでは、相手を屈服させることはできても、絶望させることはできない。

身体の傷はいつか癒《い》えるし、痛みの感覚は少しずつ忘れていく。

相手を壊したいと願うならば、傷つけるのは肉体ではなく、尊厳だ。

「副騎士団長シグルド・イシス・オスヴァイン。騎士団長ヨルガ・フォン・オスヴァインの名において、咎人《とがにん》に課す罰を、お前に委《ゆだ》ねる」

通常では裁判などの手続きを踏まねばならない量刑を、団員に対してだけは、騎士団長が自らの裁量で定められる。

当然それは騎士団長の人格や采配に左右されることになるが、これまでにその裁量を巡って問題が起きたことはない。騎士団長とは、それほどまでに部下から信頼の篤《あつ》い人物でなければ就《つ》けない地位だ。

全権をヨルガに委ねられたシグルドは、しばしの間視線を彷徨《さまよ》わせ、何やら考え込む。

「……ギュンター」

ややあって、ヒルダの上から足を退《ど》け、這《は》いつくばったままのギュンターに声を掛けた。

「お前は、ヒルダを愛しているな？」

「……はい」

間髪《かんはつ》容《い》れずに返されたギュンターの言葉に、ヒルダが唇を噛む。

「長年団員を務めてくれたお前がどれだけヒルダを愛していようとも、身勝手な言い分で父上の身を危険に晒《さら》した罪は重い。更にそれが、貴重な雛竜《ひなりゅう》が大怪我を負う要因にもなった。この責任をヒルダだけに背負わせるならば、極刑が相応《ふさわ》しい」

「そ、そんな……！」

「だから俺は、提案しよう」

動揺するギュンターを、宥《なだ》めるように。

俺の息子が。

アスバルの子であった一人息子が――殊更《ことさら》柔らかく、言葉を紡《つむ》ぐ。

「妻の罪を濯《すす》げ、ギュンター・クド・モラシア。ヒルダ・ミチ・モラシアの罪は、モラシア家の存続に尽力することで、償《つぐな》うものと見做《みな》す」

「え……？」

何を言われているのか分からないという表情の二人と対照的に、シグルドの言葉は淡々としたものだ。

「ヒルダ・ミチ・モラシア。貴女《あなた》の名は、騎士団名簿から永久に抹消《まっしょう》される。アスバルの末裔《まつえい》たる父上は寛大ゆえに、パルセミス王国を守護する騎士の家門が廃《すた》れることを厭《いと》う。慈悲深きそのお心に沿うべく、モラシア家を存続させる責務を、一心に果たせ」

すとんと感情が抜けたその表情は、端正ゆえに、裁きを下す神にも似た印象を与える。

「モラシア家の跡取りを産み、その子が騎士となるまで育てよ。件《くだん》の沙汰は、今、この時を以《もっ》て課せられるものとする」

シグルドの言葉を耳にした騎士達の行動は速かった。

唖然《あぜん》とするヒルダと平伏したままのギュンターを残して立ち上がり、一人が北の塔に向かう通路を探索中の騎士達への物資補給と伝達のために、即座に下層に向かう。

ネステルはコルティンと共にディートリッヒを支えながらレリーフのある部屋に戻り、俺とヨルガもそれに続いた。

最後に部屋から出るシグルドは溜め息をつき、ヒルダに何か言葉を掛けようとしたが、アイザックに促《うなが》されて結局は何も告げずに俺達を追いかける。

「なんなのよ、みんなして。ギュンター！　早くこの縄を解《と》きなさいよ！」

「……これが、君の罪を贖《あがな》ってくれるのなら」

「罪を贖う？　……何、何をしようって言うの」

「言われただろう？　君は、モラシア家の跡取りを産まないといけない」

「は……？」

「君があまりにも嫌がるから、私達は二年の間、白い夫婦だった。君はまだ若いから、子供は自然に任せようと、考えていた」

「い、嫌よ……嫌！　何をするの!?」

「もう拒絶も、許されない。君は私の妻なのだから」

「嫌！　やめて、やめて――!!」

仕掛けのある部屋に続く通路のほうから漏れ聞こえるヒルダの悲鳴に、良好な関係とはいえずとも数少ない女性騎士同士だったネステルが、哀しそうに俯《うつむ》く。それでも俺が大丈夫かと声を掛けると、気丈に「アスバル様とディー様を傷つけて良いわけじゃありません」ときっぱり言い切った。

通路から距離を取り、再びレリーフのある石壁の前に集まった俺達の視線は、自然とディートリッヒに集中する。

コルティンとネステルで交替に治癒魔法をかけてなんとか命を繋いでいるが、それが焼け石に水の状態であるのは明らかだった。

ここから先は、時間との勝負だ。

「……この仔《こ》を助けるには、迅速な行動と連携が必要だ。皆、話を聞いてくれるか？」

全員が頷《うなず》くのを見届け、俺はレリーフに描かれた砂竜と、その足もとに守られた卵を指差した。

「本来、我々が第一の目標にしていたのは、砂竜から騎士団長殿の記憶を取り戻すことだ。それには、記憶を奪っている砂竜を直接討伐する方法が一つ。そしてもう一つは、砂竜の卵に父親の血を捧《ささ》げて卵を孵化《ふか》させ、不要になった記憶を母竜が解放するのを待つ方法だ。竜が抱卵している卵に対しては特に対応を決めていなかったが、アイザック殿とコルティン殿がどうしてもそれを必要としている。それゆえに、我々の方針は討伐一択となった。ここまでは良いな？」

「あぁ、間違いない」

ヨルガが肯首し、騎士達も頷く。

「イレギュラーではあるが、我々は幼き竜を手にすることができた。しかも、シグルドを父と見做《みな》し、人間に懐くことができる竜だ。これは貴重なことであり、是が非でも本国に連れ帰りたいと思っていたが――神殿の地下通路に現れた大蜘蛛《おおぐも》から私を助けて、今は重体だ」

「くっ……」

歯噛みをするシグルドの視線の先には、コルティンに抱えられ、力なく瞼《まぶた》を閉じたままのディートリッヒがいる。

「全てを一度に解決するには、幾つか条件がある。まずは、討伐中に騎士団長殿が砂竜に魅入《みい》られないこと……これについては、私が騎士団長殿の抑えを受け持とう。そして攻撃で砂竜の気を引いている間に、塔の屋上にある巣から砂竜の卵を手に入れてくること。ちなみに魔族の二人は卵に直接触れられないので、騎士団の中から誰かが奪取することになる」

「俺が行きます！」

一番に声を上げたのは、斥候と部隊長を兼任するミレーだ。身軽な彼ならば、確かにこの任務に適任だろう。

「アイザック殿、攻撃側のご助力を願えますか？」

「もちろんだ」

「ミレーが卵の奪取に成功したら、シグルドと共に砂竜と対峙《たいじ》し、できるだけ時間を稼いでいただきたい。その間に……コルティン殿」

「は、はい」

「貴殿は砂竜の卵を喰らい、角を取り戻してほしい」

「えっ……!?」

コルティンの声が驚きに掠《かす》れる。

「し、しかしそれでは、クロエが……」

「対策は立てるから、安心してくれ。いや……今回はどちらかというと、それに救われる形になるやもしれん」

「それに、救われる……？」

顔を見合わせて首を傾《かし》げる魔族の二人に構わず、俺は騎士達を促《うなが》して先に拠点に戻らせた。彼らには、全員の準備が整い次第、砂竜への攻撃を始めると説明してある。

俺はレリーフの部屋から拠点に戻る騎士達の中から、ヨルガにシグルド、そして魔族の二人と、ミレーとネステルを呼び止めた。

「ここから先は、あまり大人数に聞かせるものではないからな」

俺はディートリッヒの背中を撫《な》でつつ、集まった面々の顔を見回す。

「砂竜を討伐し、騎士団長殿の記憶を取り戻し、砂竜の卵を奪い、コルティン殿の角を癒《いや》す――口にするのは簡単だが、相当シビアなものになるだろう」

「そうですね……」

それでも、悠長なことはいっていられない。

シグルドの可愛い息子、俺の新しい孫が助かるには、この方法しかないのだから。

「私がコルティン殿に角を取り戻してほしいのは、ご自身の傷を癒《いや》すのも目的だが、もう一つの理由はディーに治癒魔法を使ってもらいたいからだ」

「心得ております。ただ、ディーの傷は……」

口籠《くちごも》るコルティンの後を継ぎ、俺は静かに言葉を続ける。

「分かっている。貴殿もネステルも治癒術を使うのだから、なんとなく察しているだろう。この仔《こ》は――治癒術だけでは癒《いや》しきれないいな？」

「……ご明察です」

「私もそう感じました」

コルティンとネステルは悔しそうに唇を引き結ぶ。

「幼くともディーは竜だ。良くも悪くも、竜の摂理が付《つ》き纏《まと》う。人を親と思おうとも、懐こうとも、それは変わらない。だからな、シグルド」

アスバルの血を引かない、それでも俺の息子である男の顔を、俺は正面から見据える。

「あの仔《こ》は空腹なのだよ。孵《ふ》化《か》してから一度も食糧――人間を、口にしていないのだから」

「……でも、果物を……！」

「それは、嗜好品《しこうひん》の類《たぐい》だ。好物ではあっても、ディーの血肉にはならない。傷を癒す力になることも、ない」

「っ……！」

拳《こぶし》を握り込むシグルドの背中を、ヨルガが軽く摩《す》ってやる。

「……あの仔を、救いたいか？」

「当然です！」

親の表情をしたシグルドに、俺は問いかける。

「俺には、餌を調達する当てがある……あぁ、子作りに励んでいる夫妻ではないぞ？　お前の定めた沙汰通りに、あの女にはモラシア家の跡取りを産んでもらわねばなるまいからな。ただ、当然ながら真っ当な調達方法ではない。そもそも人が人を餌にすること自体、神をも恐れぬ行為であることは間違いあるまいよ」

ただ、それでも俺の息子が望むならば。

人間を犠牲にしてでも、この幼い竜を救いたいと願うならば。

俺の手が穢《けが》れているのは、今更だ。

アンドリム・ユクト・アスバルは悪の宰相。誰かを地獄に叩《たた》き堕《お》とし、その骸《むくろ》を踏み台にして、これまで歩んできた。

だが、シグルドはまだあちら側だ。

ヨルガと俺の影響を受け、清濁合わせ飲む意味を知り、淑女の装飾品となる価値を理解しても。その魂《たましい》はまだ、潔《いさぎよ》い光に満ちている。

「さぁ、シグルドよ」

だから俺は、問わねばならない。

お前にその覚悟は、あるのかと。

二度と拭《ぬぐ》えない穢《けが》れを、受け入れられるかと。

戸惑《とまど》い俯《うつむ》く息子の前で、俺は軽く手を叩いてやった。

はっと上げられた端正な顔に微笑《ほほえ》みかけ、掌《てのひら》を差し出す。

「選べ。決めるのは……お前自身だ」

迷いは、ほんの一瞬で。

「……父上」

重ねた手を絡めるように引き寄せ、爪紅の乗った俺の指先に口付けて、シグルドは希《こいねが》う。

「どうか、力をお貸しください。我が子を救う術《すべ》を、俺に」

「――良い子《Good boy》だ、シグルド。お前の望み、必ず叶えよう」

第六章　想いは縁《えにし》を紡《つむ》ぐ

天幕に伝わる、剣戟《けんげき》の音。

大地を揺らす、落雷の響き。

その全てを遠くに感じながら、俺はゆったりと尻の下に敷いたヨルガの腹筋に指を這《は》わせる。

上官用のテントに籠《こも》る俺とヨルガ、そして神殿遺跡でシグルドから下された沙汰を遂行中のモラシア夫妻を除く全ての騎士達は、砂竜と決着をつけるべく、彼女の巣がある北の塔に出向いている。

魔族の中でも強者の部類に入るアイザックと、ヨルガから【竜を制すもの《クィスタシス》】を借り受けたシグルドの盟友二人が、騎士達を率いての討伐戦だ。些《いささ》か過剰戦力に値するだろう。

しかし今回の討伐は、ただ砂竜を倒せば良いというものではない。

巣から卵を奪い、それをコルティンが口にして角を取り戻すまで、砂竜を倒さないでおく必要がある。

まぁ、それでもあの二人であれば、そつなくこなすだろう。

ディートリッヒを抱えたコルティンとネステルは安全圏に身を隠し、ミレーが砂竜の足もとから卵を奪ってくるのを待ち構えている。

俺の役目は、自分自身と卵に迫る危機を察した砂竜が父親に選んだ人間を頻《しき》りに呼び寄せようとする声から、父親《ヨルガ》を守ること。

気を抜けばぼうっとした表情で起き上がり、外に歩き出そうとするヨルガの足首には足枷《あしかせ》が嵌《は》めてあり、それと鎖で繋がれた手枷は俺の手首に嵌めてある。

俺はヨルガが動く度に彼の頬を叩き、足を踏みつけ手の甲に爪を立て、その都度正気に戻るよう尽力した。

それでもしつこく動き出してしまうのに業を煮やした俺は、寝台に彼を仰向《あおむ》けに横たわらせ、徐《おもむろ》に彼の胴体を跨《また》いで顔を見合わせる向きで腹の上に座り込んだ。

息を呑むヨルガの服に手をかけ、きっちりと着込んでいた上着の釦《ぼたん》を外してシャツの前をはだけさせる。ついでにブリーチズの前も寛《くつろ》げると、熱を帯《お》びて形を変えつつあるペニスが、下着の中心を雄々しく持ち上げていた。

特殊な織り方をした伸縮性の高い布で陰部を包むように覆い、足の付け根とウェストに二本のバンドを回して陰部の動きを固定する仕組みを持つ下着は、運動量の多い騎士団のために俺が持ち込んだデザインを元に作られたものだ。

いわゆるジョックストラップと呼ばれる下着と同型で、現在は王国騎士団だけでなく神殿騎士団はもちろんのこと、身体を動かす庶民達の間にも浸透していると聞く。

俺としてはやや責任を感じる案件ではあるが、夜の営みに支障を及ぼすものでもないだろう。それに大事な番《つがい》が俺の考案した下着を軍服の下で身につけているという状況は、少しばかり倒錯的で悪くない。

「アンドリム、殿……」

「ククッ、そう焦《あせ》るな」

俺はヨルガの腹の上で足を折り曲げて、シルクのトラウザーズを脱ぎ捨てた。太腿に嵌めたシャツガーターのベルトを緩め、リネンシャツの裾《すそ》を引いていたクリップを指先で外す。

パチンと金属の音が響き、俺の挙動を見守るヨルガの喉仏が、大きく動いた。

膝立ちになった俺の腰にそろりと這《は》わされた手を拒まず、シャツの裾から肌の上に潜り込んだ指先が与える、硬い皮膚の感触を楽しむ。太い指が肋《あばら》の形をなぞり、親指の腹が胸の頂《いただき》にある飾りを掠《かす》めた瞬間、俺の喉から声が漏れた。ヨルガは片手で胸骨の上を温めつつ、もう一方の手で、下着《ブレー》の布地越しに俺の興奮を確かめてくる。

「あぁ、アンドリム殿」

「は、ふぅ……」

「なんと、美しい……」

恍惚《こうこつ》とした表情を晒《さら》したヨルガは、触れていた手で俺の下着を引《ひ》き摺《ず》り下《お》ろし、シャツの裾から顔を突っ込んで素肌に舌を這わせてきた。

ぬるりとした舌先が臍《へそ》から下腹に続く薄い線をなぞり、既《すで》に兆《きざ》しを見せていたペニスに容赦なく絡みつく。

「ん、んっ……！」

赤みを帯びた黒髪に指を絡めて目を閉じ、俺は小さく喘《あえ》ぐ。

俺自身はヨルガに口淫させることをあまり好まないが、この男が奉仕好きであることは知っている。

丹念に繰り返される愛撫《あいぶ》に素直な反応を返すと、満足そうに目を細める様《さま》がシャツの隙間から垣《かい》間《ま》見《み》えた。

そのまま追い上げられて果てた直後に、腕の中に抱えたヨルガが、クスリと小さな笑みを漏らす。

言外に「早いな」と指摘されたのが分かって、俺は彼の耳をギリギリと引っ張ってやった。

「……痛い」

「うるさい。貴様……その程度で満足するつもりか？」

「……良いのか」

僅《わず》かな戸惑《とまど》いの滲《にじ》むその眼差しは、俺に問いかけるもの。

自分で良いのかと、俺と愛し合った過去を持つ、ヨルガでなくとも良いのかと。

……なんだ、せっかく形を思い出したのに、まだ理解していないのか。

「騎士団長殿。貴殿が一つ、誤解していることがある」

俺は腕を伸ばし、寝台の横に置いてある荷物入れの中から陶磁の薬瓶を引っ張り出した。キュ、と器の蓋《ふた》が擦《こす》れる音と共にふわりと広がるのは、かつて数多《あまた》の人を惑わす秘薬の原料であった、竜睡花の齎《もたら》す芳香。

片手で尻たぶを開いた俺は、指先で掬《すく》い上《あ》げた白い軟膏を自らの手でアヌスの中にたっぷりと塗り込んでいく。

ヨルガのペニスを包み込んでいた下着をずらしてやると、布地の下で抑えられていた竿が勢い良く勃《た》ち上《あ》がり、濡れたその先端が俺の太腿の裏に透明な線を描いた。

「……確かに、俺が愛したのは未来の騎士団長殿だ。だが、それは決して、今のお前と別人というわけではない」

始まりを思い出した今ならば、俺も理解できる。

記憶がなくとも、この男はヨルガと別人などではない。

あの雨の日に寄り添った俺達の運命は、ほんの一瞬だけ交錯して、すぐに離れた。

自分でも意識できない心の裡《うち》に互いの存在を記したまま、それぞれの道を歩んだ。

この男が歩む道の先に、俺のヨルガがいる。

単純で間違えようのない、揺るぎない真実だ。

「嬉しいだろう？　俺の全ては、お前一人のものだ」

「俺、だけの……」

「あぁ、そうだとも。だから……早く」

しどけなく足を開き、俺は唯一の番《つがい》に、交尾を強請《ねだ》る。

「早く俺の胎《ナカ》に入ってこい。ヨルガ」

獣が喉を鳴らすような気配と共に、ひくつく俺のアヌスにヨルガのペニスが押し当てられた。

「んっ、あ……っ！」

待《ま》ち侘《わ》びたものがようやく与えられる、その悦《よろこ》び。

腸壁を擦《こす》りながら押し入ってくる逞しい剛直に、俺は全身を震わせ、その質感を全身で噛み締める。

「アンドリム殿……！」

大きく迫り出した先端が雄膣に呑み込まれるのを待ち、ヨルガは俺の腰を両手で掴んで激しく胎の中を突き上げ始めた。

「ひっ、あ！　んっ、あっ、はぁ……！」

「あ、あぁ。くっ……」

「いっ、あ、もうすこ、し。ゆっく、り……あ、あぁ！」

「ははっ……ふっ、なんと、いう……蜜壺だ！」

胎の中を掻《か》き混《ま》ぜられて無意識に身を捩《よじ》ろうとする俺の逃げを許さず、ヨルガの強靭《きょうじん》な突き上げは衰《おとろ》えることなく続く。

中を突きながら抉《えぐ》るように腰を揺らされる度に相手の思惑《おもわく》通りに締め付けを増す自分の身体は、随分と浅ましくなったものだと理性の欠片《かけら》が密かに嘆《なげ》く。

しかし夢中になって俺を貪《むさぼ》る愛しい男を見下ろし、これほどまでに彼を満足させられるのはこの淫《みだ》らな身体であればこそだと考えると浅ましさも誇りに感じてしまうのが不思議でならない。

激しい動きに耐えかねた寝台の脚が悲鳴のような音を立てて軋《きし》む。それに負けず劣らずの大きな甘ったるい嬌声《きょうせい》は、間違いなく自分の喉が吐き出しているものだ。

「う、ううっ、も……いいか、げん、に……！」

休みなく与えられる感覚と熱が邪魔をして、まともな言葉を紡《つむ》ぐことすらままならない。結合部から漏れた体液が肌と肌とが打ち付けられる度に粘着質の音色を奏で、俺の脳髄を更に蕩《と》かそうと尽力している。

「……あぁ、アンドリム、殿……！」

「ひうっ！　ああっ、は、うあ、あぁ――！」

一際大きく抉《えぐ》ってきた槍の穂先が、ついに胎の境目を越えた。

美しく連《つら》なる腹筋の隆起が震え、ペニスの根本に迫り上がった睾丸が、番が種付けを行う瞬間を伝えようとしている。

俺は胎の底に力を込め、子種を存分に受け入れるために、奥を開こうと努めた。

「あぁ……愛してる……！」

「ん、ふっ……！」

「愛してる……俺の、俺だけのアンリ！」

いっそ懐かしささえ覚える呼び名が、耳朶を揺らすのと同時に――

胎の中に吐き出された熱い奔流《ほんりゅう》が腸壁を叩く快感に背中を弓形に反らせた俺も、絶頂に達した。

「はっ……あ……」

ヨルガの下腹に薄い精を吐き出し力が抜けて傾《かし》ぎそうになった身体を、大きな腕が抱き止める。

そのまま胸板の上に抱き寄せられて荒い呼吸を続ける俺の背中を、労《いたわ》りの掌《てのひら》が優しく撫《な》でた。

「アンリ」

その言葉は、悦楽に侵《おか》された鼓膜が勝手に拾い上げた幻聴などではない。

汗で貼り付く前髪を指で払い、俺の瞳を見つめる榛色《はしばみいろ》の瞳は、ただひたすらにまっすぐ、溢《あふ》れる想いを伝えてくる。

多くの言葉を交わさずとも、理解できた。

「……戻るのが遅いのだよ、この駄犬が」

一つ、憎まれ口を叩いて。

ようやく帰ってきた愛しい伴侶の唇に、俺は躊躇《ちゅうちょ》なく噛みついた。

† † †

人間も悪くないと思えたのは、初めてだ。

シグルドと肩を並べて竜と対峙《たいじ》しつつ、アイザックは紫水晶の目を細め、戦闘の高揚に口角を吊り上げる。

アイザックが人間に対して抱いていた印象は、どちらかというと、否定的なものが多かった。数ばかり多くて実力に欠け、強者には媚《こ》び諂《へつら》い、弱者は虐《しいた》げる。魔族とて同じだが、人間よりも長く生きる分、晩年には達観している者が多い。

そんなアイザックがアバ・シウの砂漠で偶然出会った、人間の群れ。

最初は竜の卵を手に入れるために、利用してやろうと思っていた。

しかしそれを統率する若き騎士は自分と変わらぬ実力を持ち、更に彼の父親だと名乗る二人の男は、かくも数奇な運命《さだめ》を越えて結ばれているらしい。

賢者と呼ばれる男の知識には感服し、砂竜に記憶を奪われた男が纏《まと》う武神に等しい貫禄には憧憬すら覚える。そして言葉を交わせばシグルドと自分は相性が良く、機転の効く頭の良さも若者らしい柔軟な思考も好ましい。それでいて、コルティンを想うアイザックの一途《いちず》な感情には、敬愛の念を示し、助力は惜しまぬと誓ってくれるのだ。アイザックにとっては、これで気に入らないほうが、おかしい。

コルティンが胸に秘めていた秘密をあっさり曝《さら》け出《だ》させた賢者の提案に乗り、アイザックは父の剣を借り受けたシグルドと共に砂竜との戦いに挑む。

特大の雷から仕掛けた戦いは、塔の天辺を靄《もや》のように覆っていた砂埃《すなぼこり》を晴らし、砂竜の巨躯を露わにした。

怒りくるい、斬り裂く疾風《しっぷう》の渦《うず》を吐き出す砂竜に対し、矢を射かける弓部隊の攻撃と、アイザックの魔法による遠距離攻撃が続く。

砂竜が怯《ひる》んでいる間に、シグルドを先頭にした騎士達が塔を駆け上り、左右に展開して攻撃を仕掛けていく。

卵を庇《かば》いながら戦う彼女は近づく騎士達を大きな翼で払いのけるが、塔の地下から潜入を果たした騎士達に背後から攻撃を受け、天を仰《あお》いで何度も吼《ほ》えた。

誰かを呼ぶようなその雄叫《おたけ》びは、卵の父親となるべく遺跡に招き入れたヨルガを自分と卵のもとに呼び寄せる魔力を帯《お》びている。

しかし、父親《ヨルガ》が現れることはない。彼の番《つがい》であるアンドリムが、それこそ全身全霊で彼を繋ぎ止めているからだ。

焦燥感に唸《うな》る砂竜の隙を見逃さず、アイザックは両腕に纏《まと》わせた雷の魔力を天に向けて撃つ。雨のように降り注いだ雷の槍に翼を貫《つらぬ》かれ、身を捩《よじ》った巨大な竜が塔の天辺から足を滑らせた。足の爪を外壁に引っかけて体勢を整えようと試みても、脆《もろ》くなっていた石壁は彼女を支える役目を果たせない。

悲鳴にも似た咆哮《ほうこう》を上げつつ、崩れた瓦礫《がれき》の破片と共に、砂竜の身体は背中から地面に叩きつけられる。

「ミレー！」

「任せろ！」

シグルドの指示で、斥候のミレーが崩れかけた塔の外階段を駆け上って守護者が不在の巣を目指す。砂竜の落下に合わせて塔の上から退《しりぞ》き、それぞれに衝撃を回避していた騎士達が、シグルドの後ろに集《つど》って隊列を組み直した。

ミレーは巣に辿り着くと、レリーフに描かれたものと同じ渦巻《うずまき》模様の卵を持ち上げ、ヨルガが白桃を持ち込むのに使っていた籠に押し込む。両腕でしっかりと籠を抱え、飛ぶような勢いで階段を駆け降りたミレーが走り去るのを横目で見送ったアイザックとシグルドは、ここからは時間稼ぎだと気合を入れ直す。

盾を構えた騎士が砂竜の吐く旋風と翼の攻撃を防ぎ、鎌首を擡《もた》げた彼女が次の攻撃を仕掛ける前に、シグルドや騎士達が一撃を加えてはすぐ後方に退がる。

ヒットアンドアウェイの戦法を繰り返す合間も、近くの建物に登った弓部隊が砂竜の翼や脚の付け根を狙い、矢を射ち続ける手を休めない。

それから半時間ほど戦い続けただろうか。戦闘領域より距離を置いた一角から、馴染《なじ》み深い魔力が弾けるように高まるのを感じたアイザックは一瞬瞠目《どうもく》し、そして満面の笑みを浮かべる。

コルティンが無事に角を取り戻した証左だ。

「シグルド！　成ったぞ！」

「そうか！　善哉《ぜんざい》だ！」

アイザックの叫びに、シグルドも笑顔を返す。

時間稼ぎの目的は果たせた。ならば残すは、目の前の強敵を打ち砕くのみ。

スゥ、と静かな呼吸を繰り返したシグルドが握る【竜を制すもの《クイスタシス》】が、青白い燐光《りんこう》を宿す。彼が大技を繰り出すと察した騎士達は一斉に散開して距離を取り、アイザックは爪の先まで漲《みなぎ》らせた魔力を解き放って、雷の柱に囲われた檻《おり》となる空間を産み出した。

「行け！　シグルド！」

砂竜のもとまで開けた眩《まばゆ》い道の中央を駆け抜けたシグルドは、牙を剝《む》く竜の鼻先を蹴って飛び上がり、空中で大剣を構える。

彼を呑み込もうと大きな顎《あぎと》が開かれるよりも早く、輝く【竜を制すもの《クイスタシス》】の一振りが、竜の首を一刀両断に斬り落としていた。噴き上がる血飛沫《ちしぶき》と同時に、頭をなくした砂竜の胴体がどうと音を立てて地面に倒れ込む。

「やった！」

「倒したぞ！」

騎士達が上げる歓声を背に竜の血に濡れた剣を払ったシグルドは、ふと何かに気づいた様子で、光の消えた砂竜の瞳を見上げる。

ふわり、ふわりと砂竜の身体から細かな砂が穏やかな風と共に舞い下りてきては、シグルドの全身にゆるりと巻き付いた。

それは彼を害そうとするのではなく、何かを訴えているようにも思えるものだ。

「……こんなことまで、賢者殿の予想通りか」

もしかしたら何か予兆があるかもしれないとアンドリムから予め伝えられていたアイザックは、彼の慧眼《けいがん》に戦慄《せんりつ》を覚えつつ、漂《ただよ》う砂粒を掌《てのひら》で受け止め戯《たわむ》れているシグルドに声を掛ける。

「シグルド！　それは砂竜からの祝福《ギフト》だ」

「祝福……？　呪いではなく、祝福なのか」

「賢者殿が仰《おっしゃ》っていた。もしかしたら、竜を倒した後に、シグルドが祝福を受けるかもしれないと」

「父上が？　そうか……ならば祝福が、正しいのだろう」

「あぁ、大したものだ。賢者殿の洞察力は、千里を見抜く」

アンドリムからしてみれば、前世で読んだ物語の展開をなぞらえ、保険として伝言を残しただけのことだ。

しかしそれを知らないアイザック達からすれば、賢者の鋭い指摘に脱帽するしかない。

アイザックは勝鬨《かちどき》を上げ続けている騎士達に声を掛け、まずはこの場から暫《しばら》く離れてもらうように言い含める。アンドリムからの指示だと付け加えると彼らは素直に首を縦に振り、今のうちに砂嵐が消えた辺りを探索してくると言い残して、数名ずつのチームを組んで四方に散らばっていった。

竜の骸《むくろ》の前にシグルドと二人で残されたアイザックは、騎士達の気配が消え失せたことを確認してから、シグルドに服を脱げと指示する。

「竜の骸から溢《あふ》れる血が乾き切らないうちに、その血を身体に浴びる必要がある。服を全部脱いで全身に浴びること、とのことだったぞ」

「竜の血を？　何故《なぜ》、そんなことを？」

「なんでも竜の祝福を受けた人間が祝福の源となる竜の血を浴びると、全身の皮膚が鋼《はがね》の強さを持つものに代わり、一般的な武器の攻撃が効かない身体になる……らしい。流石《さすが》にこればかりは、俺も真偽のほどは分からないが」

「そうなのか。まぁ父上の指示なら、俺はそれに従うまで」

アイザックに促《うなが》されたシグルドは上着を脱ぎ、その下に着込んでいたシャツの袖からも迷わずに腕を抜く。

次いでシグルドがブリーチズを下ろすと、陰部を包む形をしたアンドリム考案の下着が露わになり、アイザックが顎《あご》の外れそうな表情を見せた。

「……そんな涼しい顔をして、なんと刺激的な下着を身につけておるのだ、お前は」

「父上の考案した下着だ。ズレが少なく、動きやすくていいぞ。団員達も愛用している」

「……賢者殿の思考は、興味深いな」

砂竜の骸《むくろ》から溢《あふ》れ出《で》る血液にシグルドが手を浸《ひた》すと、それは彼の肌を赤く染めるだけでなく、細胞に何かの力を浸透させようと蠢《うごめ》き始《はじ》める。

暫《しばら》く様子を見ていたシグルドだったが、ややあって思い切り良く頭から血液を被り、最後に残っていた下着も脱ぎ捨て、生まれたままの姿で竜の血を全身に受け止めた。

一人それを見守るアイザックは彼の護衛を務めつつ、愛しい番《つがい》の足止めに尽力したアンドリムの姿を思い浮かべる。

「こうなると、アンドリム殿に番がいるのが実に口惜しい。本気で囲いたくなってきたのだが」

「やめておいたほうがいいだろう。団長の独占欲は親子の縁すら凌駕《りょうが》するからな……俺は新しく得た友を、早々に失いたくない」

「……実感がこもりすぎだ」

呆《あき》れたアイザックが、人間の友と軽口を交わしている間に。

悪戯《いたずら》な風に運ばれた罪のない一枚の木の葉が、竜の血を浴び続けるシグルドの背中の中央にぺたりと張り付いた。

† † †

どんなに慣れた相手との行為だとしても、受け入れる側の負担は大きいものだ。

記憶を取り戻したヨルガとの濃密な交歓を終えた俺は、ゆっくりとではあるがなんとか起き上がり、低く息を吐き出す。

本来ならばこのまま微睡《まどろ》んでいたいところではあるが、今回ばかりは状況がそれを許さない。

逞しい腕がふらつく俺の背中を支え、一つ額《ひたい》に口付けてから、手際良く後処理と清拭を済ませてくれる。

俺達が身支度を整え終えた頃に、テントの入り口に下げていたチャイム代わりの木板が軽く叩かれた。

「騎士団長殿にアンドリム殿。準備は如何《いかが》だろうか？」

伺いを立ててきた声は、シグルドと砂竜討伐に赴《おもむ》いていたアイザックのものだ。

立ち上がる俺にヨルガが寄り添い、腰に腕を回して支えになってくれる。

天幕を捲《まく》って外に出ると、予想通りにアイザックが待っていた。戦闘直後なのか全身が汚れてはいるものの、大きな怪我は見当たらない。

これならば、首尾は上々だろう。

アイザックは軽く頭を下げて俺とヨルガを出迎え、まずはヨルガに視線を向けて一瞬息を呑み、次いで俺に視線を移してから僅《わず》かに目を見張った。

……もしかしなくとも、俺が気怠《けだる》げすぎるせいか？

「まぁ、俺のことは気にするな。アイザック殿達に怪我はないか？」

「……あ、あぁ。無事に目的は果たせた。シグルドはアンドリム殿の予想通りに祝福《ギフト》を授《さず》かり全身に砂竜の血を浴びたので、今は泉で身体を洗っている」

「フフッ、それは良い土産《みやげ》ができた。アイザック殿に予めお願いしておいた甲斐《かい》があったというもの」

「それでは、予定通りに」

「あぁ、次の段階に移る。コルティン殿は？」

「卵を盗んで逃げ出した体《てい》を装うために、遺跡の入り口付近に潜伏中だ。卵の運搬役には、ネステル殿に協力していただいている」

「ふむ、適役だな。砂嵐は消えているようだが……索敵は？」

「周囲の哨戒《しょうかい》をした騎士達が、ここから距離を置いた砂丘の麓《ふもと》に潜《ひそ》む集団を早々に発見している。相手側はまだこちらの様子を窺《うかが》っているな」

「……上出来だ」

それでは早速、可愛い孫の餌《えさ》を調達に行くとするか。

アイザックには時間差で追いかけてもらうことにして、俺はヨルガの誘導で、建物の陰に身を潜めつつ遺跡の入り口に向かう。

砂嵐が消えた遺跡の外は砂漠の様相を取り戻していて、抜けるような青空の下に、風に模様を刻まれた砂丘が連綿《れんめん》と続いている。

他の騎士達もそれぞれの配置についたところで、ネステルを連れたコルティンが人目を憚《はばか》るように周囲を見回しながら遺跡の外に駆け出した。

遺跡の外には一人の男が立っていて、コルティンに手を振って合図を送り、自らも踵《きびす》を返して砂漠の中を進む。

男はそこから三つほど砂丘を越えた先で屯《たむ》ろしていた十人ほどの集団と合流し、彼らから少し離れた位置で足を止めたコルティンをニヤついた表情で振り返った。

俺達はその後を静かに追いかけ、頭をしっかりとターバンで覆ったコルティンと向き合う男達の様子を、砂丘の陰から窺《うかが》う。

砂漠の中では暑苦しい貴族服を身に着けた中年の男性が一人に、同じような服装をしたコルティンと同年代と思しき若い男が三人。彼らの頭には、大小の差はあれども、それぞれ二本の角が生えている。この四人が、コルティンを虐待し手駒に仕立て上げた、トロント一族の本家を仕切る四人で間違いないだろう。

そんな彼らの近くに控えるのは、日に焼けた肌を持つキャラバン隊の服を着た男が一人と、頭から布を被せられた者から繋がる鎖を握った使用人風の男が一人だ。

残りの三人は、身体付きから判断するに護衛といったところか。

俺達に観察されているのも知らず、若い魔族の男性が中年の男性を振り返り、得意げに胸を張ってみせる。

「どうだ父上。俺の予想通りだろう？　コルティンは使える奴だった」

「あぁ、あのいけすかないスタイナー家の嫡男を出し抜き、砂竜の卵を奪ってくるとはな。胸のすく思いよ」

父上と呼ばれた男は、トロント家の現当主か。

背中を丸め、前髪が後退気味の顔を歪《ゆが》め笑う男の表情には、下卑《げび》た欲望が見え隠れしている。数十年に及ぶ仕込みを経てついに砂竜の卵を手に入れ、それを魔王に献上して陞爵《しょうしゃく》される夢が現実味を帯《お》びてきたゆえか。

「コルティン、さっさと砂竜の卵を父上に渡すんだ」

「変な考えは起こすなよ。余計なことをすればどうなるかは……分かってるだろう？」

嘲《あざけ》りを含んだ息子達の声にも怯《ひる》まず、コルティンはまっすぐに彼らの顔を見つめ返す。

「まずは、クロエの無事を確認してからです。それからでないと、卵はお渡しできません」

「チッ……生意気な」

「図々しい奴め」

「まぁ、良いだろう。おい、ヴィネス」

「仰《おお》せのままに」

ヴィネスと呼ばれた男が部下に命じ、布を被せられていた者からそれを取り払う。

「……っクロエ！」

「兄さん！」

布の下から姿を現したのは、コルティンによく似た顔立ちを持つ若い女性だ。その首には大きな首輪が嵌《は》めてあり、使用人の男が持つ鎖はそこに繋がれている。

思わずコルティンに駆け寄ろうとした彼女はすぐに鎖を引かれ、苦しそうに首を押さえてその場に座り込む。

想定通りだな。

何せトロント一族の本家に巣食う連中は、砂竜の居所を知っていても自分達で卵を取りに行くどころか、砂竜に餌《えさ》を運ぶことすら自力でできていない。人間側に協力者がいるのは間違いないと思っていたし、それもどうせ、餌の奴隷を運んでいたヴィネスキャラバン辺りだろうと予測していた。

「っ、クロエ……！」

歯噛みをするコルティンだが、妹の身柄が彼らの手元にある以上、迂闊《うかつ》なことはできない。

「妹の無事は確認できたな？　さぁ、早く卵を出せ。そこに連れてきた人間は、お前がたらし込んだ相手か？」

「……こちらの事情を話して協力していただきました。僕達では、砂竜の卵に直接触れられませんから」

コルティンに促《うなが》されたネステルは、抱えていた籠の中から大きな卵を取り出す。

ダチョウの卵と等しい大きさのそれは、ディートリッヒが孵化《ふか》したものとはサイズに雲泥《うんでい》の差があるものの、その表面に描かれた特徴的な渦巻《うずまき》模様は変わらない。

「まさに文献通り……これこそが砂竜の卵！」

「やりましたね、父上！」

「早速陛下に献上にあがりましょう！」

喜色満面になる本家の魔族達の前に、冷静なコルティンの声が横槍を入れる。

「砂竜の卵はクロエと交換です。少しでもクロエや僕達に危害を与えようとする素振りを見せたら……卵を地に叩きつけて割ります」

「くっ……！」

「少しは頭を使えるようになったようだな……おい、クロエをコルティンに渡せ」

トロント一族の当主が頷《うなず》き、息子達は驚いた表情になる。

どうせ砂竜の卵と共に美しいクロエも魔王に献上するつもりだったのだろうな。

しかし、ここで卵そのものが手に入らなくなってしまっては、元も子もない。

クロエは鎖で引《ひ》き摺《ず》られるようにしてコルティンの前に連れ出され、彼に向かって乱暴に突き飛ばされる。

クロエがコルティンに抱き止められたのを確かめたネステルが、砂竜の卵を入れた籠の蓋《ふた》を閉じ、そのまま魔族の青年に手渡した。

「おぉ、ついに……！」

「これで一族の悲願が果たせますね！」

「見ていろ、王都の貴族ども……！」

卵の収められた籠を抱えた当主と一緒になってはしゃぐ息子達を尻目に、ヴィネスとその配下達はコルティンに抱きしめられたクロエとネステルを取り囲み、退路を断つようにジリジリと距離を詰める。

「それでは、取り決め通り……こちらの魔族は私が奴隷にさせていただきますが、妹も一緒でよろしいのですかな？」

ヴィネスが当主に声を掛けると、コルティンとクロエは息を呑む。

最初から、課せられた役目を終えれば、コルティンはヴィネスに下げ渡される約束だったのだろう。魔族を奴隷にできるとなれば、金払いの良い好事家《こうず》達《かたち》がすぐに飛びついてくる。それが、ヴィネスに対する報酬だ。

息子達とその場を立ち去ろうとしていた当主の魔族は、ゴミを見るような眼差しを二人に向け、面倒そうに吐き捨てる。

「あぁ、構わん。コルティンは角を折ってあるし、息子達にさんざん仕込まれ済みだ。そちらの娘は多少惜しいが……人間にしてはよく協力してくれたお前に対する褒美だ。嵌《は》めた魔力封じの首輪もそのままだから、好きにするがいい」

「ははっ、ありがたき幸せ」

恭《うやうや》しく頭を下げる男の口元が、伏せた笑顔の下で醜《みにく》く歪《ゆが》む。

これが、似たり寄ったりというやつか。どちらにしても頃合いだろう。

俺はその場で立ち上がり、わざと人目を引くように、パンパンと大きく手を叩く。すぐに剣を抜いて身構えるヴィネス達と闖入者《ちんにゅうしゃ》の登場にたじろぐ魔族達の前で、胸元に片手を当ててあえて優美な一礼を披露する。

毒気を抜かれたように俺に見惚《みと》れる男達の表情が、実に間抜けだ。

「お初にお目にかかる、フィーダ島よりご足労いただいた魔族の皆様方。そして、彼らの協力者であるヴィネスキャラバンの方々。私はアンドリム・ユクト・アスバル。あぁ、名を覚えていただく必要はない。貴方方の自己紹介も不要だ……何せ」

微笑《ほほえ》む俺の背後から、一陣の風が吹き抜けた。

「ギャアッ!!」

「うわっ……!?」

「何事だ!?」

「助けてく……!」

「グワァ!!」

コルティン達を囲んでいたヴィネスキャラバンの面々が、抵抗する間もなく手足を斬り飛ばされ、砂の上に転がり悲鳴を上げる。

本家の魔族達が状況を把握するよりも速く、呆然としていた息子のうち二人の首が胴体から離れ、間抜けな表情を晒《さら》したまま砂漠に落ちた。

「覚える必要もないからだ……が」

血に濡れた剣を振り払い、瞬《また》く間にその場を制圧した男は、軽く首を捻《ひね》って「準備運動にもならん」とぼやく。

相変わらず、人間離れした戦闘力の持ち主だ。

「ヨルガよ。アイザック殿の分を残せと言っておいただろう?」

「残しているとも」

呆《あき》れる俺の言葉に、ヨルガは腰が抜けてへたり込んでいる二人を顎《あご》でしゃくってみせる。

「最低限の人数ではないか。うっかりがあったらどうしてくれる」

「そこは、アイザック殿の腕を信頼するしかないな」

ちなみに当のアイザックは、到着した瞬間にヨルガの無双ぶりを目の当たりにしたらしく、少年のように瞳を輝かせていた。

強者に憧れるのは、人間も魔族も同じということか。

俺は待機していた騎士達に合図を送り、砂の上で呻《うめ》くヴィネスキャラバンの男達から、武器や装備を取り上げさせた。

男達はいずれもどちらかの足と腕を片方ずつ、ヨルガの剣に奪われている。それぞれ必死に傷を押さえてはいるが、失血死は免れない。

「シグルドとディーは？」

「今、こちらに向かっています」

返事をしたネステルは、同僚の一人が持ってきてくれた木箱にクロエを腰掛けさせて、彼女の健康状態を手早く確かめていた。なかなか気の利く女性だ。

これまではヒルダ自身の希望があってジュリエッタの護衛を彼女に任せることが多かったが、そのヒルダが騎士団から除名になったことだし、今後はネステルを候補に入れるとするか。

「ギャアッ！」

不意に上がった悲鳴に振り返る。腰を抜かしていた魔族二人のうち、若いほうの太腿にナイフが突き立てられていた。

「ち、父上⁉　何を……！」

「ヒヒッ！　足手まといのお前は、そこで奴らの足止めをするんだ！」

痛みに叫ぶ息子を置き去りに、当主の男は卵の入った籠を抱えて走り出す。すぐに騎士達が追いかけたが一歩及ばず、一つ向こうの砂丘の裏に準備していた馬に飛び乗り、あっという間に砂漠の向こうに逃げ去ってしまった。

逃げ足だけは速いなと、俺は戻ってきたヨルガに寄りかかりつつ、遠ざかる馬影をのんびりと見送る。

「ハ、ハハハ！　そうだ、父上が……父上が陛下のもとに辿り着けば、トロント家の威光は取り戻せる！　いいかお前達、俺を蔑《ないがし》ろに扱うと後々、痛い目を見るぞ！　もうすぐ当家は上級貴族となり王都に凱旋《がいせん》する。俺は唯一の跡取りとして……」

青年の言葉が最後まで告げられなかったのは、無表情のままその口に手を突っ込んだアイザックが、花びらを毟《むし》るような気軽さでよく回る舌を引き抜いたからだ。

血を吐いてのたうち回る男の身体を淡い光が包んだかと思うと、引き千切られた舌の傷が半分ほど癒《い》える。出血は止まっているが、生々しい肉が剥《む》き出《だ》しになったままだ。この状態では、相当な痛みを感じることだろう。

「ほう」

俺は感心して、治癒魔法を使ったコルティンに視線を向けた。

「微細な調節だな、コルティン殿。素晴らしい腕前だ」

「お褒めに預かりまして、恐縮にございます」

「エァ……ウァ……!?」

舌をなくした男が言葉にならない声で喚《わめ》き立てる前で、コルティンは頭に巻いていたターバンを静かに解《と》く。

頭皮全体を覆っていた火傷《やけど》の痕は全て消え失せ、両耳の少し上付近から美しい二本の角がアッシュグリーンの髪を押し除けて瑞々《みずみず》しく伸びている。

鹿《しか》に似た形を持つ角の先端にアイザックが軽く口付けると、コルティンは恥ずかしそうに頬を染め、兄と恋人の触れ合いを目撃したクロエは口元を手で覆い「まぁ！」と目を輝かせた。

「ウ……ウ！　アェア……!?」

「あぁ、大丈夫だ。君の聞きたいことは分かっている」

暴れすぎたせいでせっかくコルティンが塞《ふさ》いだ傷が再び開いてしまった魔族の青年に、俺は殊更《ことさら》優しく声を掛ける。

「コルティン殿の角が何故《なぜ》治っているのか、知りたいのだろう？　その理由は貴殿達が一番良くご存知のはずだ」

魔族が失った角を取り戻すには、凝縮された魔素《マナ》の塊《かたまり》を口にするしかない。魔素の塊を人工的に作り出すことは不可能で、唯一それを可能とするのは、孵化《ふか》する前の――竜種としての因果を定義づけられる前の、竜の卵だけ。

つまり、コルティンはヨルガを遺跡に呼び寄せた砂竜の足もとから奪い取った卵を喰らったのだ。そして、角を取り戻した。

「ウ、ウゥ……？」

それならば、あれは——自分の父親が持ち去った砂竜の卵はなんなのだと青年の視線が問いかける。

俺はネステルを呼び寄せ、救急セットの中からあるものを取り出してもらう。

「これは、騎士団に所属する衛生班ならば誰もが携帯しているものでな。小さな棘《とげ》を抜いたり慎重を要する縫合の時などに重宝するのだよ。拡大鏡《ルーペ》と言うのだが、魔族である君はご存知かな？」

折り畳み式のケースで保護されたレンズは然程《さほど》大きくなく、倍率も三倍ほど。それでもガラス職人達が丹精込めて仕上げたそれは、透明で傷も入りにくい。

「これを使うと、面白い現象を起こせる。こんなふうに、な」

俺は拡大鏡を太陽に翳《かざ》し、混乱している青年の服の袖に焦点を当てた。収斂《しゅうれん》効果で集められた太陽の熱はあっという間に生地を焦《こ》がし、立ち上る煙と地肌まで到達する熱に、青年は声にならない悲鳴を上げて転がり悶《もだ》える。

「これで卵の殻に穴を開け、ストロー——極細の管を突っ込み、コルティン殿が中身だけご相伴に預かった……というわけだ。空になった卵には砂を詰めたから、重さで偽物とバレることはないだろう。ましてや、自分達では触れないと思い込んでいる代物《しろもの》だからな。魔王陛下とやらに献上に行った瞬間をこの目で拝《おが》めないことが、実に残念だ」

子供を囮《おとり》にした当主を逃したのも、もちろんわざとだ。

回数制限のついた転移魔法とやらを使えるらしいし、きっと早々に帰国して砂竜の卵を献上する手筈《てはず》を整えていることだろう。

カラクリを理解し青褪《あおざ》める青年の前髪を、アイザックが鷲掴《わしづか》みにした。

「とまぁ、状況をご理解いただけたところで……今度は暫《しばら》く、俺と遊んでもらおうか」

ニッコリと笑うアイザックは、快活そうな表情に隠した瞳の奥に荒々しい憎悪の炎を渦巻《うずま》かせている。

コルティンが受けた虐待と陵辱の日々を思うと、簡単に死なれては、彼の気が済まない。

顔を強張らせて助けを求めてくる青年の眼差しを綺麗にスルーして、俺は転がしておいた男達の状態を確認する。全員がかろうじて息はあるものの、意識を失う寸前という、ほど良い頃合いだ。

「父上」

「ギュイ……」

「おぉ、シグルド。それにディー、目が覚めたのだな」

泉で身体を洗ったシグルドと、その腕に抱かれたディートリッヒがやってきた。

ディートリッヒは俺を庇《かば》って怪我をしてから目を覚ましていなかったのだが、角を取り戻したコルティンの治癒魔法で、なんとか意識を取り戻したとのこと。それでも、ぐったりとシグルドの胸に身体を預け、なんとかしがみついている姿は本調子とはほど遠い。

「シグルド、こちらに」

調達した餌の前に親子を促《うなが》す。シグルドは頷《うなず》き、動きが鈍くなってきた男の前で膝を折った。

クルル、と元気のない声を漏らすディートリッヒの背中をそっと撫《な》でて、静かに竜の姿をした息子に言い聞かせる。

「……ディー。これからお前は、少し特別なご飯を食べないといけない」

「グゥ……？」

「お前が元気になるための、大事な【肉】なんだ。でもこの先で、ディーが同じ【肉】を食べることになった時は、必ず、俺が良いと許可したものだけを食べるように。いいな？」

「……ガウ」

いくら知能が高くとも、孵《ふ》化《か》してまだ二日と少しの雛竜《ひなりゅう》が、何処《どこ》までシグルドの言葉を理解できているかは分からない。

これから躾《しつけ》と共に教えていけばいいのだから、まずはこの宣誓だけで十分だ。

頷いたディートリッヒを息絶えたばかりの男の腹に乗せ、シグルドは手にしたナイフで躊躇《ちゅうちょ》なくその腹を斬り裂く。

最初はびくりと身体を揺らして怯《おび》えた様子を見せていたディートリッヒは、腹が大きく開かれて腹膜の下からまだ湯気の立つ内臓がつかみ出されると、フスフスと鼻の穴を膨らませ口の端からとろりと涎《よだれ》を垂らす。

「さぁ、俺の可愛い息子《ディートリッヒ》。思う存分に、喰らい尽くせ」

優しく促すシグルドの言葉に、引き寄せられるように——

ディートリッヒは男の腹に顔を突っ込み、鼻先を血塗《ちまみ》れにしてその腑《はらわた》を貪《むさぼ》り喰《く》う。腑が終われば手足の肉を、それが終われば顎《あご》の裏をと、ディートリッヒの食事は一人を食べ尽くすまで休みなく続く。好みに合わないのか脳味噌だけが残された骨の骸《むくろ》が転がる頃には、幼い竜は全身を真っ赤に染めていた。

まだ肉はあるぞと面倒見の良い父親が次々と準備してくれるのもあいまって、一人分、また一人分と骨を積み上げるごとに、ディートリッヒの食事は勢いを増す。

生気をなくしていた瞳には光が戻り、肉を押さえる手足にも力が入る。そして仔犬《こいぬ》くらいだった彼の身体は、あっという間に中型犬を超えるサイズにまで成長を遂《と》げた。

やがて餌《えさ》を全て喰らい尽くしたディートリッヒは、膨れた自分の腹に少しキョトンとしつつも満足そうに息を吐き、四肢《しし》を地面につけて大きく背伸びをする。

「……残さず食べられたな、ディー。偉いぞ」

褒められた幼い竜は嬉しそうに尻尾《しっぽ》を揺らし、父が広げてくれた腕の中に飛び込んで甘えた声を漏らす。

――後に、オスヴァインの守護獣として永く語り継がれる竜が、シグルドの息子となった瞬間だった。

第七章　兄弟

遺跡での目的を達成した俺達一行は、パルセミス王国に帰還する準備を始めた。

砂竜との決戦時には不在だったモラシア夫妻も神殿から拠点に戻ってきて、黙々と撤収作業を進めている。

ディートリッヒの食事風景は一般的に考えるとかなり凄惨《せいさん》なものではあったが、意外にも騎士団の面々はこれまでと変わらずにオスヴァイン家の新しい息子を可愛がっている。

考えてみれば、パルセミスはつい五年ほど前まで古代竜カリスに聖なる乙女の血肉を捧《ささ》げていた国だ。彼らには、人間が竜の食物であるという概念が最初から浸透していた。それが、ディートリッヒに対する寛容《かんよう》さに繋がっている。

クロエを加えた魔族の三人は、一旦俺達と行動を共にしてもらうことにした。

撤収作業の途中にコルティンとクロエに嵌《は》められていた枷《かせ》が崩れて消えたので、卵を持ってフィーダ島に逃げ帰ったトロント一族の当主が、愚かな行動を起こして処断されたのは間違いない。

しかし彼が一族郎党に及ぶ罰を下されていたとしたら、傍流といえども一応はトロント一族に名を連《つら》ねているコルティンとクロエの二人は、帰国した瞬間に連座で罪に問われる可能性がある。

まずは情報を集めるために、帰国まで時間を稼ぐ必要があった。

そんな事情を含めて皆は撤収作業に勤《いそ》しんでいるわけなのだが、俺は最初から戦力外扱いで、シグルドに「孫の相手でもしていてください」と言い渡され、ディートリッヒを連れて泉に遊びにきている。

つい先ほどまで人の腑《はらわた》を貪《むさぼ》り喰《く》っていた幼い竜は、今は水面に顔を出して咲く花やうっすらと水中に見える魚影を追いかけるのに夢中だ。

しかし、成長期は多めの栄養が必要だとしても、この体格で五人分の人肉を平らげてもケロリとしているあたり、相当な健啖家ぶりが窺《うかが》える。

アイザックが憂《う》さ晴《ば》らしに使った若い魔族を、思う存分弄《もてあそ》んで満足した彼が下げ渡してくれたので、キャラバンの男達と同じようにディートリッヒに食べさせてみようとした。しかし、苦虫を噛み潰したような表情で拒まれる。

魔族と人間、見かけはさほど変わらないのだがな……どんなに美味《うま》そうでも、食品サンプルが食べられないのと同じといったところか。

浅瀬で足首まで水に浸《ひた》り、元気に泳ぎ回るディートリッヒを見守っていた俺の耳に、聞き慣れた鳥の声が届く。

「ピィ――――!」

羽ばたきの音がして、降り注ぐ太陽の光が一瞬、遮《さえぎ》られた。俺は目の上に手を翳《かざ》しながら青空を見上げ、頭上をぐるりと旋回《せんかい》する鷹《たか》の名を呼ぶ。

「カルタ!」

「キュ――イ！」

残念ながら俺は合図の指笛を吹けないが、わざわざ呼び子に使う笛を持ってこなくても、この距離であれば目の良いカルタは十分に俺を認識する。

タオルを腕に巻きつけ肩の高さに差し出すと、足環を嵌《は》めた愛鷹《あいよう》はゆっくりと高度を下げ、上手に俺の腕に舞い下りた。

ヨルガはそのまま拳《こぶし》に乗せてやれるのだが、俺の腕力ではどうあっても止まり木としての安定性に欠ける。

カルタ自身もそれを知っているので、腕に降りた後はヨチヨチと横向きに伝い歩きして、肩の上まで移動してくれた。

「手紙を届けにきてくれたんだな。ありがとう」

足環から手紙を抜き取り、擦《す》り寄《よ》ってくるカルタの嘴《くちばし》の横を指先で掻《か》いてやると、嬉しそうに目を細めて鳴く姿が愛らしい。

カルタが運んできた手紙はパルセミス王国の宰相モリノからのもので、遺跡に到着したら経過を報告する予定の俺達から連絡がないことを心配する内容だった。

確かに、遺跡に到着してすぐに砂嵐に囲まれてしまったので、連絡をする術《すべ》がなかった。

多分カルタは何度か遺跡の近くまで飛んできてくれたのだろう。しかし砂嵐に阻《はば》まれて遺跡の中には入れず、そしてどれほど頭の良い彼でも、細かい状況までモリノに伝えることはできない。しょんぼりとして帰ってきたカルタに不安を募《つの》らせたモリノは、後続の調査隊を送りますとまで手紙に綴《つづ》っている。

　これは早めに、無事を知らせてやらねば。

「ギャウ!!」

　大きな鳴き声に顔を上げると、思案に耽《ふけ》っていた俺と肩に乗せたカルタに向かって、ディートリッヒが水飛沫《みずしぶき》を上げながら突進してくるところだった。

「ディー？」

「ピギャ！　ブギュウ……ガウ！　ガブッ……！」

　俺がカルタに襲われているとでも思ったのか、吠《ほ》えながら泳ぐものだから、泳ぎ方が滅茶苦茶だ。

　俺は急いでディートリッヒに駆け寄り、膝下程度の水位になっている辺りで雛竜《ひなりゅう》と合流を果たす。

「ディー、大丈夫か？」

　流石《さすが》に中型犬サイズになったディートリッヒを立ったまま抱えることはできず、俺は水の中で膝をつき、飛びついてきた彼を膝の上に抱き上げる。

　ディートリッヒは慌てて泳ぐ途中で水を飲んでしまったらしく、俺にしがみついたまま、プシュンプシュンとくしゃみを繰り返した。

　俺はそんな孫の背中を撫《な》でて、鼻の先や額《ひたい》に何度か口付けを落とす。

　カルタのほうは初めて見る生き物を警戒して俺の肩から泉の縁に生えている低木の枝に飛び移り、こちらを観察しているようだ。

「ディー、あの子は俺とヨルガで育てた鷹《たか》で、カルタという。味方に危害を与えることはないし、お前にも優しくしてくれる相手だから心配いらない」

　俺はディートリッヒの丸い瞳を見つめながらそう言い聞かせ、次いで、枝の上にいるカルタにも声を掛ける。

「カルタ。この仔《こ》はシグルドが卵から孵《かえ》した竜の子で、俺達の新しい孫だ。空を飛べるお前から学ぶことも多いはずだ。可愛がってやってくれ」

　カルタはともかく、ディートリッヒはまだ言語を全ては理解できない。それでも、なんとなく言葉のニュアンスは掴めるだろう。

　慎重に俺の言葉を聞いていたカルタは翼を広げ、木の枝から浅瀬に続く砂地にふわりと下りる。

俺はディートリッヒを膝から下ろし、カルタがいるほうに向かって軽く背中を押してやった。

　ディートリッヒは少し戸惑《とまど》いつつも、じっと待っているカルタに向かってちゃぷちゃぷと水音を立てながら歩いていく。

「クリュリュ……」

　ディートリッヒはカルタの傍《そば》に辿り着くと、ぺたんと地面に身体を伏せ、驚かせてごめんなさいと謝るように鼻を鳴らした。カルタは少し首を傾《かし》げた後で身体を倒し、頬を竜の頭に軽く擦《こす》り付《つ》ける。気にしてないよと、相手を気遣う行為だ。

　ディートリッヒが伏せていた顔を上げると、ちょうど羽毛に包まれたカルタの腹部に鼻先を突っ込む形になる。

　初めてのふわふわとした羽毛の感触にディートリッヒは目を何度か瞬《またた》かせ、すぐにその魅力に取《と》り憑《つ》かれたのか、カルタの腹に顔を埋めて動かなくなってしまった。

まぁ……正直、気持ちは分かる。

「なんの騒ぎだ？」

そうこうしているうちに、泉から帰ってこない俺とディートリッヒをヨルガが迎えに来た。浅瀬に座り込んでいる俺の姿に首を傾《かし》げ、次いで地面に下りているカルタを見つけて柔らかく笑う。

「カルタ！　来てくれていたのか」

「ピュルルル……」

大好きなヨルガに声を掛けられたものの、幸せそうなディートリッヒにしがみつかれた姿勢のカルタは飛び立つことができず、困惑した鳴き声で俺達に助けを求める。

ヨルガの手を借りて立ち上がった俺は、カルタの羽毛を堪能《たんのう》しているディートリッヒの尻を掌《てのひら》でペチンと叩いてやった。

ピギャンと声を上げて身体を揺らした彼の腕が緩んだ隙に、翼を広げたカルタは急いで枝の上に飛び上がる。

俺は上着のポケットに携帯している万年筆でモリノに手紙を書き、それを小さく畳んでカルタの足環に収めた。

内容は、俺達は無事で追加の調査隊は不要だということと、シグルドが竜の雛《ひな》を手に入れたということ。そして、魔族の客を三人連れ帰るということ。

文章にしてしまえば単純だが、受け取り側のモリノは相当焦《あせ》るだろう。

ここは一つ、若者に働いてもらう意味を兼ねて、陛下への報告を含めた調整をモリノに任せることにする。

拳《こぶし》に乗せて空に送り出したカルタが無事に飛び去るのを見送った俺とヨルガは、地面の砂を前脚で掻《か》いて拗《す》ねるディートリッヒを、後でまた会えるさと慰《なぐさ》める。

確かに空を飛ぶ同士ではあるが、初対面ながらもまた随分と懐かれたものだな。

ディートリッヒに抱きつかれたり水の中に膝をついたりして濡れていた衣服は、風に晒《さら》されてすぐに乾いた。ディートリッヒも、水に浸かっていた身体がだいたい温まった頃合いだ。先にシグルドのところに戻るように伝えてやると、幼い竜は尻尾《しっぽ》と翼を揺らして元気に一声鳴き、父親のもとに駆けていく。

俺もそろそろ準備をするかと上着を羽織りかけた俺の項《うなじ》に、じっと視線が注がれた。

視線の主は言葉もなく腕を伸ばして俺の項にかかる髪を払い、その下に隠された焼印《ブランド》の輪郭を指先で辿る。

オスヴァイン家の焼印。

俺がヨルガのものである、何よりの印。

「……これは、触れさせなかったのだな」

ポツリと呟《つぶや》く言葉が誰に対してのものなのかは、説明されなくとも分かる。

記憶を失《な》くした、十年前のヨルガ。

もし彼が俺の項につけられた焼印を目にしたならば、少なくとも俺がそれを赦《ゆる》すほど——そうさせても良いと思うほど、ヨルガを愛していると理解できただろう。そして同時に、自分がどれほど、俺に執着しているのかも。

「アレは間違いなく、お前ではあった。正直、これに触れる権利がないとはいえない。ただ、約束の証《あかし》だからな」

竜神祭の前夜。

空っぽの王座の前で誓った、互いの魂《たましい》まで永劫に縛りつける約束を。

あの日の俺は忘れないし、ヨルガも覆《くつがえ》さない。

「……約束を知るお前にだけだ、と思うのはダメなことか？」

返事はただ、貪《むさぼ》るような口付けで。

「んっ……ふ」

唇が離れた後は、手足が酸欠で痺《しび》れるほどに求められた充足感と咥内《こうない》に溢《あふ》れるヨルガの味に、俺は恍惚《こうこつ》となる。

本音を言えばこのまま喰らい尽くしてほしいし、何より、もどかしい。

その想いは俺の番《つがい》も同じようで、獣のように逸《はや》る欲情を喉の奥で必死に鎮《しず》めようとしている。

「……ヨルガよ。一つ、提案だ」

だから俺はそんなヨルガの思考を導くべく、彼の耳元に甘い囁《ささや》きを吹き込む。

「パルセミスに帰ったら……三日、いや五日は、休暇を取れ」

その休暇の間、俺はこの男をオスヴァイン邸から出してやらないつもりだ。

そして当然ながら俺も、屋敷から一歩も外には出ない。

「俺を抱き潰せ、ヨルガ」

提案に乗ったヨルガの行動は、風のように素速い。

俺は半ば抱えられるようにして、遺跡を発つ準備を整えた馬の上に乗せられていたのだった。

† † †

アバ・シウの砂漠を抜けた俺達は、ジルミの宿屋に預けていた馬車を引き取り、パルセミス王国に向けて帰路を辿った。

行きがけはヨルガと二人で馬車に乗ったのだが、今回は同乗者が三人……いや、二人と一頭か。

足を組んで腰掛ける俺にピッタリと寄り添っているのは、行儀が悪いが隣の座席に乗り上げ、身体を丸めて眠るディートリッヒだ。

対面の座席には、俺の正面に魔族のクロエ、そしてディートリッヒの正面に騎士の鎧《よろい》を脱いだヒルダが座っている。

ヒルダを同乗させるのには反対の声もあったが、騎士ではなくなった彼女はただの伯爵夫人だ。

俺に危害を与えたことに関しても、既《すで》に沙汰が下りている。そもそも全ての武器を取り上げられた彼女では、いくらなんでも簡単に俺を害せないと思う。

ヨルガ達はそれでも少し不安そうではあったが、クロエが自分が同乗して見張りをしますと言ってくれたことと、この先の道では人目につくので、ディートリッヒも馬車で移動させたほうがいいと決まったことで、それならば安心だと結論づけたらしい。

遺跡から砂漠を出るまで俺と二人乗りをしていたヨルガは、帰路ではそのままフルグルに跨《またが》り、街道沿いの耳目を集めながら小隊を率いている。俺が窓から見つめているとすぐに振り返り、視線を合わせて微笑《ほほえ》むので、俺は少し呆《あき》れて「前を向け」と口の形だけで訴えた。

魔族のアイザックとコルティンは角を隠し、ラクダに乗って騎士団の隊列に随従している。俺達の故郷では珍しいラクダはそのままパルセミスまで乗ってきてくれるそうなので、リュトラや孤児院の子供達が喜びそうだ。

俺達の懸念をよそに神殿遺跡から戻ったヒルダはおとなしく、騎士としての装備一式を回収すると言われても、粛々《しゅくしゅく》とそれに従っている。馬車の中でもほとんど言葉を発することなく、窓外に流れる景色をぼんやりと瞳に映しているだけだ。元々外見だけは美しい娘ではあるから、本国に帰還後はモラシア家を盛り立てることに専念すれば、今からでも社交界の花になることも不可能ではない。

サナハ共和国とパルセミスの国境近くまで進んだところで、休憩を取っている俺達のもとに再びカルタが手紙を運んできた。

手紙の差出人は前回と同じくモリノで、俺達の無事を喜び帰国を待つと伝えるのと同時に、竜の雛《ひな》を拾ったことと魔族が同行していることに関して「どういうことですか」と五回ほど繰り返し綴《つづ》っている。

彼の困惑が如実《にょじつ》に伝わってきて面白い。

重ねてモリノは、貴族位を持つ魔族をなんの準備もなく王都に招き入れては重鎮達の反発を生む恐れがあるので、ひとまず三人をオスヴァイン家所有のヴィラに匿《かくま》えないかと相談してきた。

同時に竜の仔《こ》も一旦そちらに滞在させてほしいとのこと。

手紙を見せるとヨルガは構わないと了承した。

魔族の三人にも宰相の意向を伝え、王都に招けないことを謝ったが、そちらのほうが人目を気にせず過ごせると逆に喜んでいる。

またもやディートリッヒに纏《まと》わりつかれていたカルタを救出し、魔族の三人をヴィラに送り届けると記した返事を預け、俺達はヴィラに立ち寄る道を辿る。

王都から馬で半日ほどの距離にあるオスヴァイン家所有のヴィラは、五年前までは近隣の村から老夫婦が管理に通ってくれていた。年齢を重ねた彼らが引退した後は、その孫にあたる若い夫婦が管理を引き継いでいる。

当初は老夫婦と同じく村から来ていた彼らだが、年に一度ぐらいしか利用していなかった以前と違い、俺とヨルガがそこそこの頻度でヴィラを使うようになってからは、ほぼ住み込みで管理している状態だ。

貴族の別邸を管理する者として、彼らの口が硬いのは分かっているが、今回は流石に状況が違う。

魔族の三人が滞在する間は管理人夫婦に一旦村に帰ってもらうとして、オスヴァイン邸から何人か応援を呼ぼうかと考えていると、自分に任せてくださいとクロエが笑顔を向けてきた。

なんでも彼女はトロント一族の生存戦略の一端として貴族の屋敷でメイドの仕事をしていたらしく、そう大きくないヴィラであれば、一人で管理ができるという。なんとも頼もしいことだ。

予定通りにオスヴァイン家のヴィラに到着すると、魔族の三人と案内役の俺、そしてディートリッヒをヴィラに残し、他の面々はそのまま王都に向かうことになった。

騎士達はこの旅で交流を深めたアイザックと落ち着いたら王都で会おうと約束を交わし、コルティンは穏やかな気質同士で相性が良かったネステルと何やら情報交換をしている。

シグルドは数日の間離れなければならないディートリッヒとの別離を惜しみ、やはりこのまま王都に連れ帰ってはダメかと何度も俺に聞いてくるので、最終的にはヨルガに首根っこを掴まれて連れていかれた。

そういうヨルガも数日でも俺と離れるのは不満だったらしく、出立の際には額《ひたい》を擦《こす》り合《あ》わせて「すぐ戻る」と甘ったるい言葉を呟《つぶや》くので、俺はその鼻先をつまんで「さっさと行け」と促《うなが》した。

ヴィラの中は連絡を受けた管理人夫婦が丁寧に掃除を行い、食料も運び込んでいた。管理は任せてほしいと自薦してきただけあってクロエの働きは素晴らしく、ヴィラで過ごす日々は快適だ。

魔族だから一般的な人間よりも魔術に優れているし、訓練を重ねれば貴人の護衛も務められるだろう。重ねて所作も美しい。

これは手放すのが惜しい人材だ。

クロエが作った食事に舌鼓《したづつみ》を打ちつつ、俺は彼女に王城で働く気はないかと尋ねてみた。クロエ自身よりもアイザックとコルティンのほうが驚いていたが、俺はパルセミス王国の現状と若き国王夫婦の複雑な関係を伝え、側妃の身分であるために護衛にかける予算を増やせないベネロペに仕えてほしいのだと訴える。

幸いベネロペは嫡男を産んでいるので、ヴィンセントと名付けられた王子がこのまま立太子されると、彼女の実権は正妃に並び立つ。ただ、まだ生後間もない赤子を王太子に擁立《ようりつ》するのは、後ろ盾に乏《とぼ》しい彼女では困難だ。俺やオスヴァイン家、更には竜神神殿も彼女とヴィンセントの擁護を明言しているが、それでも一筋縄では行かないのが国営の難しさだった。

そんな王城の中で彼女を護《まも》り、そして支える立場に、クロエを推薦したいと考えたのだ。

クロエは俺の申し出は本当にありがたいと言いつつも、少し考えさせてほしいと美しい柳眉《りゅうび》を下げる。

なんでも彼女は長く仕えていた貴族の従者に、結婚を申し込まれていたそうだ。無理やりトロント家に連れ戻された後に、本家の連中が勝手に断りを入れてしまったから、その後どうなったのかは分からない。それでも、事情はちゃんと説明したいとのこと。

それについては、アイザックが帰国した際に調べると約束してくれた。

† † †

王都に戻ったヨルガとシグルドが客人を連れてヴィラに戻ってきたのは、俺達の滞在が五日目を数えた日のことだ。

俺はヨルガ達が連れてきた思わぬ客人の正体に驚くと同時に、肩を落とす。

「……まさか、陛下が直々においでになるとは思いませんでした」

騎士達に囲まれて馬車から降りたのは、ウィクルム・アトレイ・パルセミス。パルセミス王国の現国王だ。

呆《あき》れ半分の表情で出迎えた俺に、彼は悪戯《いたずら》が成功した子供のような表情で笑って見せる。

「フフッ、時には王都から外に出ないと身体に悪いだろう？　それに、アンドリムのそのような表情が拝《おが》めたとあれば、策を弄《ろう》した甲斐《かい》があったというもの」

「全く……モリノよ。お前が傍《そば》についていながら、なんということだ」

「申し訳ありません、アンドリム様。今回に限っては私も魔族の方々にお会いしたかったものですから……陛下の提案に乗りました」

俺達を迎えに来ただけにしては馬車を囲む護衛の数が多かったので、誰か要人を連れてきたなとは思ったが。

いくらヨルガが護衛に就《つ》いていても、大国の国王と宰相がそんなにフットワーク軽く外出していては、リスク管理が甘くなる。なのに国王陛下も宰相も全く悪びれていないのだから、困ったものだ。

何はともあれと俺はウィクルムとモリノをヴィラの中に招き、魔族の三人が待つ部屋に案内する。

先に騎士達から国王の来訪を知らされたアイザック達は、礼節を持ってウィクルムを出迎えてくれた。

アイザックとコルティンは片膝をついて傅《かしず》き、クロエはその後ろで美しいカーテシーを披露する。

ヴィラに到着するまでは隠していた頭の角も、魔族の証《あかし》として見えるようにした状態だ。

挨拶《あいさつ》の口上を述べるアイザックにウィクルムは非公式の会談だから気楽にしてくれと返し、二人がテーブルについたところでコルティンとモリノが側近としてそれぞれの背後に控える。

「まずは、感謝を。我が国の騎士団長から奪われた過去の記憶を取り戻す戦い――お二人の助力が大きかったと聞いている」

「そのようなことは……私も従者を助けるという目的があり、互いの利害が一致したにすぎません。こちらのほうこそ、騎士団長殿を筆頭に騎士の皆様方には、大変良くしていただきました。正直、人間に対して抱いていた印象が随分と変わりました」もちろん、良い方向に」

「そうか。すでに、そちらの事情はシグルド達から大まかに聞いている。アイザック殿はこれからフィーダ島に戻る予定で？」

「はい。トロント家に科された刑罰を確認して、それが一族郎党に及ぶものであれば、コルティンとクロエを当家の養子にするつもりです。諸般の手続きが終わるまでは、二人をパルセミス王国に滞在させる許可をいただければ僥倖《ぎょうこう》ですが」

「もちろん、それは構わない。一つ聞きたいのだが、アイザック殿は魔王陛下に謁見する機会があるだろうか？」

「おそらくは……恐れ多いことですが、当家は陛下の覚えがめでたく、私が今回ユジンナ大陸に向かう際にも、土産《みやげ》を忘れるなと軽口を叩かれたほどです。帰国の報を入れましたら、すぐに登城の命が下るでしょう。その場で、コルティンとクロエを養子にする件もお願いするつもりでおります」

「それは都合が良い……モリノ」

「はい」

ウィクルムが視線を向けると、頷《うなず》いたモリノが持っていた袋をテーブルの上に置く。

向かい合うアイザックとウィクルムの間に置かれた袋は、両手で簡単に抱えられるほどのサイズだ。モリノが袋の口を縛《いまし》めていた紐をほどき、その中身を露わにすると、アイザックが驚愕《きょうがく》の声を上げた。

「アラマナティルの石板！」

「……やはり、ご存知か」

「これを何処《どこ》で⁉」

「パルセミス王国の宝物殿に眠っていたものだ。記録によると、五百年ほど前に難破船の残骸から見つかったとされている」

袋の中から出てきたのは、男の掌《てのひら》大の石の欠片《かけら》だ。表面にはびっしりと何かの文字が刻まれているが、その端が不自然に途切れていることから、これが大きな石板の一部であることはなんとなく予想がつく。

「アラマナティルの石板とは確か……魔王にかけられた呪いを解《と》く術を示すものではなかったか？」

「その通り。賢者殿は石板の存在もご存知か」

「まぁ、流石《さすが》に聞《き》き齧《かじ》った程度だがな」

モリノに「どうぞお確かめください」と差し出された石板の欠片をアイザックはそっと手に取り、

四方からじっくりと眺めて「間違いない」と呟《つぶや》く。彼の背後からそれを覗き込むコルティンとクロエも、興味津々《きょうみしんしん》といった表情だ。

「アラマナティルの石板の本体は、常に魔王城の王座の横に据えてあるのです。私は何度も目にしていますから、石の色合いも、刻まれている古代文字の大きさも知っています。確実な真偽は欠片《かけら》を嵌《は》め込《こ》んでみなければわかりませんが、本物の可能性は高いかと」

感嘆の溜め息をつくアイザックをよそに、石板の謂《いわ》れを知らないヨルガとシグルドは不思議そうな表情を浮かべる。

俺は仕方なく二人を手招き、小声で解説してやった。

「アラマナティルの石板は、魔王にかけられた不死の呪いを解《と》く詩歌が刻まれた、唯一の存在だ。それこそカリス猊下《げいか》がパルセミスの地底湖に幽閉されるよりも以前……フィーダ島の魔王は暴虐の限りを尽くし、その絶大な力の前には誰も歯向かうことができずにいたと聞く」

しかし、フィーダ島を恐怖で征した彼を、命懸けで諫《いさ》める存在が現れる。それがアラマナティル——当時十八歳の乙女だ。

アラマナティルは魔王にどれほど脅されようとも臆することなく彼と対峙《たいじ》し、その道を正そうと言葉を重ねた。彼女の気高さと魂《たましい》の輝きに魔王は少しずつ魅《み》せられ、やがて、彼女を王妃にと望むようになる。

幸いなことに、彼女も魔王の想いを受け入れた。

アラマナティルを妃に迎えた魔王は、幸福な日々を送る。

だが、その安寧《あんねい》は長くは続かない。かつて悪虐を尽くした魔王を恨む者達が、彼に呪いをかけたのだ。

それは魔王の魂を輪廻《りんね》の輪から外し、尽きることない永劫の『生』に縛り付ける禁呪。

愛する人にも、我が子にも、孫にも置いていかれるその呪いを受けた者は、時を追うごとに正気を失っていく。

「愛する魔王の身を案じたアラマナティルは、神に祈りを捧《ささ》げ神託を得る。ある朝、魔王が目を覚ますと、同じ寝台で眠っていたはずのアラマナティルの姿は消えていて、一通の手紙と一枚の石板だけが残されていた」

それこそが、アラマナティルが愛に身を捧《ささ》げた証《あかし》。

彼女は自らの魂を懸《か》けて、我が身を一枚の石板に変えた。石板の表面には魔王が国民から信頼を取り戻す度に古代文字が刻まれ、やがて文字が石板を埋め尽くした時に、不死の呪いを解く詩歌が現れるという。

魔王は愛する妃の献身に咽《むせ》び泣《な》き、何時《いつ》か愛する妻と共に安らかに眠る日を目指して、フィーダ島に善政を敷き、魔族の保護と国の発展に力を尽くしていく。

「そして今から五百年ほど前……ついに、その時が来た」

石板の表面は古代文字でほぼ埋め尽くされ、明日にも魔王の呪いを解く詩歌が刻まれるだろうと言われていた日のこと。

魔王が次の王を選ぶために石板の側を離れていた一瞬の隙を突かれ、アラマナティルの石板はバラバラに砕かれてしまった。

それを行ったのは魔王を憎む者達ではなく、心の底から彼を慕う側近達だった。

「どうして……！」

驚くシグルドに、俺は苦笑を浮かべる。

「魔王はアラマナティルの石板から詩歌を得るために、国民の信頼を取り戻そうとひたすらに善政に努《つと》めた。……努めすぎたんだ。彼があまりにも長く、何世代にも亘《わた》って良き王として君臨し続けたがゆえに、側近達は次の王を迎えるのが恐ろしくなったのだ」

石板にはアラマナティルの魂《たましい》が宿るため、砕かれているとしても、詩歌が消失するようなことはない。

五十五個の欠片《かけら》に砕かれた石板は多くの魔族の手に渡り、あるいは国外に持ち出され、様々な場所に隠され続けるようになって今日に至っている。

「――アイザック殿さえ良ければ、その石板の欠片は本国に持ち帰っていただいて構わない」

「えっ⁉」

弾かれたように顔を上げるアイザックに、紺碧《こんぺき》の瞳をもつ国王が穏やかに頷《うなず》き返《かえ》す。

「宝物殿から出てきたものだが、我が国に有益でも無益でもないことは確認済みだ。そもそも宝物殿の目録を作ろうとしなければ、石板の欠片の存在に気づきもしなかったのだから」

国王陛下の言葉に補足を加えるモリノ曰《いわ》く、これまでは竜神祭で贄巫女《にえみこ》の『玉選び』の儀式がある以上、宝物殿の中にある宝を勝手に移動させたり、由来を詳細に調べたりすることはできなかった。しかしカリスが魂の半分を取り戻して地底湖から解放されたので、もう贄巫女が選ばれることはない。そこで意を決し、宝の目録作りが始められたとのこと。

「難波船に乗っていたのが誰かまでは記録が追えていないのですが、時節的にもこれが『アラマナティルの石板』の一部である可能性は低くないと思います」

「どうだろうか、アイザック殿。魔王陛下に謁見の際に、是非《ぜひ》それを手土産《てみやげ》にしてもらえればと考えているのだが」

「こちらにとっては願ってもない話です。陛下がお喜びになるのは間違いないでしょう……しかし、よろしいのですか」

アイザック本人は、ウィクルムの突然の厚意に些《いささ》か困惑気味だ。

シグルドや他の騎士達からであればともかく、初対面で、しかも一国の国王たる人物から受けるものとしては、確かに破格だろう。

「構わない。アイザック殿は互いに利害が一致しただけと仰《おっしゃ》ったが、ヨルガとシグルドは私にとってかけがえのない臣下だ。二人を助けてくれたというだけで、貴殿達は国賓として遇するべきと考えている。それに――」

ウィクルムの視線が、ちらりと、壁際に立つ俺に向けられた。

「相談役に、教えられているからな――恩は売れる時に、売っておけと」

……ほほう？

† † †

オスヴァイン家の別荘でもあるヴィラは、元はランジート戦役時に築かれた砦《とりで》を改築して作られたものだ。

堅固な土台に支えられた母屋《おもや》は石壁に囲まれた敷地内にあり、ヨルガ自慢のテルマエは天空の下で寛《くつろ》げる吹き抜け造りになっていた。

竜を模した石像の口から注がれる天然の温泉と水面に散らされた色鮮やかな花弁の香りが、ここが屋内にあるにも拘《かかわ》らず、森の中で佇《たたず》むような印象を与えてくる。

コルティンが浴槽の中で静かに身体を伸ばすと、溢《あふ》れた湯水がモザイクタイルの上を流れ、夜空に浮かぶ月を写して淡く輝いた。

彼は丁寧に身体を温めつつ、ストレートな言葉で閨《ねや》に誘ってきた愛する主君を思い浮かべる。

「——俺は明日にもフィーダ島に戻る。その前にコルト……お前が欲しい。今宵、お前の中に、俺の存在を刻みたい」

角を取り戻し、トロント一族の本家に連れ戻された際に負わされた傷は全て癒《い》えた。

しかし陵辱を受けた記憶までもが、消えてしまうわけではない。

アイザックを想う気持ちは揺るぎなく、生涯彼を愛し通すと誓える。しかし彼ではない男達に穢《けが》された自分が、愛する人に抱かれる権利はあるのだろうか。

アイザックの求愛に言葉が返せないでいるコルティンの背中を押してくれたのは、竜の仔《こ》と共に同じヴィラに滞在するアンドリムだ。

彼は宙に浮いたままになっていたアイザックの掌《てのひら》にコルティンの手を導き、戸惑《とまど》う若者の耳もとに秘め事を伝える。

「恐れることはない、コルティン殿。貴方は思い知る必要がある」

「え……？」

「愛とは、美しさだけで語られない。執着の深さを知れば、恐怖を覚えることすらある。それでも、想いを交わすことが適うのは、同じ舞台で踊る相手のみなのだよ」

だから等しく、溺れてくるがいい。怯《おび》えなくても大丈夫だ。息継ぎの仕方は、教えてもらえる。

そんな言葉を仄《ほの》めかしたパルセミスの賢者は、今夜は離れで休むようにクロエには伝えておこうとコルティンに笑いかけ、大欠伸《おおあくび》をする竜の仔を連れて去った。

コルティンは、手を握ったまま返事を待つアイザックに「身体を清めてきます」とだけ応える。耳まで朱に染めた横顔を見下ろす彼の眼差しはいたく柔らかく、引き寄せた指先に捧《ささ》げられる口付けは情を孕《はら》んだ熱が宿る。

待っている、と返された言葉が期待に低く掠《かす》れていることに気づいて恥ずかしくなり、逃げるように浴室に向かったコルティンは勢い良く服を脱ぎ捨てて自分を奮い立たせるように全身を磨き上げたのだ。

「……怯えず、溺れること」

湯船から瞬《またた》く星を見上げると、思い返されるのはアンドリムが残した言葉の真意だ。

彼自身もパルセミス王国の騎士団長と昵懇《じっこん》の仲にあるのは周知の事実で、息子のシグルドを交えた複雑な人物関係を鑑《かんが》みれば、彼らが今の関係に落ち着くまでにどれほどの懊悩《おうのう》と困難を乗り越えてきたかは想像に難くなかった。

そんなアンドリムが与えてくれた言葉を、疑うことはない。

コルティンを苛《さいな》んでいるのは、あの恥辱の日々の間に、トロント家の息子達から投げかけられた言葉の数々だ。

彼らは組み敷いたコルティンの身体が快楽に弱いことを喜び、アイザックと想いを交わした経験がないことを知ると、お前は生まれつきに男を愉しませる素養があるのだと揶揄《やゆ》して彼を貶《おとし》めた。

コルティン自身も、好きでもない男に無理やり抱かれて反応してしまう自分の身体が憎らしく、焼《や》き鏝《ごて》を当てられる痛みのほうがましだと涙を流したものだ。

妹を助けるためにこの身が穢《けが》されたことに後悔はない。

ただそれで暴かれた醜《みにく》い本性をアイザックに知られるのが、何より恐ろしい。

だけど、コルティンは愛する人に二度と嘘をつかないと決めたのだ。

温めた身体を拭《ぬぐ》い、アイザックの待つ客間にまっすぐ向かった彼は、意を決して部屋の扉を軽く叩く。すぐに返ってきた応えに促《うなが》されて足を踏み入れた扉の先には、窓際に置かれたカウチに足を組んで腰掛けるアイザックの姿があった。

「来てくれたか」

「アイザック様……」

「まだ怖いと思うなら、無理強《むりじ》いはしないつもりだ。でもここに来てくれたということは……俺は、自惚《うぬぼ》れていいのだな？」

互いの想いは既《すで》に砂漠の遺跡で拘束具を暴かれた時に伝え合っている。

紫水晶の瞳に微笑《ほほえ》みかけられたコルティンはそっと頷《うなず》いて、両腕を広げてくれたアイザックに抱きつき、胸骨の上に額《ひたい》を擦《こす》り付《つ》ける。

「……コルト。愛してる」

「アイザック様……！」

深く重ねた唇は熟《う》れた果実よりも甘美な味で、理性や羞恥《しゅうち》を熱と共に蕩《と》かしていく。膝の裏を掬《すく》って抱き上げられた寝台の上で、捕食者の表情を隠そうともしないアイザックの身体の重みが、コルティンの躊躇《ためら》いを上手に打ち消してくれた。

「アイザック様……その」

「うん……？」

「私の魂《たましい》も、これからの未来も……すべて貴方様だけのものであり続けると、誓えます」

「……知っているとも」

「でも私は……私はあの男達に、身体を穢されました。心の底から悍《おぞ》ましく、苦痛の時間であったのは、間違いないのです」

コルティンは黙って耳を傾け続けてくれるアイザックの態度に助けられ、厭《いと》わしい自分の性質を、誰よりも愛する人に吐露する。

「それなのに、私の身体は、喜びを感じていたと言われました。生まれつきに淫蕩《いんとう》なのだと……男を愉《たの》しませるための身体だと、言われたんです」

「……コルト」

「自分でも知りたくなかった、事実でした。でも、私はアイザック様に二度と隠し事はしないと、誓いました。だから……」

なおも言《い》い募《つの》ろうとする唇にひたりと当てられた指先は、アイザックのもの。

これ以上の言葉は不要と示されたのかと恐る恐る見上げたコルティンの視線の先には、何処《どこ》かばつの悪そうな表情を浮かべる美丈夫の姿があった。

「お前が勇気を出してくれたのに、俺だけが黙っているのは卑怯だよな」

「……アイザック様？」

「生まれつきに男を愉しませる身体をしている、だったか……？　そんなこと、あるものか。コルトをそう仕込んだのは、俺だ」

「えっ⁉」

「間違って強い酒を飲み、酔ったコルトを介抱してやったことがあっただろう？　翌日の身体の怠《だる》さをお前は二日酔いのせいだと思っていたみたいだが……あれは俺に抱かれたからだ」

予想外の告白に、コルティンはペイルブルーの目を見開き、絶句する。

「一度手を出したら、我慢できなくなった。いつか想いを通じ合わせた日に『俺達は身体の相性が最高だ』と言ってやるためだと、そんな言い訳を重ねて……お前を酔わせては、貪《むさぼ》っていた」

それは両手の指の数では到底収まらない回数だと、アイザックは自重気味に笑う。

確かに、コルティンはある時期以降、アイザックから酒の相手に誘われるようになっていた。

酒精に弱いコルティンはすぐに酩酊《めいてい》してしまうので、主人の手を煩《わずら》わせるのを恐縮していたが、アイザックは「こんな時しかお前の世話をしてやれない」と笑ってくれていたのだ。そんな逢瀬が重なるたびに、二日酔いの身体が妙に甘い気怠さを残すのを、不思議に思ってはいた。

同時にその頃からアイザックが浮き名を流す行為が目に見えて減っていたのを思い出す。

「だから、コルトの身体が男に抱かれ慣れているのは、当然なんだ。あんな下衆共《げすども》にくだらん口実を与えてしまったのは遺憾だが……決して、お前の性質などではない」

「アイザック様……！」

「……幻滅したか？」

眉尻を下げるアイザックの下でコルティンは何度も首を横に振り、彼に縋《すが》りついて「嬉しいです」と涙をこぼす。

「この身が穢されることくらい、なんでもないと……思っていました」

でもその言葉は、心を護《まも》るために自分に言い聞かせたものにすぎない。アイザックを愛しているのに、別の男に身体を暴かれて平気なわけがないのだ。

「私は最初から、貴方のもの、だったんですね。あんな男達に奪われる前に、貴方のものに、してもらえていた……！」

「コルト……！」

アイザックが愛しい従者の眦《まなじり》に浮かぶ感涙の証《あかし》を唇で吸い取り、吠《ほ》えるような声を上げてその衣服を剥《は》ぎ取《と》る。

露わになった白い肌は、彼が意識のない時に何度も触れて目立たないところを選び所有の痕を刻んでは一人愉悦に浸《ひた》ったというものだ。それが今は場所を選ぶ必要もなく、全てがアイザックだけのもの。

おずおずとではあるが足を開いて愛しい男を受け入れようと務めるコルティンに、自身も服を脱ぎ捨て覆い被さったアイザックは眩暈《めまい》を起こす。

細身でもしなやかな筋肉のついた身体は敏感に反応し、雄々《おお》しく隆起したアイザックのペニスに髪色と同じ灰緑の下生えを擽《くすぐ》られると緩やかに動いた。それをいじらしくも恥じらう。

アンドリムから密かに手渡された軟膏を使うまでもなく解けたアヌスを貫《つらぬ》かれたコルティンは、あえかな悲鳴を上げ、アイザックにしがみついて太い腰に足を絡めた。

「コルト！」

「アイザック様っ……あっ、あぁ……！」

逞しく穿《うが》たれる胎内にコルティンの身体は揺さぶられる。脳髄の底まで揺らされるその感覚は、好きでもない男達から与えられた屈辱の時間では決して感じられなかった深い快感だ。

支配された神経は爪の先まで悦楽を届け、身悶《みもだ》えるコルティンを淫《みだ》らな生き物に変えていく。

「あっ、ん、私の……私のなか、に。アイザックさま、が……！」

「あぁ、俺のコルト……！」

やがて同時に達した高みの中で、コルティンは悦《よろこ》びと共に、愛しい伴侶の背中をしっかりと抱きしめるのだった。

† † †

ウィクルムから土産《みやげ》を貰《もら》ったアイザックがフィーダ島に帰り、コルティンとクロエの兄妹はそのままオスヴァイン家のヴィラに滞在することが決まって、数日後。

早朝にディートリッヒを連れてヴィラを出立した俺は、夕刻前には王都のオスヴァイン邸に戻ってきた。

先行して帰還したシグルドからディートリッヒの話を聞いたジュリエッタは喜び、幼いアルベールにも言葉を選んで新しい家族のことを説明したとのことだが、お互いの相性というものはある。

それにディートリッヒにとって、シグルドは唯一の父親だ。その父親に溺愛されているアルベールに対して、嫉妬《しっと》を抱かないという保証はない。

レゼフ達に出迎えられた俺が馬車を降り、次いでディートリッヒが身軽に座席から飛び降りると、使用人達の間から僅《わず》かな歓声が上がる。

大国のパルセミスであっても、市井《しせい》の者達が古代竜カリス以外の竜を目にする機会は少ない。竜を従えるということは、それだけでもかなりのステータスとなる。

知らない人間が並んでいて一瞬足を止めたディートリッヒだが、先に屋敷の入り口に回っていたシグルドに声を掛けられると、喜んでその足もとに駆け寄っていく。

「アンドリム様、お帰りなさいませ」

「あぁ、ありがとう。国内のほうも、恙《つつが》なく過ぎたようだな」

「はい。アンドリム様にご相談を願いたいとの要望が幾つか届いておりますが、火急のものはないかと」

「そこも変わらずか……後で詳細を部屋に届けてくれ」

「かしこまりました」

俺はレゼフ達に荷物を任せ、シグルドとディートリッヒの後を追う。

エントランスに入ると、シグルドはアルベールを抱えて出迎えたジュリエッタを軽く抱きしめ、頬に口付けをしたところだった。次いで彼女からアルベールを受け取り、白銀の前髪に覆われた息子の額《ひたい》に優しくキスを落とす。

「ただいまベルジュ」

「おかえりなさいませ、とぉさま！」

シグルドの足もとに座るディートリッヒは、そんなシグルドとアルベールのやり取りを仰《あお》ぎ見《み》ながら首を動かして二人を交互に観察している。

アルベールはディートリッヒが初めて接する人間の子供。更には父親《シグルド》が心から愛情を注いでいると、分かりやすく感じられる存在だ。自分にとって一番の相手が他の誰かを大事にしている様《さま》を見つめる心境は、如何《いか》なるものか。

「ディー」

シグルドはアルベールを抱き上げたまま膝を折り、何処《どこ》となく寂しそうな様子のディートリッヒと、ソワソワしているアルベールの視線の高さを合わせた。

「息子のアルベールだ。仲良くしてやってくれると、嬉しい」

「……ディー？」

舌ったらずの言葉が、ディートリッヒの名前を呼ぶ。

伸ばされた小さな掌《てのひら》に思わず身体を引いたディートリッヒにも怯《ひる》まず、アルベールは榛色《はしばみいろ》の瞳を輝かせて、新しい家族の名前を繰り返す。

「ディー！　ベルジュね、とうさまに教えてもらってから、ディーに会うの、すごく楽しみだったの！」

ぱちぱちと目を瞬《またた》かせるディートリッヒの鼻先に、アルベールの手が触れた。

それは幼い竜を労《いたわ》るように皮膚の上を優しく辿り、そして頭の上までつくと、丸みのあるその場を何度も撫《な》で摩《こす》る。

「ディー、可愛いねぇ！　すべすべ、きもちいい！」

シグルドが愛息子《まなむすこ》をそっと床に下ろすと、アルベールは動けないでいるディートリッヒに一歩近づき、細い腕を竜の身体に回してぎゅっと抱きつく。

「ディー、あのね、だいじょうぶだからね」

「ウ……？」

「ベルジュね、ディーの、お兄ちゃんなんだよ。だから、守ってあげるの」

「クゥ……」

「ディーのこと、ベルジュが、守るからね！」

小さく柔らかい身体から与えられる、全幅の愛情と信頼。

ディートリッヒは固まっていた身体をそろそろと動かし、鼻先を押し付けるようにしてアルベールの匂いを嗅ぐ。

くすぐったいと笑うアルベールがそれでも頬を擦り寄せるので、ディートリッヒはとろりと瞳を緩ませ、そのままころんと床に転がった。

一緒に倒れてしまったアルベールは楽しそうに笑い、無防備に晒《さら》け出《だ》された雛竜《ひなりゅう》の腹に頭を乗せて、可愛い可愛いと褒めそやす。

「……大丈夫そう、ですね」

「あぁ、良かった」

万が一を考え、何か起こりそうな時はすぐにディートリッヒを止められるように傍《そば》で控えていたシグルドとヨルガは、ホッと息を吐く。

暫《しばら》くディートリッヒとじゃれ合っていたアルベールは何かを思い出したように「あっ」と声を出して急に立ち上がり、きょとんとしているディートリッヒに向かって手を差し出す。

「ディー！　ディーおいで！　あのね、ディーは、ももが好きなんでしょ？　いっぱいあるよ！」

「……キュウ？」

「行っておいで、ディー」

シグルドにも促《うなが》され、一人と一頭は嬉しそうに並んで走り出した。

まだ走り方が覚束ないアルベールのすぐ後ろを守るように、ディートリッヒは幼な子に足並みを合わせて走ってくれている。すぐに自分の役割を理解したのだ。やはり、相当に賢いな。

ディートリッヒのためにと、アルベールがジュリエッタと一緒に準備した白桃の山は、大皿に盛られてダイニングルームのテーブルの上で燦然《さんぜん》と輝いていた。

そこに一人と一頭が到着する直前に、アルベールをメイドの一人が、ディートリッヒをレゼフがそれぞれ背後から捕まえて抱き上げ、素早く手足を洗いに連れていく。

「ハハッ、流石《さすが》レゼフだな。竜といえども、子供の扱いは心得たものか」

「まぁ、汚れた手足でテーブルにつこうとすれば、叱《しか》られるのが普通だからな」

冷たい水で洗われたのか「ちべたい！」と抗議するアルベールの声に混じって、ディートリッヒのキュンキュンと情けない鳴き声が聞こえてくるのが面白い。

俺達もレゼフに叱られないようにとそれぞれに手足や顔を洗いに行っている間に、俺の帰還を聞きつけたマラキアとリュトラが神殿から来訪した。

幼い竜の姿に目を輝かせるリュトラを「後からにしろ」と宥《なだ》める。

ローソファーに並んで腰掛けた新しい兄弟には、暫《しばら》く桃の大皿に夢中になっていてもらうことにした。

「はい、ディー。おいしいよ！」

「ガウ！」

目の前に置かれた器の中に、皮を剥《む》いた桃の果肉をアルベールが置くと、ディートリッヒがそれを嬉しそうに頬張る。元気に桃を咀嚼《そしゃく》するディートリッヒを見つめ、ニコニコと笑みの絶えないアルベールも上機嫌だ。傍に控えているレゼフとメイドが、桃を掴んだアルベールの手が果汁で汚れる度に、濡れたタオルでさりげなくそれを拭《ぬぐ》ってやっている。

アフタヌーンティーには良い時間帯になっていたので、窓際に据えられたローテーブルを囲んだ大人の面々は、紅茶と軽食を楽しみつつ、互いに留守中の情報を交換し合った。とはいっても、俺とヨルガの不在中に国内で大きな事件はなく、話題は自然に今後は竜を擁《よう》することになるオスヴァイン家の動向についてのものになる。

「そういえば陛下から通達があったけど、シグルドに竜討伐士《ドラゴンスレイヤー》の称号を贈るそうだぜ」

「光栄な話だが、俺だけの力量で竜を討伐したわけではないんだがな……」

陛下の意向を伝えられても、今は故郷に戻っているアイザックを思い浮かべるシグルドは、何処《どこ》か複雑な表情だ。

「それとディー様のことですが、何せ神殿を以《もっ》てしても、竜を養育した記録は皆無《かいむ》です。それで一度、カリス猊下《げいか》にご相談申し上げるのはどうかと考えているのですが」

「……一理あるな」

マラキアの提案に、俺は軽く頷《うなず》く。

そういえばカリスには、出立前の来訪時に「帰ったら連れてこい」と言われていたよな。

もしかして古代竜は、この展開まで見抜いていたのだろうか。

† † †

古代竜カリスの住まいは、王都から西に向かった小高い丘の上にある。

先導をマラキアに任せ、丘を囲む壁の一角に設けられた門を通り抜け、カリスのもとに向かう道をヨルガと並んで進む。

俺達の後ろにはアルベールを抱き上げたシグルドとジュリエッタが歩き、新たな息子となったディートリッヒも、二人の後を追いかける。

ちなみに昨晩、ディートリッヒはディナーの後で再びレゼフ達に捕まり、そのまま浴室に連行された。そこで準備をしていたメイドとジュリエッタの手で、アルベールと共に隅々まで磨き上げられたらしい。いつの間にかジュリエッタにも懐いていて、就寝時にはアルベールと同じベッドに上がり、読み聞かせまでしてもらったというのだから、息子としての適応力が高すぎる。

進む丘の頂上に巨大な古代竜の体躯《たいく》が見えてくると、アルベールはふわぁと呟《つぶや》き、頬を紅潮《こうちょう》させてシグルドにしがみついた。

「ベルジュ、どうした？」

「んぅー！」

実はアルベールはカリスと初対面ではない。

シグルドとジュリエッタの二人がおくるみに包んだアルベールを連れて、息子の生誕を報告しにカリスを訪れたことがあった。

しかしそれはアルベールが生まれて間もない時なので、彼が覚えていないのは当然だ。初めて目にする巨大な竜の姿は、幼心に恐怖を齎《もたら》してもおかしくはない。

だがぐりぐりとシグルドの肩に額《ひたい》を擦《こす》り付《つ》けながらも、ちらりとカリスのほうに向けるアルベールの視線は怯《おび》えではなく、絶大な力を持つ存在を目の前にした瞬間の、純粋な憧憬に満ちていた。

つまりは、ヒーローに出会えて恥ずかしい、という微笑《ほほえ》ましい感情だ。

俺とヨルガは顔を見合わせて小さく笑い、更に歩みを進める。

やがてカリスの足もとまで辿り着くと、ディートリッヒは少し怖気《おじけ》づいたのか、ジュリエッタのドレスの後ろに隠れ、ちょこんと顔を出してカリスの様子を窺《うかが》う。

シグルド一家を背後に控えさせ、まずは俺とヨルガが並んで片膝をつき、胸に手を当てて頭を下げ、パルセミス王国の神たる古代竜に最上級の敬意を示した。

長い鎌首を擡《もた》げたカリスが、柘榴色《ざくろいろ》の目を見開き、俺達に視線を注ぐ。

『アスバルの末裔《まつえい》とパルセミスの末裔よ。戻ったか』

ヨルガをパルセミスの末裔と呼ぶカリスは、オスヴァイン家の真の出自を知っている。

「アンドリム・ユクト・アスバル、アバ・シウより帰参いたしました。猊下《げいか》のお言葉に導かれ、無事に騎士団長の記憶を奪還叶いましたこと、ここにご報告申し上げます」

「カリス猊下《げいか》。ヨルガ・フォン・オスヴァインにございます。此度《このたび》の一件でこの身を蝕《むしば》み禍《わざわ》い、ひとえに我が未熟さが招いたもの。それにも拘《かかわ》らず、矮小なる私を救うために、猊下にご助力を頂戴したと聞き及んでおります。このヨルガ、受けた御恩を決して無駄にせず、これからも精進して参る所存でございます」

『ククク、堅苦しいことよ。我も愉《たの》しめたゆえに、言葉を貸したまでのこと。この先も、心の赴《おもむ》くままに過ごすと良い。お前達が共にあれば、この世界には歪《ゆが》みが生じる。奏でる波紋の重なりを見届けるも、永き刻の中では一興よ』

カリスの言葉は贄巫女《にえみこ》であったジュリエッタと神官長マラキア、そして祝福を受けた俺の三人には聞こえるが、ヨルガやシグルドには届かない。

マラキアはカリスに深く一礼をしてから、言葉を待つヨルガに声を掛ける。

「カリス猊下は、人の心が紡《つむ》ぐ営《いとな》みを好まれます。騎士団長殿に課せられた試練に助言下さったのも、その営みを愛すゆえのこと。これからも心に偽《いつわ》りを乗せず、想う方と共に綴《つづ》る日々を、大事にされるようにとのことです」

あの台詞《せりふ》から、この言葉が出てくるとは。

流石《さすが》は神官長、素晴らしい解釈だな。

「なんと慈悲深き御心……このヨルガ、猊下のお言葉を確《しか》と胸に抱き申した」

「私も猊下の御心に沿うべく、これからも感謝の念を忘れずに、日々を過ごしていく所存にございます」

再度頭を下げた俺達が横に退《しりぞ》くと、シグルドとジュリエッタが前に進み出て、美しい所作で古代竜に臣下の礼を示す。

「シグルド・イシス・オスヴァインにございます。カリス猊下におかれましては、ますますご健勝のこととお慶《よろこ》び申し上げます。此度は妻ジュリエッタと嫡男アルベールと共に、家族に迎え入れましたディートリッヒをご紹介に参上仕りました」

「ジュリエッタ・オーシェイン・オスヴァインでございます。新たな家族が増え、それを猊下にご報告できる悦《よろこ》びを噛み締めております」

両親に続き、子供向けの正装に身を包んだアルベールが、カリスに向けて勢い良く頭を下げる。

「あるべーりゅ・しあ・おすあいんです！　かりしゅげーかに、おとうとをみてもらいに、きました！」

この年齢にしては百点満点の挨拶《あいさつ》に、傍《そば》に控えた俺とヨルガの顔が綻《ほころ》ぶ。誇らしげなシグルドとジュリエッタに促《うなが》され、ディートリッヒがおずおずと前に歩み出た。

笑顔のアルベールに手招かれ、幼い身体の横にぴたりと身体をくっつけてから、カリスの前で頭を垂れる。

カリスはそんな兄弟の様子を暫《しばら》く見下ろしたかと思うと、白銀の鱗《うろこ》に覆われた喉を震わせて、愉快そうにクックッと笑う。

『フフッ。実に、実に面白い。種族も生まれも違うというのに、既《すで》に、親子と兄弟の絆《きずな》がしっかりと結ばれている。竜の子すら魅了するか。流石《さすが》は、汝《なんじ》らの血を引く子供達よ』

「……竜の子と家族の絆が結ばれていることに、カリス猊下《げいか》よりお褒めの言葉をいただいております。ヨルガ様とアンドリム様の血縁であるご両親と、アルベール様であればこそとのことです。何よりの誉れでございますね」

マラキアの言葉にシグルドとジュリエッタはそっと手を握り合って微笑《ほほえ》み、言葉の意味することがまだ難しかったらしいアルベールはキョトンとして目を瞬《またた》かせた。

しかしマラキアが「カリス猊下が、アルベール様とディートリッヒ様にお褒めの言葉をくださっていますよ」と教えると、嬉しそうにディートリッヒに抱きつき、満面の笑みを浮かべてカリスを見上げる。

「かりしゅげーか！　ありあとうごじゃいます！」

含みのない、まっすぐで、かくも純粋な好意。

幼い心しか持ちえない感情を向けられたカリスは一瞬虚をつかれたように沈黙し、それからまた、宝玉の瞳を細めて笑った。

『なんとも久方ぶりに目にする、いと真白なる魂《たましい》よ。ククッ……実に佳《よ》い。これは幼子達に褒美をやらねばなるまいな』

第八章　比翼連理《ひよくれんり》

言葉とは、恐ろしいものだ。

たった一言で心を奮い立たせることができるし、逆にへし折ることもできる。

言葉は、強い力を持つ。自らが口にした約束などは、特に。

「休暇をとってきた」

カリスとの謁見を経た後に、シグルドを連れて王城に報告に上がったヨルガがオスヴァイン邸に帰宅したのは、夜になってからのこと。

メイド達と裁縫に勤《いそ》しんでいた俺は椅子から立ち上がり、作業を手伝ってくれていたメイドの一人に最後の仕上げを頼む。

お任せくださいと頭を下げた彼女に笑みを返し、ヨルガの手を取って廊下を歩き出すと、近くに控えていた優秀な家令は俺に請《こ》われる前に「スケジュールを調整をしておきます」と申し出てくれた。

国王陛下と宰相への報告書は作成済み、オスヴァイン邸に滞在していたシグルド一家もディートリッヒを連れて自分達の屋敷に帰っているので、気兼ねをする必要はない。期待を込めて隣に並ぶ番《つがい》の顔を見上げると、熱を宿した榛色《はしばみいろ》の瞳と、視線が絡む。

「休暇は五日貰《もら》えたのか？」

「あぁ、お前の希望通りに」

「……良い子だ」

俺は手を伸ばし、ヨルガの顎裏《あごうら》を指先で軽く擦《こす》る。

「ヨルガよ。五日の間、屋敷から出られると思うなよ？」

「……重ね重ね、俺のセリフだと思うのだがな」

ぼやくヨルガを連れて向かった先は、まずは食堂だ。主人の帰宅と同時にシェフが準備をしてくれた今夜のディナーは、牡蠣《かき》のコット・ア・ヴァポーレ。メイン食材の牡蠣に、色とりどりの野菜を添えた蒸し焼きだ。

俺のほうは既《すで》に食事が終わっているので、サーヴされる料理を勢い良く平らげるヨルガを横目に、紅茶を嗜《たしな》むことにする。

俺はヨルガが食事をする姿を見ているのが結構好きなのだ。

他人の目がある場所では貴族らしく上品に食事をとるヨルガも、俺と過ごすようになってからは、安全が確保されて気遣いの不要な場所では粗野な食べ方を披露することが多くなった。

パルセミス王国では高級食材に値する大きな牡蠣の肉をナイフとフォークで口に運ぶのではなく、ゴツゴツとした貝殻を持ち上げて白い歯で咥《くわ》えとり、底に溜まったオイスタースープも口をつけて直に啜《すす》り上《あ》げる。

汚れた唇の端を舌で舐《な》める際にこちらに視線を注いだのは、当然わざとだろう。澄ました表情で紅茶を口にしていても、俺が内心、期待と共に発情していることくらい、番にはお見通しだ。

それでも俺とて、黙って良いようにされてやるつもりはない。

今日からの五日間は、俺とヨルガのプライドを賭けた戦いだ。


ヨルガが食後の休憩をしている間に、俺は浴室に先回りして準備を整える。

オスヴァイン邸の浴室は床には美しいモザイクタイルを、壁には色彩鮮やかなマジョリカタイルを敷き詰めていて、装いも華やかだ。香り付けした石鹸《せっけん》と麻と綿の混合糸で編んだ泡立て用のネットをトレイに並べて床に置き、柔らかい布を厚めに巻いた陶枕《とうちん》――いわゆる陶磁器製の枕もその近くに据える。

特注の大きなバスタブにたっぷりと湯を張り、花弁を散らして獲物を待ち構える俺に「そろそろ旦那様がおいでです」とレゼフが伝えに来た。

俺は身につけていたバスローブを脱ぎ捨て、猫足のバスタブに身体を沈めて全身を温める。

「アンリ？」

「あぁ、来たか」

前を隠すこともなく堂々と浴室に入ってきたヨルガが、ひと足先にバスタブに浸《つ》かっている俺を見つけて笑みを浮かべた。

砂漠の旅を経ても日に焼けることのない俺の生白い身体とは違い、所々を赤銅色に変化させた肌を晒《さら》す騎士団長の肉体は、四十を越えても雄々《おお》しく逞しい。……思わず、舌舐《したな》めずりしてしまいそうだ。

そのままバスタブの中に入ってこようとする大柄な身体を押し止め、俺は手桶を使って湯を汲《く》み上《あ》げ、何度か床に流す行為を繰り返してモザイクタイルを充分に温める。

タオルの巻かれた陶枕を指差しそこに頭を置いて横たわるように促《うなが》すと、ヨルガは楽しそうな表情を浮かべつつ、俺の言いつけ通りにタイルの上で仰向けに寝転がった。

床に下りた俺は、濡らしたネットに石鹸を擦《こす》り付《つ》けて、キメの細かい泡を丁寧に立てる。

「……何をしてくれるつもりだ？」

「フフッ。お疲れの騎士団長殿を、労《ねぎら》ってやろうと思ってな」

白い泡が両手を並べた上に山盛りになるほど仕上がったところで、ネットの中から泡を削ぎ落とし、ヨルガの腹の上に落とす。弾力性のある泡が腹筋の上に乗り、呼吸と一緒に緩やかに上下した。

俺は手を伸ばして泡の山を押し潰し、そのままヨルガの身体の上に塗り広げる。体幹の上が白く塗りつぶされたところで、徐《おもむろ》にヨルガの胴体を正面から跨《また》いだ。

美しい隆起を刻む腹筋の上に尻を下ろし、そのまま上体を傾けてヨルガの胸に自分の胸を押し付ける。

濃密な泡を潤滑剤代わりに広い胸の上を滑るように身体を動かすと、乳首同士が擦り合って俺とヨルガは小さな声を漏らした。

「んっ……！」

「……くっ」

それでも、漏れる吐息に嫌悪は含まれない。

アンドリムとして娼館に赴《おもむ》いた記憶はなく、前世でも風俗に行ったことはない。それでも性接待の一つに『泡』という手法があることは知っている。

使用人達や騎士達にそれとなく聞き出してみたところ、この世界では娼婦達がそのような愛撫を施《ほどこ》すこと自体が、かなり珍しいそうだ。

ならばヨルガを悦《よろこ》ばせるのに試す価値はあるなと、上質な石鹸《せっけん》や丈夫な陶枕《とうちん》を取り寄せて、楽しむ機会を窺《うかが》っていたところだったので、今回の約束には丁度いい。

ヨルガの上で身体を下に滑らせるごとに尻の間《あわい》に怒張したものが押しつけられ、ぬるりとした感触と共にその先端が雄膣の入り口を掠《かす》めていく。

戯《たわむ》れに腰を揺らして幹の部分に尻を擦り付けるようにして刺激してやると、それはすぐに強度を増し、貫《つらぬ》く目的を持つ剛直さを重ねる結果となった。

「あ、ふぅ……」

俺とヨルガの腹に挟まれた自分のペニスも慎《つつ》ましくはあるが勃ち上がり、じわじわと先走りの透明な液を粗相している。

しかし泡に塗《まみ》れた今の状態では、それが見抜かれることはないだろう。

ヨルガの身体が素直な反応を返してくるのに気を良くした俺は、泡塗れになったその胸板に手を置き、筋肉の隆起を一つ一つ掌《てのひら》で辿って肌の窪《くぼ》みを指の腹でなぞる。胸筋を揉《も》むように指に力を込めると、低い笑いが返ってきた。

俺を見つめる榛色《はしばみいろ》の瞳が熱に潤《うる》み、薄い唇から吐き出される呼吸と共に、密着した肌から強靭《きょうじん》な拍動が伝わってくる。尻に当たるものの形は、もう見ないでも分かる。

俺の胎《はら》は、とっくの昔にその形を覚えているのだから。

――これが全部、俺のもの。

足を開いて強請《ねだ》りたくなるほどに、艶《なま》めかしい声が耳朶を打つ。

「……アンリ」

バスタブと向かい合うように壁に嵌《は》め込《こ》まれた大きな鏡に映る自分の表情が、如何《いか》にも物欲しげに揺れているのが浅ましい。

言葉にすることなく、はふ、と俺が小さく漏らした吐息を、ヨルガは勝手に肯定と解釈したようだ。

俺を上に乗せたまま軽々と身体を起こした彼は、今度は俺をタイルの上で組み敷き、大きく足を開かせる。

晒《さら》け出《だ》された部分にねっとりとした視線を感じ、すっかり縦割れに形を変えたアヌスをつくづくと眺められているのだと分かった。いくら情事の最中であっても顎《あご》の一つくらい蹴ってやりたくなる。

しかし俺の目論見《もくろみ》をよそに振り上げた片足は簡単に掴まれて、そのまま大きな肩に乗せられた。

大剣を軽々と扱う骨太の指がアヌスの縁をなぞり、泡の滑りを借りて中に滑り込んでくる。

いつもの軟膏を入れた薬瓶が石鹸を載せたトレイの片隅に一応備えられているが、指を沈めれば俺の胎内が既《すで》に男を受け入れる準備を整えていることが分かるだろう。

顔を上げて視線で問いかけてきたヨルガに「自分で慣らした」と小さな声で答えると、精悍《せいかん》な顔立ちがゆるりと相好を崩す。

指が引き抜かれると同時にアヌスに押し当てられたのは、言葉には出せないでも、俺が心底待ち望んでいたもの。

泡の余韻でヨルガの肩から滑り落ちそうになった踵《かかと》に思わず力を込める間に、太い熱杭がずしりとした重量感と共に胎内に押し入ってきた。

一般的には松葉崩しと言われる体位だ。

ヨルガに抱かれ慣れた俺の身体は、隘路《あいろ》を開かれる行為にも既《すで》に悦楽しか拾えない。

もっと奥までペニスを迎え入れるべくゆるゆると腰を蠢《うごめ》かせると、唸《うな》り声《ごえ》と共にゴツンと一気に最奥を突かれ、一瞬、瞼《まぶた》の裏に火花が散った。

「あ、ああっ！」

「アンリ……アンリ！　くっ……」

「ひうっ、あっ、ああっ！　んう、そ、んなに、奥っ……あ、あぁ！」

「俺のアンリ、俺の……俺だけの！　あぁ、還ってきた……ここに……アンリの胎《なか》に……！」

「んう、うあっ、ひ、深い、や、あぁ……！」

繰り返し俺の胎を暴いては奥に進む腰の強さは、その先にあるはずもない子宮を求める、雄の本能を剥《む》き出《だ》しにしたもの。

発情期を迎えた雌の獣のように押さえ込まれて自由を奪われながら種付けを受ける行為は、愛の交歓と呼べる代物《しろもの》とは程遠い。

それでも俺はこの美しく気高く、それでいて俺と共に穢《よご》れることをちっとも厭《いと》わないこの獣《けだもの》が、愛《いと》おしくて仕方がないのだ。

隘路の最奥を突いていた槍の先端がついに胎の境界を越え、肌の上からでも形の分かる部分に侵入を果たした。

息の詰まるような衝撃に喉を反らして喘《あえ》ぐ俺の腰を、ヨルガが指の形が喰い込む勢いでしっかりと掴む。

「アンリ、アンリ――！」

「や、いくっ、い、ヨルガ……！」

咆哮《ほうこう》にも似た声色で呼ばれる、ヨルガだけが使うことを許した、俺だけの呼び名。

濡れた黒髪から滴《したた》った汗の雫が肌の上に飛び散る。せっかく洗ってやったのにな、などと場違いな思考が脳裏を過《よぎ》ったのは、ほんの一瞬のこと。

腹の奥に注ぎ込まれる熱い精液の感触に、俺はすぐに甘ったるい悲鳴を上げて、ヨルガの背中にしがみつく羽目になる。

熱に烟《けぶ》る目を開くと、俺の痴態を余すことなく映していた鏡面に、丁度ヨルガの尻が映し出されているのが見えた。

引き締まった尻と太腿の境目にうっすらと残るバンドの跡は、俺が考案した下着を愛用している証《あかし》。そして尻の筋肉に浮かぶ窪《くぼ》みが少しずつ形を変えていくのは、この男が今まさに、俺の中に精を注ぎ込んでいる最中だというサインだ。

あまりの生々しさに俺の胎の底は更なる歓喜に震え、ヨルガの精を搾り取ろうと収斂《しゅうれん》を繰り返す。

「あ、あぁ……う、ふ……」

「はぁ……アンリ……」

長い射精が終わるとヨルガは息を吐き、俺の胎からペニスを引き抜いた。

汗で張り付いた前髪を指先で払い額《ひたい》に何度も落とされる軽い口付けが、火照《ほて》った身体に心地よい。

一方、俺の胎から引き抜いたばかりのヨルガのペニスが完全とはいえずとも明らかな兆《きざ》しを見せて勃ち上がっているのが、かなり恐ろしいのだが。

「……ヨルガよ」

「なんだ」

「……それも、俺のものだからな」

念を押すとヨルガに苦笑されたが、冗談を言っているつもりはない。

ただ、残念ながらまだ身体を動かせそうにないのが難点だ。

ヨルガは手桶を使ってバスタブの中から湯を汲《く》むと、粘液と泡に塗《まみ》れた俺の身体を抱き上げ、石鹸《せっけん》で手早く洗ってくれた。彼自身も身体を軽く洗い、再びモザイクタイルの床を湯で流してから、今度は俺の頭を陶枕《とうちん》の上に乗せる。

「アンリ」

「……ん」

枕元近くに座ったヨルガの意図を間違えない俺は、大きく口を開いて舌を差し出した。

口と舌を使って、差し込まれたペニスのせり出た先端を慰《なぐさ》め、手に余りそうな幹の部分は指を丸く整えて擦《こす》り上《あ》げる。

頬袋を窄《すぼ》めて刺激を与え続けると、やがて小さな吐息と共に、軽くペニスの根本に向かって頭を押さえ込まれた。

「……ん、ぐ」

開いた喉の奥に向かって、吐き出される粘液。毎度のことだが、ヨルガのものと思うと身体の中に受け入れねばならないという奇妙な使命感が浮かぶのだから、俺も大概だ。

吐き出された精液を飲み下し乱れた呼吸を整える俺を、ヨルガは大事そうに抱き上げてバスタブの中に運んでくれた。

湯に浸《つ》かりながら、ふくらはぎや腕を丁寧にマッサージされると、身体から疲労感が少しずつ抜けていくのが分かる。

まぁ、まだ一日目だからな。甘えられる時は、甘えるとしよう。

身体を温めてヨルガと共に浴室から出ると、控えていたメイド達が俺とヨルガの身体を拭き、そのまま服を整えた。

寝室に向かう途中にヨルガの帰宅前まで俺と針仕事をしていたメイドが笑顔で現れて、小ぶりの籠に入れた白いシャツを渡す。どうやらあの後、最後の仕上げをしてくれたようだ。

不思議そうな表情のヨルガをよそに俺は嬉々として籠を受け取り、ヨルガの手を引いて寝室に向かう。

「アンリ、それはなんだ？」

「……フフッ、それは着替えてからの楽しみだな」

オスヴァイン邸には当然俺用の寝室もあるが、ほぼ毎日ヨルガと同衾《どうきん》するためにベッドが無用の長物と化し、もっぱら書類や資料を俺に分かりやすいように並べた執務特化の部屋になってしまった。

それが今回の騒動で再び寝室としての利用を余儀なくされた。それでも一人で広いベッドに寝転がる気になれず、ソファで眠っていたのはレゼフしか知らないことだろう。俺としても、主寝室であるこの部屋で、ヨルガと同じベッドで眠れるようになったのは、実に嬉しい。

しかしまぁ、今日はもう一つ目的がある。

ヨルガが寝酒《ナイトキャップ》を準備している間に、俺は風呂上がりに着ていた夜着を脱ぎ捨て、メイドが仕上げたシャツに腕を通す。

「……なんだ、それは？」

早速主人用のベッドに登った俺は、ネグローニを作ったグラスを二つ載せたトレイを持ったヨルガを手招く。

ヨルガはサイドテーブルにトレイを置き、ゆっくりとベッドの上に乗ってきた。

久方ぶりに二人分の体重を受け止めたベッドの脚が僅《わず》かに軋《きし》み、まるで俺とヨルガに「おかえり」と言っているように聞こえる。

「そのシャツ、見覚えがあるな？」

「あぁ、そうだろう。お前のお古だからな」

明らかに俺の身体とサイズがあっていないオーバーサイズの白シャツは、生地の端々がくたびれていてメイド長が廃棄に決めたものを、俺が譲り受けた。

本来は使用人達に流れることが多いとのことなのでちょっと悪かったとは思うが、今度使用人達の制服を新調して許してもらうことにする。

白シャツの釦《ぼたん》は一番上まで留められているものの、肩の位置がずれていてその袖先からは俺の指先だけが覗く。

シャツの裾《すそ》がふわりと広がっているのはシャツガーターを使っていないせいだ。その下に肌着一つ身につけていないのはヨルガへのサービスだから、言い訳は割愛したい。

ヨルガの腕が俺の腰を簡単に引き寄せシャツに手をかけようとしたところで、彼の表情が戸惑《とまど》いに染まる。

「……この甘い香りは？」

おやおや、流石《さすが》駄犬は鼻が効くようだな。

俺はシャツに縫い付けられた無骨な形の釦に指をかけ、その表面を爪先で軽く叩く。すると釦の表面が薄く欠けて白い粉がこぼれ、それが普通の釦ではないことを教えてくれる。

「ロッシェ――メレンゲを焼いて作ったお菓子だ。少し硬めに作って、釦代わりにしている」

「ほほう？」

ここまでくると、ヨルガも何かを察した様子だ。

「今から俺が幾つか質問をする。それに上手に答えられたら……この釦《ぼたん》を食べさせてやろうじゃないか」

本来シャツの釦は七つだが、ロッシェで作ったものの数は全部で五つ。

俺が用意した質問も、五つ。

手始めにまずは回答者の名前を尋ねると、ヨルガは俺の腰を撫《な》でながら名乗りをあげた。

「ヨルガ・フォン・オスヴァイン。パルセミス王国騎士団の団長だ」

「ククッ、よくできました……お前の好きなところを食べていいぞ」

俺に促《うなが》されたヨルガは顔を傾け、喉仏に近い、襟の一番上に留められていた釦を齧《かじ》り取《と》る。

メレンゲと砂糖で作られた焼き菓子は、ヨルガの口の中で、コリュと小さな音を立てた。

舌の上ですぐに蕩《とろ》ける甘さはしつこくなく、甘味を好まないヨルガでも口にできるよう仕上げたつもりだ。

形の良い彼の眉根が寄せられていないところ見ると、どうやら甘さの調節は無事に成功しているらしい。

「それでは、第二問だな……元老院からの打診には、なんと答えた？」

決議機関である元老院の決議には宰相の意向が反映されやすく、俺の影響力もまだ大きかった。

それでも意見を提示することそのものには制限がないので、時折無謀な提案が出されるのが面白い。

今回は砂漠に住まう砂竜を討伐したシグルドに竜討伐士《ドラゴンスレイヤー》の称号を与えようという議案だったそうだが、そこに横槍を入れてきたのが前王時代から国家を支えていたと自負する老いた重鎮達だ。彼らはシグルドに称号を与えるのは良いとしても、まだ若輩者《じゃくはいもの》である彼に幼い雛竜《ひなりゅう》を育てさせるのは如何《いか》なるものかと口出ししてきた。

まずは王城か重鎮達の邸宅にて飼育し、いつかはヴィンセントの守護者となるべく教育を施《ほどこ》すべきだとの意見に、それなりの賛同があったたという。

「愚問だったからな。それでは今後、幼い竜が癇癪《かんしゃく》を起こして暴れた際の被害は、そちらで責任をとっていただけるのですなと尋ね返したら、何も言えなくなっていた」

「ハッ、臆病者どもめ」

竜を人の手で育てるには、確かにそれなりの覚悟がいる。

目先の利益や貴族のステータスに目を奪われて竜の仔《こ》を手に入れようとしても、困難を極める餌《えさ》の調達手段と、いつかは牙を剥《む》くかもしれない竜を確実に宥《なだ》められる実力が必要だ。

はっきり言って、パルセミス王国の中では、シグルドとヨルガ以外には無理な話だろう。

ついでに愚かな提案をした貴族に「貴殿の名は覚えました」と優しく諭《さと》してやったというのだから、ヨルガの答えは百点満点だ。

俺は喜んで胸を突き出し、ヨルガの口が行儀良く二番目の釦を齧り取るのを見守る。

「第三問……猊下《げいか》からの祝福を、どう捉える？」

アルベールとディートリッヒに与えられた古代竜からの祝福《ギフト》は、共感。

兄弟の絆《きずな》で結ばれた二人の縁を更に強固に結びつけるもので、アルベールは左右の鎖骨の間、ディートリッヒには喉の真ん中あたりに、小指の爪ほどに小さな白銀の鱗《うろこ》が張り付いた。

これがあればどれだけ離れていても互いの居場所が確実に掴めるらしい。身柄を狙われることが多いアルベールにとっても、否応なしに耳目を集めてしまうディートリッヒにとっても、役に立つだろう。

「とてもありがたいと感じている。ただ、猊下のことだ……おそらくあれは、互いの居場所が分かるだけではあるまい」

「……そうだな」

何せ、その身一つでパルセミス王国の全土を支え続ける古代竜が授《さず》けた祝福だ。互いの居場所が分かる、というある意味単純な性能だけではなかろうという見解は、俺と一致している。

あの小さな鱗《うろこ》が兄弟に何を齎《もたら》すのかは、今後、俺達自身で確かめていくしかない。

俺は頷《うなず》き、三番目の釦《ぼたん》を指さして、俺も同じ考えだとヨルガに囁《ささや》く。

ヨルガの口がボタンを齧《かじ》ると、シャツの胸元が大きく開き、先ほども舌で吸われた乳首が布地の隙間から姿を見せた。

ヨルガが視線でそこを入念に嬲《なぶ》る。俺は当然、彼に触ってほしいのだが……まずは心を鬼にして、設問を続けることにする。

「第四問……十年前のあの日に、俺を雨から庇《かば》ってくれたヨルガが感じていたものは、なんだ？」

俺とヨルガがこの関係に落ち着いたのは、五年前から。

しかし砂竜は、彼の記憶を十年前から奪い取った。

俺とヨルガの関係が揺らぎ始めるきっかけが、十年前の墓地での邂逅《かいこう》にあるのは分かった。

俺自身はその出来事を、騎士団長の気まぐれだと記憶の片隅に追いやっていたが、ヨルガ本人はどう捉えていたのか、まだ聞いていない。

ヨルガは少しだけ視線を彷徨《さまよ》わせたが、今更嘘を吐《つ》く必要もないと観念したのか、俺の肩口に指を滑らせて肌の上に口付けを落とす。

「……あの時、俺がお前に感じたのは、紛《まぎ》れもなく劣情だ」

降りしきる雨の中。

傘もささずユリカノの墓前に佇《たたず》んでいた俺を目にしたヨルガが一瞬、沈黙したのは――

「細い顎《あご》や銀縁の眼鏡から水滴が滴《したた》り……まるで声を出さずに、泣いているかのように見えた。雨に濡れたブラウスが肌に貼り付けば、普通は肌の色が透けるだろう？　だけどアンリの肌は白すぎるのか、透けて見えることがない。水を含んだ前髪が額《ひたい》に下りて、いつもの高圧的な表情が完全に鳴りを潜《ひそ》めているのもあって……あの時のアンリは、恐ろしいほどに蠱惑的《こわくてき》だった」

同じ状況でも、立場が違えば捉え方が異なるのだろう。

「アンリが立ち去りユリカノの墓前で一人に戻ってから、すぐに自分を恥じた。怨敵に対して、なんという感情を抱いたのだろうかと。こんな浅ましい感情を俺に与えたアンリを逆恨みして、尚更憎んだ」

「……そうか」

だから、それが、始まりだったのか。

俺とヨルガの間で絡まり合った因縁《いんねん》の糸口。まさかこんな事件に巻き込まれた末に、知ることになるとは。

俺は「素直に告白できて偉いな」とヨルガの頭を撫《な》でて腰を軽く突き出し、臍《へそ》の上を留める釦《ぼたん》を翳《かじ》らせた。

「最後の問いだ、ヨルガよ」

既《すで》に役割を果たしているかも危《あや》うい五番目の釦は、ちょうど俺の下腹部から白銀の茂み辺りを隠している。

期待に満ちた榛色《はしばみいろ》の瞳に微笑《ほほえ》みかけ、俺は釦の下に指を滑らせて肌の上をなぞりながら、ヨルガに最後の問いを囁《ささや》いた。

「俺がココに注がれたいと願っているものは、なんだと思う？」

あからさまな挑発に、ヨルガの喉が音を立てて上下する。

答えを示すべく覆い被さってくる重みに逆らわず、赤みを帯《お》びた黒髪に指を差し込んで男の頭を引き寄せると、耳の穴が舌で犯されるのと同時に、回答を吹き込まれた。

「俺の子種、だな」

「……んっ……ククッ、正解、だ」

最後の釦は指で引きちぎられ、太い指で俺の唇に押し込まれた後は、包装を開くようにシャツの袷《あわせ》を広げられる。

五日間続く予定の蜜月なのだが、二日目は早速、立てない一日になるなと予想しつつ……俺は愛しい男から与えられる享楽を受け入れるべく、咥内《こうない》で蕩《とろ》ける菓子のように甘く喘《あえ》ぎ続《つづ》けた。

エピローグ

ずっと、ずっと憧れていた。

口に出さなくても、想いは知られていたと思う。

それでも、手の届かない人だからと、勝手に諦《あきら》めていた。

そんな憧れの人《シグルド》が選んだのは平民の娘《メリア》で、自分の諦念《ていねん》はなんだったのだと後悔している間に、彼の心を射止めた彼女は勝手に自滅の道を歩んだ。

ヒルダの心に希望の光が灯る。

ひた隠しにした想いを捨てる必要なんてなかったのだ。

成り上がりの男爵家の娘でも、容姿には自信がある。王国騎士団の中で、弓の名手と誉れをいただく実力もある。

あんな平民の娘より自分のほうがシグルドの隣に相応《ふさわ》しい。竜神祭が終わったら、前よりも積極的に彼にアプローチしよう。

ヒルダが胸に秘めたそんな淡い願望は、古代竜カリスを解放したジュリエッタをシグルドが強く抱きしめた瞬間に、脆《もろ》く崩れる。

兄妹として育った二人の婚約は、シグルドの出自の秘密すら美しく昇華して素晴らしい恋物語として語られるようになり、王都で小説として出版されると爆発的な人気を誇った。

やがてシグルドとジュリエッタは身内だけで結婚式を挙げ、ヒルダの焦《こ》がれる青年の左薬指に、白銀の指輪が嵌《は》められるようになる。

シグルドの妻となったジュリエッタの護衛にヒルダが名乗りを上げたのは、彼への想いを断ち切るためではなく、かつては我儘《わがまま》令嬢と呼ばれ、悪い評判の多かった彼女がいつボロを出すか監視したかったからだ。

しかしそんなヒルダの思惑《おもわく》とは裏腹に、ジュリエッタは使用人にも騎士達にも等しく穏やかで優しい。柔らかい彼女の笑顔に、ヒルダは毒気を抜かれた心地になる。

シグルドとジュリエッタが寄り添う姿を目にするとどうしても心が痛むが、彼女ならば自分よりもずっとシグルドを幸せにしてくれるに違いない。それを近くで見守れるだけで、十分だ。

凪《な》いだ心を取り戻しかけていたヒルダの運命が再び揺さぶられたのは、彼女の年が二十歳に届きかけていた日のことだった。

緊急の連絡が入り、慌てて王都の片隅にある実家に帰ると、ソファに腰掛けて頭を抱える父を中心に、ヒルダの家族は絶望の表情を浮かべていた。

元は地方の猟師だったヒルダの父は、農作物を荒らす害獣を一網打尽にした功績を讃えられて男爵位を賜《たまわ》ったが、当然ながら貴族としての教育など欠片《かけら》も受けていない。爵位を利用する術《すべ》も知らず、貴族同士の付き合いにも疎《うと》い。そんな彼に親切面をして近づく相手は碌《ろく》な者がおらず、いつの間にか屋敷のみならず僅《わず》かばかりの領地すら抵当に入れた借金を背負わされていた。

父を騙《だま》した相手は金が手に入るとすぐに他国に逃げ、ヒルダは騎士団で得る給料の殆《ほとん》どを仕送りに回し、実家を支えていたのだ。

しかし、ここに来て再び父が爵位を担保に新たな事業に手を出し、それが見事に失敗した。このままでは単に一家が破産するだけではなく、国王から賜った爵位を悪用した愚か者として家族全員が処罰を受ける可能性が高い。

絶望の日々を送る一家のもとを訪ねてきたのが、噂を聞きつけたモラシア伯だ。彼は子息であるギュンターの過去を詳《つまび》らかにし、金で縛る形になることをあえて明白に説明した上で、ヒルダと家族に取引を持ちかけた。

それはヒルダがギュンターに嫁《とつ》いでくれれば、彼女の実家であるテゼク男爵家の借金を、モラシア家が肩代わりしてくれるというもの。

父は泣いて喜び、母と妹達も抱き合い、歓喜の声を上げる。

ヒルダだけが、彼女を犠牲にして安寧《あんねい》を貪《むさぼ》ろうとする家族に言いしれぬ無力感を覚えていた。

これまでも一家を支えてきたのは自分なのに、この先の未来すらも奪われようとしている。

申し出を断ろうとしたヒルダの言葉を遮《さえぎ》り、父はモラシア伯の両手を握って娘をよろしくお願いしますと頭を下げた。そしてモラシア伯が帰った後は、頭を抱えて肩身を狭くしていたことなど忘れたようにヒルダを叱責《しっせき》し、貴族の娘であれば父の決めた家に嫁《とつ》ぐのが当たり前だなどと宣《のたま》った。

こうして話は両家の間でとんとん拍子に進み、数ヶ月の婚約期間を経て、ヒルダは正式にギュンターの妻となった。

初夜を迎えるベッドに腰掛け、夫となった男を待つ間に、ヒルダは涙を流す。

自分はどれだけ、運命の神に嫌われているのだろう。

どんなに家族に尽くしても報《むく》われず、どれほど想いを捧《ささ》げても愛した人には届かない。外見の美しさなんて、なんの糧《かて》にもならないではないか。

新妻のもとを訪れたギュンターは泣きじゃくるヒルダの姿に驚き、隣に腰掛けて辛抱強く彼女の話を聞いてくれた。

彼自身も、婚約者に裏切られて傷ついた過去を持っている。

君はもう少し我儘《わがまま》になって良いんじゃないかなとヒルダの頭を撫《な》でたギュンターは、子供はまだ先でも良いよと微笑《ほほえ》み、彼女の意思を尊重してくれた。

そんなギュンターの言葉に甘え、彼の妻となってから一度も同衾《どうきん》することなく白い夫婦のままに二年が過ぎた頃。

ヒルダの胸の奥に、埋み火のように残されていた恋心を煽《あお》る砂漠への任務が飛び込んできた。

出立前に息子のアルベールと共に見送りに来てくれたジュリエッタは相変わらず美しく、「夫のことを頼みます」と掛けられた言葉に、彼女に信頼されている喜びを覚える。

シグルドも貴族なのだから、第二婦人がいてもおかしくはない。ジュリエッタと共にシグルドの妻となれたら、どれだけ幸福なことだろう。

そのためには、この旅でもっとシグルドに自分を意識してもらわなくては。

ギュンターの悲しげな表情に気づくこともなく、気に入られようと空回りした彼女の行動はついにシグルドの怒りを買い、ヒルダは騎士団から除籍の憂き目に遭《あ》う結果となったのだ。

† † †

あれから、半年の時間が過ぎた。

王都から少し離れた西の丘に建つ屋敷のテラスでは、ジュリエッタとヒルダが同じテーブルを囲み、一週間後に迫った模擬戦闘に臨《のぞ》む夫の軍服にそれぞれ刺繍を施《ほどこ》していた。

「できたわ！」

針山に刺繍針を戻して仕上がりを確認しようとジュリエッタが広げた服の襟と袖に施された刺繍は、オスヴァイン家の印章だ。その印を護《まも》るように身体を丸めた竜の姿が、白銀の糸と翡翠《ひすい》の糸を用いて繊細に表現されている。

「まぁ……素晴らしいですわ、ジュリエッタ様」

「フフッ、ありがとう。ヒルダの刺繍はカミツレの花ね？　とっても綺麗よ」

微笑《ほほえ》み合う彼女達の腹は二人とも丸く膨らんでいて、そこに新たな生命が宿っていることを分かりやすく主張している。

ジュリエッタとヒルダの妊娠がほぼ同時に判明したのは、今から三ヶ月ほど前のこと。それまでモラシア家の邸宅で軟禁状態に置かれていたヒルダは、懐妊をきっかけに解放された。

彼女が世間の情報を手に入れられないでいる間に、パルセミス王国を取り巻く国際情勢は、また少し変化を遂《と》げている。

フィーダ島に帰ったアイザックは、危惧していた通りにトロント一族が断絶の沙汰を受けていることを知り、パルセミス王国の国王ウィクルムから与えられた土産《みやげ》を片手に魔王に謁見を願い出た。

五十五の破片に砕けたアラマナティルの石板は長い歳月をかけて集められていて、アイザックが持ち帰ったのはちょうど五十個目の欠片《かけら》だ。魔王は彼の働きに喜び、褒美に何か望みはあるかと聞いてきた。アイザックはすぐにパルセミス王国で保護されているコルティンとクロエの話を持ち出し、トロント家に利用され続けていただけの罪なき二人を自分の養子に迎え入れたいと願い出る。

ふむと顎《あご》を摩《こす》った魔王は「養子にしてはお前が伴侶に迎えにくかろう」と薄く笑い、なんと二人を自分の養子にすると宣言してくれたのだ。

かくしてコルティンとクロエは魔族の頂点たる【ザガード】の姓を貰《もら》うことになり、尚更伴侶にしにくくなったではないかとアイザックが遠い目になったのは余談である。

クロエに求愛していた貴族の従者もアイザックと同じ心持ちで、ザガード姓を持つ彼女を妻に迎えるにはまだまだ自身の地位が足りないと、才能溢《あふ》れる主人のもとで更に高みを目指すらしい。

必ず迎えに行きますという彼の言伝にクロエは涙ぐみ、約束が果たされるその日まで、アンドリムに請《こ》われた通りに側妃ベネロペの女官を務めることになった。

シグルドは故郷に戻っていたアイザックがコルティンを迎えに来るのを待ってから、彼と連名で竜討伐士《ドラゴンスレイヤー》の称号を授《さず》かった。

義兄弟の契りを交わした二人の活躍で、フィーダ島の魔王領とパルセミス王国は少しずつ国交を深めていくことになる。

祖父に王国の盾ヨルガと最後の賢者アンドリムを持ち、父は竜討伐士シグルドで母は銀月の乙女ジュリエッタ、加えて竜の兄弟ディートリッヒを得て古代竜カリスに祝福まで受けたというアルベールには、当然ながら婚約の申し出が殺到した。

その全てが「アルベールは既《すで》に婚約をしている」というオスヴァイン家からの発表で、驚愕《きょうがく》と落胆にみまわれる。

相手は誰だと詰め寄る貴族達の前で声明を出したのは、盲目の凶王ノイシュラ・ラダヴ・ハイネだ。アルベールの婚約相手がリサルサロスの王太子ダンテと知り、不平を漏らしていた彼らは口を噤《つぐ》むしかなくなった。王族との婚姻であれば、いくらオスヴァイン家といえども相手を明かせなかったのは当然だと納得する。

一方、今回で公《おおやけ》になった二人の婚約を記念して、リサルサロス王国とパルセミス王国の中から選抜された兵士達で国際交流を兼ねた戦闘演習が開催されることになった。

アルベールの父であるシグルドも、騎士団で小隊長を務めるギュンターも、代表の兵士に選抜されている。

ジュリエッタとヒルダは彼らの勝利と安全を祈って、当日夫が身に纏《まと》う軍服の上着に刺繍を施しているところだった。

「……無事に終わってくれると良いのだけれど」

演習とはいっても、実際に戦い合うのに変わりはない。

相手が送り込んでくる兵士達は、リサルサロスの誇る対人戦闘に長《た》けた精鋭達なのだ。刃を潰した武器を使っても、怪我をしないとは限らない。

不安に花の顔《かんばせ》を曇らせるジュリエッタに、ヒルダは大丈夫ですよと笑いかける。

「シグルド様は砂竜から祝福《ギフト》を受けて、鋼《はがね》の強さの皮膚を持っていらっしゃいます。怪我を負われることなんて、まずないですよ」

「……そうなんだけど」

ジュリエッタはそっとヒルダを手招きすると、声を潜《ひそ》めてシグルドの秘密を囁《ささや》く。

「実はね、シグルドが砂竜から祝福を受けるために彼女の血を浴びている時に……背中の真ん中に葉っぱが一枚貼り付いていたことに、気づかなかったんですって」

「……まぁ」

ヒルダは目を丸くする。

「だからそこだけは、普通の皮膚と変わらないそうなのよ。心臓の真裏なのに……私、逆に怖くなっちゃって」

「……そうなんですね」

暫《しばら》く何かを考え込んだヒルダは、それならばと、ジュリエッタに一つの提案をする。

「私の夫に、シグルド様の弱点を守るように頼んでおきます」

「まぁ、本当⁉」

「はい。でも今度の演習では、先入観をなくす目的で全員が顔の隠れる兜《かぶと》を使うし、軍服も統一しますよね。だからギュンターが確実にシグルド様をお守りできるように、その弱点の部分に何か目印をつけていただけませんか？」

「目印……そうだ！」

ジュリエッタは刺繍糸の中から緋色《ひいろ》の糸を取り出し、黒を基調とした上着の背中に、糸の束を重ねてみせる。

「この赤い糸でシグルドが着る服の背中に目印を縫っておくのはどうかしら」

「それは分かりやすいと思います！　でもシグルド様に不審に思われないでしょうか？」

「私はこれでも【銀月の乙女】なんて言われているから、選抜された兵士全員に服を手渡してそれぞれに激励の言葉を掛ける役目を仰《おお》せつかっているの。演習が始まる少し前に行う予定だし、その後は模擬戦が始まるまで全員がマントを身につけると思うから、気づかれないわ」

「それなら安心ですね。シグルド様のことはお任せください、ジュリエッタ様。それとこの話はどうぞ内密に……私もギュンターに、くれぐれも口外しないようにと申しつけますので」

「ありがとうヒルダ……！」

かつては弓を引いていたヒルダの硬い指先を握り、ジュリエッタは感謝の言葉を彼女に捧《ささ》げる。

ヒルダもジュリエッタに微笑《ほほえ》みを返し、口の中で小さく呟《つぶや》いた。

「こちらこそ、ありがとうございます……ジュリエッタ様」

† † †

リサルサロス王国とパルセミス王国の間で開催される国際交流会は、ついにメインイベントの戦闘演習に差しかかっていた。

個人の判別ができないようにそれぞれの国で統一した衣装を身に纏《まと》った兵士達が隊列を組んで相対し、武勇と指揮力が試される戦いが始まろうとしている。

国民達の熱狂は、司会の声も耳に届かなくなるほどだ。

高い位置に設けられた観覧席ではパルセミスの国王ウィクルムとリサルサロスの国王ノイシュラが並んで腰掛けていた。盲目のノイシュラには側近のタイガが付き添い、ウィクルムと共に現状を言葉で伝えている。

誰もが広場に並ぶ兵士達に注目している中、貴族用の観覧席からそろりと脱け出す、一人の妊婦の姿があった。

「……邪魔はいないわね」

重い腹を抱え物見櫓《ものみやぐら》の階段を登った彼女は、柱の陰に身を潜《ひそ》めて開始の合図を待つ広場に視線を向ける。

直前にマントを脱ぎ捨てたパルセミス王国の兵士達は、手にする武器こそ異なるものの、全員が揃いの兜《かぶと》と軍服に身を包んでいた。

目の良い彼女はその中に、背中の中央に赤い円が刺繍された服を纏う一人を見つけ、唇の端を歪《ゆが》めて笑う。

マタニティドレスの下から部品を取り出し手早く組み立てたのは、飛距離はそれほどなくとも殺傷能力の高いクロスボウだ。

観覧席に入る際にはボディチェックがあったのだが、妊婦の彼女に対しては最低限の確認しかなく、膨れた腹の下に隠した部品に気づかれることはなかった。

「私の愛しい、シグルド様。貴方が手に入らないというのなら、いっそ——いっそこの世から、消えてしまって」

広場の中で動き始めた兵士達の中で、緋色の印を背負う一人に狙いをつけた妊婦——ヒルダは、恨みと情念が拗《こじ》れた結末の狂気を、手にした矢に宿らせる。

クロスボウから放たれた矢は寸分違わず緋色の印を貫《つらぬ》き、心臓まで射抜かれた兵士は叫ぶ間もなくその場で倒れ、大量の血を吐いて絶命した。

「フ、フフフッ！　アハハハハ‼」

騒然となる眼下の景色をよそに、ヒルダはクロスボウを投げ捨て、重い腹を抱えて笑い転げる。

——やり遂《と》げた。あの女から、奪ってやった。もうあの人《シグルド》は、私のものだ。私に殺され、私に魂《たましい》を縛られたのだから！

笑い続ける彼女のもとに衛兵達が駆けつけ手荒に身柄を拘束されても、ヒルダは涼《すず》しい表情だ。

彼女は自分が極刑にされることはないと分かっている。

何せこれだけの衆人環視の前で竜の祝福を受けた男が殺されたのだ。国家は威信を守るために、妊婦一人にシグルドが殺されたという事実を隠蔽《いんぺい》しなければならない。

だから彼女に下る罰は、せいぜいが何かの理由をつけての幽閉か放逐《ほうちく》程度のはずだ。

笑みの表情のまま縄を打たれたヒルダは、存在を隠されるだろうという彼女の予想に反して、そのまま広場に連れ出された。

そして驚愕《きょうがく》の事実を目の当《ま》たり《あ》にする。

「ヒルダだ！」

「なんてこと……自分の手で夫を殺すなんて！」

「腹の赤子は殺されたギュンターの子ではないのでは？」

「恐ろしい悪女だ！」

ヒルダに次々と投げつけられる、民衆からの侮蔑と罵倒《ばとう》。

広場の中央で青白い死に顔を晒《さら》しているのは、紛《まぎ》れもなくヒルダの夫、ギュンターだ。

「ど、どうして……！」

愕然とするヒルダの耳に、貴賓席で言葉を交わすヨルガとアンドリムの声が届く。

「何故《なぜ》ギュンターはあんな印のついた服を着ていたのだ？　背中の中央……あれは、シグルドの弱点がある場所では」

「馬鹿を言うな。シグルドに弱点などない。木の葉が貼り付く可能性があると、見届け人を頼んだアイザックに予め忠告しておいたからな。確かに一度は木の葉が貼り付いたそうだが、すぐに取り払ってくれている」

そんな、馬鹿な。

シグルドの妻であるジュリエッタが言っていたのだ。背中の中央がシグルドの唯一の弱点だと。

それが心配でならないのだと。

震えるヒルダが見上げる先には、白く細い指を重ね、妻の凶撃に命を落とした哀れなギュンターに祈りを捧《ささ》げるジュリエッタがいた。

銀月の乙女はヒルダの視線に気づくと、白銀の髪を緩く揺らし、罪人となった妊婦を翡翠《ひすい》の瞳で睥睨《へいげい》する。

それこそが、ヒルダの抱いた疑惑に対する答えだ。

「……まさか。あぁ、そんな、そんなまさか！　……ジュリエッタァ！」

貴賓席に向かって駆け出そうとしたヒルダの身体はすぐに取り押さえられ、とんでもない女だとぼやく衛兵達の手で乱暴に引《ひ》き摺《ず》られる。

「騙《だま》したな！　騙したなクソ女！　殺してやる！　八つ裂きにしてやっ……グガァ！」

暴言を吐き続けるヒルダの口にはついに猿轡《さるぐつわ》が噛まされた。

ヒルダは妻として夫の遺体に寄り添うことも許されず、重罪人として光の届かぬ地下の牢獄に入れられることになる。

夫を殺した彼女に待つのは、子供が生まれてからの絞首刑だ。

「……愚かな人」

喚《わめ》きながら連れていかれるヒルダを見送りつつ、銀月の乙女ジュリエッタは小さく呟《つぶや》く。

ヒルダがシグルドに懸想しているのは、以前から有名な話だった。

それでもギュンターと結婚してからは落ち着いてきたと感じていたのに、砂漠の任務を経て焼《や》け木杭《ぼっくい》に再び火が灯ったのか、分不相応の望みを抱いた彼女の行動はあまりにも危《あや》ういものだ。

シグルドの弱点を聞いてきた彼女が何をしようとしているかは、すぐに分かった。

だからジュリエッタは真実を織り交ぜた嘘を教えてやったのだ。

嘘に踊らされた彼女が、上手に破滅に向かえるように。

兵士達に手渡す揃いの服を受け取った時、襟にカミツレの花が刺繍されたものの背中に、緋色の糸で丸い印をつけた。

それはジュリエッタがヒルダに与えた、最後の温情。

最初で最後の一つだけの選択。

彼女がこれを射抜かなければ、夫殺しの罪に問われることもなく、ギュンターも命を落とさずに済む。

——だけど彼女は躊躇《ためら》いなく、凶行に出た。

だからもう、ジュリエッタが彼女を庇《かば》うことはない。

減刑を願うこともない。

敵と見做《みな》した相手を地獄に叩き落とすのは、自らを守る術《すべ》なのだから。

おたまじゃくしは蛙《かえる》に育ち、芋虫は蝶《ちょう》に姿を変え、鳶《とんび》は鷹《たか》を産まない。
血は水よりも濃く、時としてそれは外見のみならず、生《い》き様《ざま》すらも似通わせる。
蛙の子は蛙。
竜の子は、竜。
心配して駆けつけてくれた、愛しい夫の腕の中で。
アンドリム《ジュリエッタ》の娘は女神のように、麗《うるわ》しく微笑《ほほえ》んだ。

この作品に対する皆様のご意見・ご感想をお待ちしております。

おハガキ・お手紙は以下の宛先にお送りください。

【宛先】

〒150-6008 東京都渋谷区恵比寿 4-20-3 恵比寿ｶﾞｰﾃﾞﾝﾌﾟﾚｲｽﾀﾜｰ８F
（株）アルファポリス　書籍感想係

メールフォームでのご意見・ご感想は右のＱＲコードから、
あるいは以下のワードで検索をかけてください。

アルファポリス　書籍の感想　検索

ご感想はこちらから

本書は、「アルファポリス」（https://www.alphapolis.co.jp/）に掲載されていたものを、
改題、改稿、加筆のうえ、書籍化したものです。

毒《どく》を喰《く》らわば皿《さら》まで　～竜《りゅう》の子《こ》は竜《りゅう》～

十河（とがわ）

2023年 11月 20日初版発行

編集－黒倉あゆ子
編集長－倉持真理
発行者－梶本雄介
発行所－株式会社アルファポリス
〒150-6008 東京都渋谷区恵比寿4-20-3 恵比寿ｶﾞｰﾃﾞﾝﾌﾟﾚｲｽﾀﾜｰ8F
TEL 03-6277-1601（営業） 03-6277-1602（編集）
URL https://www.alphapolis.co.jp/
発売元－株式会社星雲社（共同出版社・流通責任出版社）
〒112-0005 東京都文京区水道1-3-30
TEL 03-3868-3275
装丁・本文イラスト－斎賀時人
装丁デザイン－AFTERGLOW
（レーベルフォーマットデザイン―円と球）
印刷－中央精版印刷株式会社

価格はカバーに表示されてあります。

落丁乱丁の場合はアルファポリスまでご連絡ください。

送料は小社負担でお取り替えします。


978-4-434-32917-3 C0093